サイド・トラック

走るのニガテなぼくのランニング日記

SIDETRACKED

ダイアナ・ハーモン・アシャー 作
Diana Harmon Asher

武富博子 訳
Hiroko Taketomi

評論社

SIDETRACKED

by Diana Harmon Asher

Japanese translation rights arranged with
Harry N. Abrams, Inc.
through Japan UNI Agency, Inc., Tokyo.

装画=祖敷大輔
装幀=水野哲也 (Watermark)

サイド・トラック

——走るのニガテなぼくのランニング日記——

1

「フリードマン！」

ぼくは目をひらいて、顔をあげた。デサルボ先生だ。のしのし歩いてくる。

「ぼく、ですか？」

デサルボ先生はぼくの前で足を止めた。腕《うで》を組んで、サッカーのフィールドを見まわす。

「ほかにフリードマンはいないだろ」

それは厳密《げんみつ》には、正しくない。ティファニー・フリイドマンがいる。だけど、表記が微妙《びみょう》にちがうし、なにより女子だ。

「フリードマン」

先生がくりかえす。

「そんなとこで何してる？」

「えーと……守備《しゅび》、とか？」

「ゴールの裏《うら》でか？」

ぼくはゴールネットを見つめた。たしかに。ネットが目の前にある。

「おい、どうしたんだ、フリードマン。何をこわがってる？」

ここで「緑色のオリーブの中からブツブツの赤い舌《した》が見えてるやつ」と言いたい。「プルーンの煮《に》たのと吸血《きゅうけつ》コウモリと路面清掃車《せいそうしゃ》」と言いたい。それから「チャーリー・カストナー」とも。たった一分前、チャーリーが突進《とっしん》してきたときの異様《いよう》な目つきといったら、ケーブルテレビ番組「アニマルプラネット」で見た、逆上《ぎゃくじょう》したバッファローの目そのものだった。そのせいで、ぼくは今、ゴールの裏《うら》にうずくまって、両手で頭をおおっているわけだ。七年生（日本の中学一年生）になって最初の体育の授業《じゅぎょう》で。

だけど、ぼくはこうこたえた。

「いや、とくに」

「とくになしか。よし」

ゴールをまわりこんできたデサルボ先生が、ぶあつい手をぼくの背中《せなか》にどんとおしあてる。

そのままフィールドのまんなかへんまでつれていかれた。

「どんどん動いていけ、フリードマン。ボールから逃《に》げないようにしろよ」

胃《い》の具合がおかしくなってきたけど、ともかく返事をする。

「はい」

デサルボ先生はフィールドの反対サイドへずんずん歩いていった。ホイッスルをふき、試合が再開《さいかい》する。

「フランク」

ぼくはフランク・マルドナドに声をかけた。

「同じチームだっけ?」

フランクは、こいつふざけてるのか、というような顔をした。ぼくはふざけてない。

「うん。残念ながら」

と、フランクがこたえる。

「なんでわかるの?」

「ビブス?」

フランクは質問《しつもん》みたいに言う。ぼくが答えを知っていて当然のように。

あたりを見まわした。半数の子が、青いベストのようなものを身につけている。

「あっ、そっか。ありがと」

デサルボ先生が見ているといけないから、ほかの子たちのように動きまわろうとしてみた。

でも、当然のように、先生はぼくのことなんかすっかり忘《わす》れている。ぼくはふらふらとタッチラインへ近づいていった。そこでは一匹《ぴき》のハイイロリスが、いかにもリスらしく、急に動いたり止まったりしながら食べ物をさがしまわっていた。リスは茶色くてぷっくりしたカエデの実――天使のような翼《つばさ》が生えているやつ――を拾いあげた。とんがった小さなリスっぽい手で実をつかみ、くるくるまわしながら、かぶりつくのにちょうどいい場所をさがしている。

と、突然《とつぜん》、ぴたっと動きを止めた。直立して、ぼくの真うしろを見つめる。

ぼくも動きを止め、足もとの地面のふるえを感じた。その原因《げんいん》をさぐろうとふりむいたとき、約二十対《つい》の中学生の足が、猛《もう》スピードでフィールドを走ってきた。先頭はチャーリー・カストナーで、めちゃくちゃないきおいでドリブルしながらこっちにつきすすんでくる。

今度は逃《に》げ場《ば》がない。こうなったら衝撃《しょうげき》にそなえてふんばり、十一月の感謝祭《かんしゃさい》までにケガが治るように願うだけだ。

ところが、地面にのされてズタズタにされるかわりに、まるで奇跡《きせき》のように、チャーリーの足が両方とも宙《ちゅう》にうきあがった。大きくて汗《あせ》まみれの体がふっとんでいく。そして永遠《えいえん》かと思うくらい空中にうかんだあと、ドシンと草の上に落ちてきた。だれかがチャーリーをつきとばして、ボールをうばいとったんだ！

女の子だ。

その子はあっというまに、ぼくのそばに来た。あまりに近くまで来たから、通りすぎざまに髪《かみ》の毛《け》がピシャッとぼくの顔に当たった。ほかの女の子たちのようにポニーテールに結んでいない。バサバサうしろになびいている。ボールは女の子の前ではずみながら、チャーリーの毒《どく》牙《が》から救いだされたのを喜んでいる。ほかの子たち——もしぼくがチャーリーにのされていたなら、その屍《しかばね》をドカドカふみつけていたはずの子たち——はU《ユー》ターンして、この新しい女の子を追いかけだした。女の子はドリブルしながら、反対側のゴールにむかっていく。

チャーリーは、覚えてろよ、という目でこっちをにらんでから、立ちあがって女の子を追ったけど、もう間にあわない。女の子は大きかった。太ってはいないけど、背《せ》が高くて力がある。それに走るのが速い。どの男子よりも、だれよりも。

女の子はもうフィールドの反対側にいて、止められそうなのはビリー・ヘイワードだけだ。小柄《こがら》で細いけどタフなやつで、ゴールの手前に残っている。ビリーは足を横につきだして、ボールをうばうか女の子を転ばすか両方いっぺんにやろうとしたけど、女の子がさっと腰《こし》でひとつきすると——チャーリーにもそれをやったのかも——一メートルくらい上空にふっとんだ。まるで竜巻《たつまき》がビリーを持ちあげ、ぐるぐるっとまわして、もとの場所に放りだしたみたいだ。

男子は全員、動きを止め、呆然《ぼうぜん》と見ていた。女子は全員、女の子をにらんでいた。みんなビリーが好きだから、フットバッグ（足でけるお手玉のようなスポーツ）のボールのようにはねとばされるところなんか見たいわけがない。ゴールキーパーのサリー・マクナマラは、最後の砦《とりで》のビリーをたおされて、恐怖《きょうふ》のどん底につきおとされた顔をしている。一歩も足をふみだせない。ボールはすんなりネットに飛びこんでいった。

ゴールだ。でも、だれも歓声《かんせい》をあげない。

デサルボ先生がホイッスルを鳴らしてさけんだ。

「おい、何をぼけっと見てるんだ？」

みんなだまっているけど、答えはあきらかだ。ぼくにさえ、みんなが転校生の女の子をじろじろ見ているのがわかる。最後まで何かに気づかない人がいるとしたら、ぼくだっていうのに。

「おまえら、ヒップチェック（相手に腰を当てる動き）を見たことがないのか？」

「え、名前がついてんの？」

と、ビリーがつぶやく。

「ひょえー」

と、ビリーの友だちのザカリーがつづける。

「きみには、女子サッカーチームの入団《にゅうだん》テストを受けてもらいたいな」

デサルボ先生が女の子に言った。

「というか、アメフトチームだろ」

ビリーが言う。

「というか、ゴジラチームだろ」

ザカリーが言うと、男子がみんな笑った。

背《せ》の高い女の子は肩《かた》をすくめて地面を見おろした。砂色《すないろ》の髪《かみ》の毛《け》が落ちてきて、顔がよく見えない。このとき思った。デサルボ先生が女の子の肩に手を置いて、みんなに紹介《しょうかい》してくれればいいのに。転校生で、みんなのことを知らないわけだから。でも、先生はそうしなかった。ホイッスルをまたふくと体育館のドアを指さし、運べ、というように、チャーリーにボールを投げた。するとチャーリーは、七年生世界での自分の地位をかためなおさないといけないと思ったのか、ぼくの名前を呼《よ》んで、ボールを力いっぱい投げつけるふりをした。ボールを手から離《はな》すまでもなかった。頭の上にかかげ、さっと前に動かすだけで、ぼくは本能的《ほんのうてき》にかがみこみ、みんなの笑いを引きおこした。

それから集団は男子と女子にわかれた。女子はひそひそ話をしあい、男子は体育館の裏口《うらぐち》になだれこんで水飲み場へと走っていく。

女子の一番最後から、あの女の子がついていく。男子の最後はぼくだ。

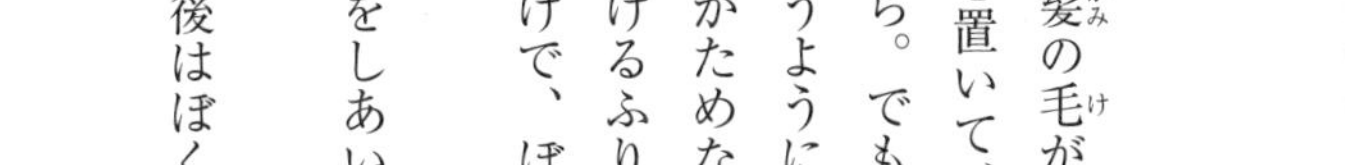

2

口の中がからからの砂場《すなば》みたいだけど、体育館の水飲み場にはならばなかった。中学生になると、両立しない選択肢《せんたくし》のどっちかを選ばないといけないことが多い。チャーリーがぼくに対して日々たくらんでいることにくらべたら、〈口内砂場状態《じょうたい》〉のほうが断然《だんぜん》マシだ。幸い、そういうことをわかっている人がいて、ぼくたちのようなＬＤ《エルディー》の生徒のために、通級指導《しどう》教室の前に専用《せんよう》の水飲み場がある。ちなみに、ぼくがつぎに行くのがその教室だ。

ＬＤというのは「ラーニング・ディファレンス（学びかたのちがい）」の略《りゃく》。以前は「ラーニング・ディサビリティ（学習障害）」の略だったけど、ぼくたちの悲惨《ひさん》さが少しやわらいで見えるようにしたんだろう。通級指導教室というのは、ＬＤのある子たちが行って頭の中を整理したり、補習《ほしゅう》を受けたり、あまりどなられずにすんだりする場所だ。

ここに来る子はみんな、自分にとってさまたげになっている「問題」（母さんの言葉では「何か」）をかかえている。ぼくがかかえているのはＡＤＤ《エーディーディー》——注意欠陥障害《けっかんしょうがい》。ＡＤＨＤ《エーディーエイチディー》に似《に》ているけど、そっちは「多動性《たどうせい》」という意味の「Ｈ」が入っているから、さらにたいへんかもしれない。エネルギーがありすぎて、本人のためになっていないってことだから。ぼくはそんなに「H」がないから、ただの「ADD」だ。

ADDだから集中できないだろうって思われるけど、そんなことはない。ものすごく集中できる。ただ、まちがったものに集中してしまうんだ。たとえば明日の宿題の説明を聞くかわりに、窓《まど》のふちをはうテントウムシを見つめている。教科書の「道の先へ――組立ライン」という章を読まないといけないときに、T型《ティーがた》フォードの正面からの写真を見て、ハーマン大おじさんに似てるなと思ったりしている。ついでに言うと、大きな音にびくっとするし、線からはみださずには字が書けないし、ちくちくしたウールの感触《かんしょく》が苦手だけど、それがADDのせいなのか、ぜんぜんべつのものなのかはわからない。

ぼくにとって中学校生活は牛追い祭りにちょっと似ている。テレビで見た、スペインのパンプローナというところでおこなわれているお祭りだ。年に一度、街に雄牛《おうし》の群《む》れがいっせいに放たれ、人々は追いつかれまいと走ったり、横丁に逃《に》げこんだりする。さもないと角《つの》でつつかれて殺されてしまう。ぼくの気持ちもだいたいそんな感じ。置いていかれないようにがんばったり、じゃまにならないようにどいたり、かくれる場所をさがしたりしている。

ぼくにとっての横丁が、通級指導教室だ。ここの先生は、T先生。正式な名前はタイテルバウム先生だけど、「T先生」のほうが気に入っているらしい。陽気な女の先生で、「通級の廊《ろう》下《か》」を踊《おど》りながらやってきては、「オール・ザ・シングル・レディース」なんてビヨンセの歌を歌ったりしている。結婚《けっこん》しているんだけどね。先生の机《つくえ》の横にある壁《かべ》に写真がかざってあって、だんなさんと二匹《ひき》の犬、ジョージとリンゴが写っている。

T《ティー》先生は水玉模様《もよう》とピンク色が好きだ。髪《かみ》の毛《け》は短くてちょっとつんつんしていて、それを手ですぐ癖《くせ》がある。ときどき手を頭に置いたまま忘《わす》れてしまうことがあって、そうするととまどっているようにも見えるし、服がピンクのときはさか立ちしたフラミンゴにも見える。

体育のあと、ぼくが通級指導《しどう》教室の前の水飲み場でゴクゴクと十口くらい飲んでから中に入ると、T先生がちょうどそのかっこうをしていた。片方《かたほう》の手で今日の予定表を持ち、もう片方の手を頭の上にのっけている。T先生は毎日予定表を読みあげ、大事なことがぼくたちの横をすりぬけていかないようにする。そうでないと、マジですりぬけていくから。

「新聞部員、募集《ぼしゅう》!」

T先生が読みはじめる。ぼくは席についた。

「わが校の月刊《げっかん》新聞『インクつぼ』に、みんなの知りたいニュースを書いてみませんか? 九月十五日、D《ディー》1教室で集会をおこなうので来てください」

「インクつぼ」にぼくの知りたいニュースが本当にのるとしたらどんなだろうか。今日の見出しは「背《せ》の高い女子、レイクビュー中学に転校! 校内のボスを打ち負かす!!」だろう。記事には女の子の出身地や名前が出ていて、なぜあの瞬間《しゅんかん》ぼくの身が危《あぶ》ないことがわかったのか、解説《かいせつ》されている。

ダニエール・サイミントンが「インクつぼ」に手をあげると、T先生は「いいですね」と言って、頭にのっけていた手をおろし、ホワイトボードに紫《むらさき》の文字で「ダニエール　九月十五日――『インクつぼ』集会」と書いた。それから読みつづける。

「スペイン語クラブは、九月十三日、火曜日、三時十五分から、フィネガン先生の部屋でおこないます。スペイン語ができなくてもだいじょうぶです」

「でも、スペイン語クラブなのに」

と、ダニエールが口をはさんだ。ダニエールは通級指導教室に来るには、しっかりしすぎているんじゃないかな。

「スペイン語ができなくていいって、どういうこと？」

「スペインのすばらしい文化について学ぶのかもしれないわね」

T先生が自分の考えを言う。

「踊りや、音楽や……」

「おれ、スペイン語知ってる！」

本棚《ほんだな》の上にすわっていたトレバー・ホルコムが声をあげた。

「タコス、ブリトー、ゴルディータ……」

「ナチョス、チャルーパ、エンチラーダ」

と、サンジット・チャウダリがつづけると、いっせいに「ファヒータ」「タマーレス」「チミチャンガ」と大洪水《だいこうずい》がおこり、ぼくはまた牛追い祭りを思い出した。

「はい、そこまで！」

T《ティー》先生はそう言ったものの、みんなが《タコベル》（アメリカ風メキシコ料理のファストフード店）のメニューをすべて言いおわるまで、しんぼう強く待っていた。

「じゃあ、つづけます」

T先生は声をはりあげた。

「重要なお知らせです。本校の陸上トラックの改修《かいしゅう》工事が終わりました。レイクビュー中学校の運動部に新しく、七年生の陸上チームをつくります。トラック競技《きょうぎ》とクロスカントリー走をおこないます。レイクビューのみんな、いっしょに走ろう！　入部希望者は、明日の放課後、集まってください。九月九日、金曜日。D《ディー》5教室」

「走るなんて、スポーツじゃねえよ」

トレバーがかかとをバシンバシンと本棚《ほんだな》にぶつけながら言った。

「スポーツじゃないって、どういう意味？」

と、T先生がきく。

「それからトレバー、本棚からおりてください」

「つまりさ、本当のスポーツじゃねえってこと。バスケとかアメフトとかとちがってよ」

トレバーが言う。

「おまえ、クオーターバックのつもりか？」

サンジットがぼそっとつぶやいた。

「走るのなんて、アホみてえじゃん」

トレバーは、ぼくたちに念をおすようにつけくわえた。それから本棚から飛びおりたひょうしに、『ぼく、カギをのんじゃった！』という本を床《ゆか》にたたきおとした。

「アホなんかじゃありません」

と、T先生が言った。

「走るのは、みんなにとっていいことですよ」

それからT先生は、どういうわけかまったくわからないけど、いきなりこっちを見た。

「ジョセフ、あなたにぴったりだと思うから、やってみたらいいわよ」

「え、ぼく？　でも、スポーツぜんぜんダメなんですけど」

「うしろむきにならないで。あなたは走れる。わたしにはわかります」

「ああ、ボールから逃《に》げるときとか」

と、トレバーがつぶやく。

「あの、学年で一番おそいんですけど」

と、ぼくは言った。

サンジットがうなずく。

「マジですよ、T《ティー》先生。うそじゃない」

「速くなくてかまわないの。はじめはゆっくりでも、だんだん速くなっていきます。走るのは、一生つづけられることなんですよ」

「でも、ぼくにはできない……」

そう言いかけて、すぐに失敗に気づいた。T先生がぼくをじっと見おろしている。

「ジョセフ、ここでは『できない』とは言いません。一歩一歩進めていって……」

「自分を信じること」

ぼくは投げやりな気分であとをつづけた。これはT先生の合言葉《あいことば》みたいなものだ。

「そうよ、ほかのみんなはどう？　陸上チームの集会に行く人は？」

サンジットが手をあげた。

「走るの好きだから、行きます」

サンジットはT先生が大好きだから、いつも先生の言うとおりにしようとする。

「わたしも」

エリカ・チェンがつづける。エリカはサンジットのことがちょっと好きなんじゃないかな。

「わあ、よかった！」

T先生がサンジットとエリカの名前をホワイトボードに書いた。

「ジョセフは？」

「がんばれ、ジョセフ！」

ダニエールとトレバーが同時に言った。かならずしも応援《おうえん》してくれていない気がするけど、そのへんのことは、ぼくにはよくわからない。

ことわる言いわけが見つからなかった。クラリネットのレッスンが入っているわけでも、柔道《じゅうどう》を習っているわけでもない。放課後はいつも宿題をやろうとして、イライラして気が散っているか、気が散ってイライラしている（その日による）。テレビで自然番組を見ることもあるけど、動物が殺されそうになるとスイッチを切る。

あとは、心配している。しょっちゅう心配している。

だけど、T先生はぼくの返事を待っていた。だから、走ることは〈やることリスト〉の一番上に書いていないけど——だいたい〈やることリスト〉自体つくっていないけど——、はい、とこたえた。集会に行きます、と。するとT《ティー》先生は小《こ》躍《おど》りしながらホワイトボードまでもどって、ぼくの名前を赤で書きたした。

「ジョセフ　九月九日——陸上部集会、D《ディー》5教室」

3

家に帰ると、キッチンから両親の声が聞こえてきたから、びっくりした。父さんがこんなに早く仕事から帰ってくることなんてない。

「どういうことよ、『警察《けいさつ》に身柄《みがら》を拘束《こうそく》されてる』って」

と、母さんがきいている。

「それしか教えてくれないんだよ。警察に身柄を拘束されてるとしか」

「だって、もうすぐ八十歳《さい》のおじいさんなのよ？ 〈ひだまりの里〉シニアレジデンスの日帰り旅行で出かけただけだっていうのに、いったい何をしたわけ？」

「知るもんか。まあ、たまに怒《おこ》りっぽくなられるときはあるよな」

「ねえ、おじいちゃんのこと？」

と、ぼくはきいた。

ふたりとも驚《おどろ》いてふりかえった。足音が静かだったのか、まるでぼくが煙《けむり》の中から急に実体化したかのような顔をしている。ふたりで顔を見あわせると、母さんが口をひらいた。

「おじいちゃんがアトランティックシティにいるの」

「逮捕《たいほ》されたの？」

「それはだな……」

父さんが言葉をにごす。

「事件《じけん》に巻《ま》きこまれたの？」

ぼくはたずねた。なんだかすごくおもしろいことになってきた。

「事件かどうか、はっきりとは……」

「警察《けいさつ》に身柄《みがら》を拘束《こうそく》されてるって言ってたじゃないの、マット。だったら、何かの事件に巻きこまれたはずよ」

「とにかく警察につれていかれたってことしかわからないんだ」

「取り調べのために尋問《じんもん》されるの？」

テレビではそうする。取り調べのために人を拘束して尋問する。

「それはないでしょ。銀行強盗《ごうとう》をしたわけじゃないんだから」

「まあ、おそらくはな」

父さんがそうつぶやいて、ぼくにウィンクした。

「マット……」

母さんが〈警告《けいこく》する声〉を出した。

「ねえ、おじいちゃんを脱獄《だつごく》させるの？」

昔から、だれかを脱獄させてみたいと思っていた。ありありと目にうかんでくる――眠《ねむ》る保《ほ》安官《あんかん》代理、ゆれる鍵束《かぎたば》……。

「だれも脱獄なんかさせないわよ。とじこめられているわけでもないし」

「でもな、『警察に身柄を拘束されてる』ってことは……」

「まさか、鉄格子《てつごうし》の中にいるっていうの？」

母さんの顔が青ざめる。

「そんなわけないだろ、ダーリン。おれのジョークがわからないのか？」

ぼくはだれかがジョークを言ってもわからないことがある。でも、母さんはわかるのかと思っていた。

「マット、むかえに行かなくちゃ」

母さんがバタバタとキッチンの中を動きまわる。いろんなものを手に取って、引き出しにつめこんでいく。

「おれが行くよ。明日の朝、むかえに行ってくる。きみはジョセフとここにいればいい」

「なんでぼくは行けないわけ？」

と抗議《こうぎ》した。返事はわかっているけど。

「新しい学年がはじまったばかりでしょ。父さんに任《まか》せればだいじょうぶよ」

そう言いながらも、母さんはあんまり自信がなさそうだ。なぜって、父さんがスマホのカレンダーをスクロールしながらネクタイをゆるめていて、それは営業《えいぎょう》の予定を確認《かくにん》するときの癖《くせ》だから。父さんは歯医者さんが使う機器を売る仕事をしている。歯科医療《いりょう》機器のセールスマンとしてとても優秀《ゆうしゅう》で、〈金の冠《かんむり》〉という賞を三回も受賞している。

「マット！　わたしの父親が留置場《りゅうちじょう》にいるのよ！」

「わかった、わかったよ」

父さんはスマホをおろした。車の鍵《かぎ》をつかんで、母さんの前でぶらぶらとふる。

「今、行ってくる。着がえたら、すぐ出かけるよ」

父さんが二階にあがると、母さんはテーブルの前にすわって、途方《とほう》に暮《く》れたようにおでこをこすった。

「学校、どうだった？」

気がのらない感じでぼくにきく。

いつものように「うん、ふつう」とこたえようとしてから、話したいことがあったのを思い出した。

「チャーリー・カストナーが体育でつきとばされて、しりもちついたんだ」

「そう、いいじゃない」

「女の子に」

「えーっ？　なんていう子？」

「名前は知らない。転校生。男子よりも背《せ》が高くて足が速いんだ」

「へえ。それじゃあ、たいへんかもしれないわね」

と、母さんが言った。なぜだろう。

「みんなでサッカーをやってたんだよ。それでぼくが、あと一秒でチャーリーにおしつぶされるってときに、その女の子がうしろからやってきて、す……」

母さんがぼくの話をさえぎった。父さんがジーンズとT《ティー》シャツを着てもどってきたからだ。

「マット、そのかっこうで行くの？」

「なんだよ、タキシードを着てほしいのか？」

「もうちょっと、きちんとしていったほうがいいんじゃない？」

「むこうはそんなこと気にしやしないよ、シーラ」

父さんは財布《さいふ》を取りだして中身を見た。

「現金《げんきん》があんまりないんだ。保釈金《ほしゃくきん》を払《はら》うことになったら、クレジットカードでも受けつけてくれるかな?」

「保釈金《ほしゃくきん》?」

母さんがまた動揺《どうよう》しはじめたから、ぼくは自分の部屋に行くことにした。「救ってくれた」と、心の中で言う。キッチンで言いかけた言葉のつづき。「その女の子がやってきて、救ってくれた」。

数分後、父さんがぼくの部屋のドアまで来た。

「また明日な。救出に行ってくるよ」

ぼくは父さんのそばに行って、ぎゅっとハグした。「救う」という言葉があたりをただよっている。ベッドにすわって、体育の場面をもう一度、頭に思いうかべた。フィールドを走ってくる女の子。バサバサなびく髪《かみ》。女の子がチャーリーをはねあげ、チャーリーがドシンと落ちてくる。思わずにっこりした。

4

翌朝《よくあさ》、母さんは電話を切ると、何もかもだいじょうぶだと言った。というか実際《じっさい》は、「だいじょうぶ、ほんとにだいじょうぶ」と言ったんだけど、そういうときはだいたい、だいじょうぶではない、って意味だ。それか、だいじょうぶだけど母さんは不満に思ってる、って意味。

「父さんは、おじいちゃんをうちにつれてくるの？　それとも〈ひだまりの里〉につれていくの？」

ぼくはたずねた。

「しばらくは、うちで暮《く》らすと思う。こんなことになって、〈ひだまりの里〉の人たち、いったいなんて思うかしら」

母さんはため息をついた。

これでもう、おじいちゃんは〈ひだまりの里〉シニアレジデンスにいられなくなるかもしれない。〈ひだまりの里〉の人たちはすでにがまんの限界《げんかい》まで来ていたみたいだ。母さんと父さんがひそひそ話しているのを聞いた感じでは、おじいちゃんは〈ひだまりの里〉を気に入っていなくて、ルールも守っていないようだった。どんなルールなのか知らないけど、アトランティックシティで逮捕《たいほ》されるのは、たぶんルール違反《いはん》だろう。

「学校に行くしたく、できた？」

母さんは、明るいふりをした声で言った。

「そろそろメゾンに行くんだけど」

母さんが働いているインテリア雑貨《ざっか》の店は〈ア・ラ・メゾン　ホーム&キッチン〉というけど、母さんはただ「メゾン」と呼《よ》んでいる。親しい友だちの名前みたいに。早番のときは、うちから学校まで数ブロックしか離《はな》れていないのに、車で送ってくれる。ぼくを残してひとりで学校まで歩かせるのは、気がとがめるみたいだ。置いてきぼりにされたと思ってほしくないのかも。それか、ぼくが何かに気を取られて、学校に行くのを忘《わす》れると思っているのかも。まあ、本当にありうることだから。

というわけで、今日、母さんがぼくを学校でおろし、「いってらっしゃい！」と言って車で走りさると、ぼくは、どこならチャーリー・カストナーと仲間がたむろしていないだろうかと考えた。正面玄関《げんかん》の階段《かいだん》はだめ。裏口《うらぐち》の階段も、廊下《ろうか》もだめ。あいつらがどこに現《あらわ》れるか、わかったもんじゃないからね。ふいに、放課後に陸上部の集会があるのを思い出し、改修《かいしゅう》された新しいトラックを見に行くことにした。

だれもいないグラウンドを横切り、夏じゅうブルドーザーやショベルカーやミキサー車でごったがえしていたあたりを見おろした。以前はアスファルトの割《わ》れ目《め》から雑草《ざっそう》がつきだしていた場所が、真新しい楕円形《だえんけい》のトラックになっていて、中央の部分には芝生《しばふ》が青々と生えている。トラックは真っ赤なトマト色で、レーンがはっきりわかるように、真っ白なラインで区切られている。すべてがくっきりと鮮《あざ》やかで、まるでピクサーのアニメ映画《えいが》の中みたいだ。レーンには横向きの小さいラインも引かれ、数字や小さな三角形がちりばめられている。なんだか秘密《ひみつ》の暗号か古代の洞窟《どうくつ》に描《えが》かれた記号のように。もっと近くで見てみたい。今すぐ行って、あの上を走ってみたい。

だけど、トラックへおりる階段のてっぺんで、体がかたまってしまった。以前と変わらない、コンクリートが発明された時代からずっとここにある、転げおちそうなガタガタの階段。この階段は苦手だ。まるで人食《ひとく》い鬼《おに》のように、ゆがんだぎざぎざの歯をむきだして、ニタリと笑いかけてくる。走るのはやめた。この階段に転ばされて、かみつぶされたら、陸上部の集会にも行けなくなる。

引きかえそうとしたけど、T《ティー》先生の「『できない』とは言いません」という言葉を思い出してみた。イライラさせられる言葉だ。どうしてもできないこともある。でも、今は、ひょっとしたらできるかも。金属製《きんぞくせい》の手すりをぎゅっとつかみ、一段ずつ、おりていく。一段、また一段《だん》。すると、人食《ひとく》い鬼《おに》が全力でやっつけてこようとしたにもかかわらず、なんとかばらばらにされずに下までおりられた。

トラックは腰《こし》の高さの金網《かなあみ》フェンスに囲まれている。鍵《かぎ》があいていたから、門をあけて、中に入った。トラックは見かけから想像《そうぞう》したとおりのにおいがした。真新しいゴムのようなにおい。表面の感じは、二年生の図工でスポンジを使って描《か》いた絵を思い出させる。ふんだとき、プシュッと赤い絵の具がしみでるかと思ったくらいだ。T《ティー》先生はこういうことを全部わかっているのかな。わかっているんだろうな。

かかとを上げ下げして軽くはずんでから、ひざを曲げ、両方の手のひらを地面に当てて、感《かん》触《しょく》をたしかめた。ぼくはどんなものでも感触を知りたいと思う。それを表す言葉まである。T先生はぼくのことを、「触覚型《しょっかくがた》」の学習者だと言っていた。

突然《とつぜん》、声が聞こえた。女の子の声。顔をあげると、きのうの体育でいっしょだった子だ。

「フリードマン、だよね?」

女の子が言った。

「えーと……」

「かんたんな質問《しつもん》だと思うけど。フリードマンでしょ?」

「うん」

フリードマンと呼《よ》ばれるのは好きじゃない。セリフが「フリードマン」ではじまると、決まって命令か爆笑《ばくしょう》で終わるからだ。

立ちあがって、両手をズボンでふいた。

「何してるの?」

「トラックがどんなだか、調べてた」

「トラックって走るためにあるんだよ。さか立ちするためじゃなくて」

女の子の言いかたは、悪い感じじゃなかった。でも、ただの小手調べかもしれない。

「感触が知りたかったんだ」

と、ぼくは言った。

「陸上部に入るの?」

「さあ。きみは?」

「入るかも」

「サッカーはやらないの?」

女の子はいやそうな顔をした。まちがったことを言ってしまったみたいだ。はりたおされないといいけど。

「サッカーはあんまり好きじゃないんだ。去年、サッカーキャンプに行ったの。ほかの女の子たちがイジワルで、結局きらわれちゃった」

一瞬《いっしゅん》、女の子がちがう感じに見えた。少し悲しそう。母さんが言っていたことを思い出した。たいへんかもしれない。男子よりうまいと。女子のなかで飛びぬけてうまいと。母さんはそう言っていた。何かがうまいと、へたなのと同じくらい、みじめになることってあるのかな。もしかして、ものごとがあべこべになるのかも。女の子の場合は。

「ファーストネームは？」

と、女の子がきいた。

「ジョセフ」

名前をききかえしそびれたけど、むこうから教えてくれた。

「わたしはヘザー。引《ひ》っ越《こ》してきたばかりなんだ」

「どこから？」

「メイン州のチェリーフィールドっていうところ」

「ニューヨークとはぜんぜんちがうんだろうな」

ヘザーはうなずいた。

「世界のブルーベリーの都《みやこ》なんだよ」

「へえ」

「ねえ、きかないの？」

「何を？」

「どうしてブルーベリーフィールドじゃなくてチェリーフィールドっていうのかって」

「きいたほうがいい？」

「ううん。べつに。ただ、みんなそうきくから」

ヘザーは手を下におろして、足先をさわった。

「ぼくはブルーベリーアレルギーなんだ。のどの奥《おく》のほうがかゆくなる」

ぼくはかく動作をやってみせた。指を耳につっこんでグリグリやりながら、舌《した》の奥をカッカッカッと鳴らす。初対面の人の前でやるようなことじゃなかったかも。

「それで、どうして？」

と、ぼくはきいた。

「どうしてって、何が？」

「どうして世界のブルーベリーの都なのに、チェリーフィールドっていうの？」

「ああ。昔はね、チェリーが生えてたから。ブルーベリーの前は」

それから、こうつづけた。

「走りたい？」

「走る?」

ヘザーは腕《うで》と足を動かして、走る動作をした。

「そう。トラックを走るの。今」

「ぼく、おそいよ」

「あの体育のあとじゃ、まさかウサイン・ボルトだとは思ってないから」

「だれ、それ?」

と、きいたときには、ヘザーはもういなくて、なんてことないようにトラックの上をはずんでいた。

ぼくがかけだしもしないうちに、ヘザーはとっくに楕円《だえん》を四分の一周走っている。やっとぼくも走りだすと、トラックの感触《かんしょく》にびっくりした。かたいと同時にやわらかい。クッションみたいだ。それで最初は歩幅《ほはば》を小さくして、そのあと大きくして、ジャンプもしてみた。それからラインを横切ってジグザグに走りながら、両腕を広げ、空気が流れていくのを感じた。

ヘザーはまっすぐに速く走りつづけ、カーブを曲がるときもスピードを落とさない。楽しそうだし、かんたんそうだから、ぼくもまんなかのレーンに沿《そ》って同じように走ってみた。きれいにくっきりと引かれたラインが、もっと速くとけしかけてくるから、スピードをあげる。十秒くらいの間だけ。すぐに息が切れて、止まるしかなかった。

ヘザーがぐるっとまわってきて、通りすぎる。それから立ち止まって、トラック内側の芝生《しばふ》のフィールドにある何かを見つめた。コンクリートでできた円だ。大きさは子ども用のビニールプールくらい。ぼくはヘザーのそばへ歩いていった。

「円盤《えんばん》投げのサークルだよ」

ヘザーはそう言ってから、フィールドの反対側を指さした。

「あっちは、砲丸《ほうがん》投げ」

「へえ」

ぼくは声をしぼりだした。それ以上の息が残っていない。

「わたし、冬は砲丸投げをして、春は円盤投げをするつもり。ステファニー・ブラウン・トラフトンみたいに」

「だれ?」

「ステファニー・ブラウン・トラフトン。二〇〇八年の北京《ペキン》オリンピックのとき、円盤投げで金メダルを取ったの」

ぼくは「ほんと?」と言おうとしたけど、これは引っかけかもしれないと思いなおした。これまでの経験《けいけん》からすると、ほかの子がもっともそうなことを言ったあとで、ぼくが「ほんと?」と言うと、バカ笑いされる。つまり、話はまったく事実じゃなかったってこと。考えてみると、ヘザーのチェリーフィールドの話も、全部でたらめだったのかも。だから、息切れして、頭がくらくらして、体もふらふらだけど、今度はだまされないぞ、と思った。ステファニー・ナントカ・カントカなんて人、聞いたこともない。ぼくは、「はいはい、そうですか」という感じの声でこう言った。

「ほんとに金メダルを取ったんなら、名前くらい聞いたことあるはずだけどな」

「そう？」

ヘザーはこっちに一歩、足をふみだした。

「有名にならなかったのは、みんなが気に入るような見かけじゃなかったからじゃない？　背《せ》が百九十三センチ、体重が九十五キロあって、円盤《えんばん》だって砲丸《ほうがん》だって、たいていの男の人より遠くへ投げられる。でも、みんなが応援《おうえん》したいのは、小柄《こがら》な体操《たいそう》選手やかわいいビキニのビーチバレーの選手でしょ。だからだれも名前も知らないんじゃないの？　オリンピックの金メダリストなのに」

百八十センチ近くありそうなヘザーは、怒《いか》りのかたまりになっている。でも、目をしばたたかせていて、まるでぼくが泣くのをこらえているときのようにも見える。ごめん、気持ちを傷《きず》つけるつもりはなかった、と言いたかった。ヘザーがみんなのように、ぼくをバカにしたのかと思ってた、と。でも、言う間《ま》がなかった。

ヘザーは首をふって、また走りだした。追いつけないスピードで。そしてトラックのはしまで行くと、金網《かなあみ》の門をガシャンとおしあけ、ガタガタの階段《かいだん》を一段ぬかしでのぼっていなくなった。

5

つまり、このヘザーっていう女の子は転校してきたばかりで、きのうぼくの命を救ってくれたのに、ぼくはもう、きらわれるようなことをしでかしてしまったわけだ。

社会の授業《じゅぎょう》で席につき、「はい、静かに。こっちに注目」と言っているエルナンデス先生に集中しようとしたけど、ついヘザーのことを考えてしまう。どうやったら自分にムカついている人をムカつかせなくできる？　これ以上バカなことを言わなければ、やりなおさせてもらえる？

こういうことは、はじめてじゃない。ぼくにはその場に最もふさわしくないことをしてしまう才能《さいのう》があるらしい。とくに、女の子がかかわっている状況《じょうきょう》で。たとえば小学三年生のとき、となりにメアリ・リズという女の子がすわっていた。ジャウォースキー先生はいつもその子の書いたプリントを持ちあげて、「メアリ・リズはこんなにきれいに書くんですよ」と言っていた。メアリ・リズはいつも、ちょうどいいタイミングで手をあげた。消しゴムを使いすぎて紙がやぶれてぴかぴかの木目調の机《つくえ》が見えてしまうなんてことは、絶対《ぜったい》になかった。

ある日、ジャウォースキー先生は、これから筆記体で書く勉強をします、と言った。すると、リー・ハンという子が手をあげて言った。

「ぼくのいとこは、もう学校で筆記体なんてやらないって言ってました」

「あなたが通っているのは、この学校です。この学校では、筆記体を教えると決めています」

ジャウォースキー先生はそう言って、その子にむかって〈先生にらみ〉をした。それをされたら、生徒はあきらめるしかない。ぼくは文字をくねくねとつなげて書くことが「筆記体」だということすら知らなかったから、はじめる前からすでにおくれをとっていた。

ぼくのとなりにメアリ・リズがすわっていた。ジャウォースキー先生が電子黒板で筆記体の書きかたを教えるのを、じっと見ている。

「筆記体では、文字をすべて右側にかたむけて書きます。同じ角度でかたむけましょう。みなさんの文字が、お日さまのほうへかたむくお花に見えるように書くんですよ」

みんなは書きはじめ、ぼくもがんばった。ほんとにがんばった。でもぼくの文字は、だれかが軍用ブーツで花壇《かだん》をふんづけたあとに残った、折れた茎《くき》やつぶれた花びらの集まりにしか見えなかった。

ジャウォースキー先生は歩きまわって、ぼくたちの肩越《かたご》しにのぞきこんだ。ときどき、だれかの書いたものを手に取ってかかげた。もちろんメアリ・リズのも。

「ほら、みなさん。メアリ・リズは、こんなにじょうずに書いています。とってもきれいな字よ、メアリ・リズ」

メアリ・リズはにこりともしなかった。先生が早くプリントを返してくれれば、きれいな字がもっと書けるのに、としか思っていないようだった。

そのあとメアリ・リズがまた字を書きはじめると、ぼくは思わず見入ってしまった。使っている鉛筆《えんぴつ》はぼくのより長い。まだ一回しかけずられたことがないみたいだ。メアリ・リズは鉛筆をしっかりにぎって、くるんくるんと完璧《かんぺき》な文字を形づくり、美しい列にならべていった。指にはあわい青緑色に光るマニキュアが、つめの先っぽにほんの少しずつついている。言葉をいくつか書くたびに、メアリ・リズは鉛筆を持ちあげて、自分のプリントを見た。何度か、おくれ毛を耳のうしろにかけることもあった。そして作業にもどって、太陽にむかってかたむく小さな花たちを書いていった。

「ジョセフ」

ジャウォースキー先生が声をあげた。

「あなたは文字を書いているの？　それとも、夢《ゆめ》でも見ているのかしら？」

「ジョセフはさっきから、よそ見をしてます」

と、アデル・サパースタインが言った。

「あら、そう。いったい何をそんなに見ているんですか、ジョセフ？」

先生たちはしょっちゅうそうきく。実際《じっさい》にこたえられそうなときもあるけど、答えを言う時間をあたえてもらえない。本当に知りたいとは思っていないからだ。

アデルがぼくのかわりにこたえた。

「ジョセフは、メアリ・リズを見てます」

「まあ、そう」

ジャウォースキー先生が言った。

「それなら、メアリ・リズを見ている時間をへらして、自分の書く字に集中すれば、これよりはうまく書けるようになるでしょうね」

先生はぼくのプリントをかかげて、教室じゅうのみんなに見せた。

みんなはぼくのプリントとぼくを見て笑い、だれかがこう言った。

「ジョセフはメアリ・リズが好きなんだよ」

すると、みんなはもっと笑った。

そのときだ。メアリ・リズが、これ以上ありえない最悪なことがおこったという顔をした。ぼくを見た顔は、怒《おこ》っていた。ぼくのことをものすごく怒っていた。メアリ・リズがそのあと引《ひ》っ越《こ》していってしまったのは、ぼくのせいかもしれないと、今もときどき思う。そのくらい怒《おこ》っていた。

ぼくは自分のプリントをくしゃくしゃにまるめて、床《ゆか》に投げつけた。ジャウォースキー先生はぼくに腹《はら》を立てたけど、なんで怒ったのかまったく意味がわからない。そのプリントがぜんぜんだめだって言ったのは先生じゃないか。

結局ぼくは廊下《ろうか》に立たされた。それ自体はべつにめずらしくもないけど、あの日のことを覚えているのは、なによりも、メアリ・リズがあんなふうにぼくを見たからだった。

そしてぼくは、またやってしまったのだ。

椅子《いす》がキーキー床とこすれる音が聞こえ、社会の教室にいたみんなが荷物をまとめてドアにむかっている。

「どこに行くんだっけ？」

だれにともなく、きいた。

「図書館だよ。ほんとになんにも聞いてないの？」

カーリーという女の子がこたえた。

ぼくは返事もしなかった。だまって自分のリュックをつかみ、みんなのあとから図書館にむかった。

6

学校図書館の司書はフィッシュバイン先生だ。髪《かみ》の毛《け》が白くて、いつもスカートをはいている。うわさでは、この図書館に住んでいて、カップヌードルしか食べないという。実際《じっさい》、先生の机《つくえ》の上のほうにある棚《たな》には、カップヌードルが何十個《こ》もつんである。でも、うわさがまちがっていることを、ぼくは知っている。たまに、車が全部出ていったあと、学校の駐車場《ちゅうしゃじょう》を自転車で通ると、フィッシュバイン先生が図書館を出てバス停へ歩いていくのを見かけるから。ただ、そのことをだれにも話してはいない。そもそもだれに話したらいいかわからないからだけど、立ち入ったことだから、とも思う。

とはいっても、フィッシュバイン先生には変わったところもある。たとえば、先生の事務室《じむしつ》は黄色いカードの山でいっぱいだ。なぜかというと、先生はコンピューターがきらいだから。はじめてコンピューターが導入《どうにゅう》されたとき、図書の目録カードの入った棚をすべて処分《しょぶん》しなければならなかったそうだ。棚が持ちさられるとき、先生は「ジタバタ大さわぎ」したらしい。自分でそう言っていた。「ジタバタ大さわぎしたのよ」って。それでもって、棚にならんでいた目録カードを全部取りださせて、自分の事務室《じむしつ》に運びこませた。一枚《まい》残らず。

それだけじゃなくて、日付スタンプやスタンプ台や緑色の貸出《かしだし》カードも残してある。もしも大災害《だいさいがい》がおこって、石器時代にぎゃくもどりしたらどうなると思う？　と、先生は言っていた。最後に笑うのはだれかしら？　それとも安全な図書館で、手でしっかり持てる本と、その本をさがすための目録カードと、借りるための罫線《けいせん》入りの緑の貸出カードを手にした、フィッシュバイン先生？

そうは言っても、もしも世界がめちゃくちゃになったら、本の貸出や返却《へんきゃく》のことなんて、だれも気にしないんじゃないかな。

ともかく、図書館に行くと、椅子《いす》がU《ユー》字型にならべてあった。三年生のころのおはなしの時間を思い出したけど、七年生になるとだれもおはなしを読んではくれない。

ぼくは椅子のひとつにすわった。灰色《はいいろ》のつるつるしたやつだ。おしりがぴたっとおさまってくれないやつ。体がずるずるすべっていくけど、がんばってふんばった。

みんながすわると、フィッシュバイン先生が口をひらいた。

「エルナンデス先生が説明されたように、みなさんはそれぞれ自分で決めたテーマについて、調べることになっています」

え？　そうなんだ。

「インターネットにはたくさんの情報《じょうほう》が出ていますけれど、図書館で調べものをするのは、大切なことなんですよ」

ジェシカ・ユーがうんざりしたように目を上にむけ、ジョーダン・グレイザーが笑いをこらえる。先生は話しつづけた。

「そして図書館では、コンピューターが目録カードに取ってかわったとはいえ、棚《たな》にならぶ本は自分でさがさなくてはなりません。そこで大事なのが、デューイ十進分類法（アメリカの図書分類法。日本の十進分類法はこれを参考につくられた）です」

みんなは椅子にしずみこんで、うなったりうめいたりしていたけど、フィッシュバイン先生はひるまずにつづけた。

「一八七六年に……」

「せんはっぴゃくななじゅうろく？　マジかよ！」

と、ジョーダン・グレイザーがかん高い声をあげた。

「……メルヴィル・デューイが図書を分類する方法を考えだしました……」

不思議だけど、みんなはこのデューイ十進分類法をバカみたいだとか、たいくつだとか、バカみたいにたいくつだとか思っているみたいなのに、ぼくはけっこう引きこまれた。図書館の本のうち、物語は「F《エフ》」（フィクション）、伝記は「B《ビー》」（バイオグラフィー）で表示《ひょうじ》されている。それ以外の本はすべて数字で最後までこまかく分類されている。たとえば科学は500番台で、動物は590番台で、哺乳類《ほにゅうるい》は599だ。ラクダとシカとキリンとカバは自分たちだけでひとつの番号を持っている。599・73だ。

ぼくはいろいろ考えはじめた。それならトイレットペーパーとか、ピーナッツバターとか、キラービー（殺人蜂）はどこにあるんだろう。そしてぼく自身の番号は？　ニューヨーク出身だから900番台？　英語《えいご》をしゃべるから400番台？　霊長類《れいちょうるい》だから500番台？　それともスクールカウンセラーのところに通っているから、さかのぼって100番台？　自分の中でどの部分が一番重要なのか、だれが決めるんだろう。いつも正しく決められるものなのかな。

自分が図書館のあちこちに散らばっているところを想像《そうぞう》してみた。このへんに少し、あのへんに少し。

こまったことに、ぼくがそんなことを考えているうちに、フィッシュバイン先生はこれから授業中《じゅぎょうちゅう》にやる課題について説明していた。なぜかほかのみんなは、そういうときになると、話を聞いている。そしてそういうところにかぎって、ぼくはかならず聞きのがす。

それで、ニコール・アブルッツィがぼくの顔に鉛筆《えんぴつ》（しかも芯《しん》のほう）をむけているのに気づかないで、作業用のプリントをぎりぎりとどかないあたりで持っていたパトリック・マッカーシーのほうへ手をのばしたとたん、あやうく目をえぐりだされるところだった。そのとき、フィッシュバイン先生がぽんと、ぼくのひざに本を置いた。『男子諸君《しょくん》、体を鍛《きた》えよう！　強く健康《けんこう》になって自信がつく、ティーンのためのガイドブック』という本だ。表紙にはいかにも強そうな男たちの写真がのっている。ひとりはシャツの前がはだけて、もりもりの筋肉《きんにく》が見えている。ほかのふたりは、かわいいガールフレンドにほほえみかけられている。

授業の課題はこの本のデューイ十進分類番号と関係があるはずだけど、どう関係あるのかはわからない。片方《かたほう》の手には鉛筆、もう片方の手には作業用のプリント、ひざにはぶあつくて重い本。

まわりのみんなは自分の本の中身を見て、プリントにせっせと書きこんで空欄《くうらん》をうめている。なのに、ぼくは三つの物体と二本の手をもてあまし、課題が何なのかもさっぱりわからない。だから、こういうときにときどきすることをした。じっとすわったまま、なんでだろうと不思議に思う。どうしてみんなは、こまっていないのかな。ぼくとちがって。

このぼくの癖《くせ》に気づいて指摘《してき》する人がかならずいる。今日はニコール・アブルッツィで、ニコール自身もストレッチ素材《そざい》のシャツを引っぱりおろす癖がある。ニコールはシャツを引っぱりおろしながら、こう言った。

「ジョセフが何もしてません」

いっせいにみんなが顔をあげ、ぼくとひざの上の本を見て笑った。そして誓《ちか》ってもいいけど、ぼくは少しも体を動かしていないのに、その瞬間《しゅんかん》、ぼくのおしりは灰色《はいいろ》のつるつるの椅子《いす》からすべって、床《ゆか》に落ちた。

フィッシュバイン先生が怒《おこ》りだすだろうと思った。ぼくは話を聞いていなかったし、床にいるわけだから。ところが先生はクラスのみんなのほうへ、注意するようなするどい視線《しせん》をむけた。みんなは笑うのをやめた。少なくとも、声に出しては。それから先生はぼくの右手から鉛《えん》筆《ぴつ》を取って、左手から作業用のプリントを取って、ひざにあった『男子諸君《しょくん》、体を鍛《きた》えよう！　強く健康《けんこう》になって自信がつく、ティーンのためのガイドブック』を持ちあげた。それでもどういうわけか、先生の片方《かたほう》の手はあいている。先生はそっとぼくの手首をつかんで、テーブルのほうへつれていった。

それから、授業《じゅぎょう》の課題について、ぼくに説明してくれた。要するに、レポートを書くために『男子諸君、体を鍛えよう！　強く健康になって自信がつく、ティーンのためのガイドブック』という本をさがす場合、どんな情報《じょうほう》が必要かを作業用のプリントに書きこめばいいのだ。書名、作者名、出版社名《しゅっぱんしゃめい》、出版年、出版国、そしてもちろんデューイ十進分類番号。

質問《しつもん》がないかきかれたから、ないとこたえた。テーブルについたほうが、本をひざにのせているよりずっと楽だ。もしT《ティー》先生がここにいたら、作業用のプリントの空欄《くうらん》はぼくが書きこむには小さすぎるとわかっただろう。なにしろタイトルが『男子諸君、体を鍛えよう！　強く健康になって自信がつく、ティーンのためのガイドブック』なのだ。だから、書くためのべつの用紙をくれたと思う。でも、ぼくはできるだけのことをした。プリントの右はしまで書いたところで急に右に曲がり、下にむかって書きつづけ、一番下までにむりやりおしこんだ。

授業の終わりのチャイムが鳴ると、フィッシュバイン先生はみんなに本とプリントと鉛筆を椅子の上に置いて帰るように指示《しじ》し、みんなは三秒くらいで廊下《ろうか》に出ていった。ぼくはといえば、しまるドアがおこした風でプリントが飛んでいき、鉛筆がその反対方向へテーブルを転がって落ちるのを見ていた。

フィッシュバイン先生はみんなのプリントを集めはじめた。ぼくが自分のプリントを拾おうと、テーブルの下に手をのばしたとき、先生がふっと笑ってこう言うのが聞こえた。

「わたしもそろそろ引退《いんたい》したほうがいいかもしれないわね」

「すみません。ぼく、そんなにダメですか?」

ぼくは思わずきいた。

「まあ、ジョセフ。あなたはぜんぜん悪くないわ!」

フィッシュバイン先生はつるつるした椅子のひとつに腰《こし》をおろし、となりの椅子を軽くたたいた。

「なんでしょうね、こんなに長年やっているのに、いまだに失敗ばかりしているの。今の授業で、あなたにいやな思いをさせるつもりはなかったのよ」

ぼくは作業用のプリントを先生にわたした。文字が六つくらいのべつの方向にむかって書かれている。先生のとなりの椅子《いす》にすわって、すべり落ちないように、手で体をささえた。

「気にしないでください。ぼくはいつも、あんな感じですし」

「退職金《たいしょくきん》のいい条件《じょうけん》を出してもらえたのよ。でも、心の準備《じゅんび》ができていなかったの」

大人はときどき、ぼくが仲間であるかのように話しかけてくる。なんだか毛色の変わったアヒルが群《む》れからはじかれて、優《やさ》しいガチョウにひろわれたみたいな感じ。

「まだやり終えた気がしなかったの。何をって言われると、わからないいんだけど。でも、わたしはどんなことでも、つねに可能性《かのうせい》があると思ってきたの。あきらめさえしなければね」

先生はぼくのプリントをちらっと見たけど、ちっともがっかりしていないようだった。それから、先生はまたぼくのほうを見た。

「だけど、わたしもただの時代おくれの年よりになってしまったのかもしれないわね。かわいそうなメルヴィル・デューイのように」

ぼくがデューイ十進分類法をどんなに気に入ったか教えてあげようとしたとき、チャイムが鳴り、先生は時計を見た。

「あらまあ！」

あわてて立ちあがる。

「つぎの授業《じゅぎょう》に間にあわないわ。遅刻票《ちこくひょう》を出すわね」

先生が遅刻票を書いている間、『男子諸君《しょくん》、体を鍛《きた》えよう！　強く健康《けんこう》になって自信がつく、ティーンのためのガイドブック』のことを考えつづけた。表紙の男たちがこっちを見ながら、おまえもこっちに来てみろよ、と筋肉《きんにく》いっぱいの自信と笑顔で言っているのを感じる。

「あの、フィッシュバイン先生？」

「なあに、ジョセフ？」

「その……さっきの本、借りていいですか？」

先生の顔がぱっと明るくなる。

「もちろんよ！　どうぞ借りてちょうだい！　こっちに持ってきて」

ぼくが本を取りにいって、先生の机《つくえ》に置くと、先生はバーコード読み取り機を台から取った。そして鼻にしわをよせた。

「うまくいくかしらね。きのうは調子悪かったのよ……」

小さな赤いレーザー線を本にむけ、「ピッ」と音が鳴った瞬間《しゅんかん》、先生がたじろぐ。ぼくはその本をリュックにしまった。だれにも見られないように。

先生が遅刻票をくれた。

「はい、ジョセフ。いい一日をすごしてね」

「どうも。それと……フィッシュバイン先生？」

「なあに、ジョセフ？」

「引退《いんたい》しないでください。すごくいい図書の先生だし、ぼくはデューイ十進分類法が好きです」

フィッシュバイン先生はにっこりした。

「ありがとう、ジョセフ。わたしもよ」

ぼくは廊下《ろうか》に出た。リュックが三倍くらい重くなっている。そして、新しい学年になってまだ二日目で、つぎの授業《じゅぎょう》が何なのかまったくわかっていないことに気づいた。

自分の時間割《じかんわり》をさがすかわりに、たぶん国語だろうと当たりをつけた。遅刻《ちこく》しているから、ドアがしまっている。そのドアをあけたとたんに目に入った八年生の集団《しゅうだん》は、ぼくのびっくりした顔をひと目見るなり、ゲラゲラ笑いだした。ぼくは不思議に思わずにはいられない。あの人たちは、失敗したことがないのか？　失敗するとどんな気持ちになるのか、わからないのか？

わからないんだろう。なぜって、ドアをしめたあとも、先生が机《つくえ》をドンドンたたいて、みんなを静かにさせようとしているのが聞こえたから。

廊下で、ぼくはリュックの中をさぐって、底のほうでつぶれてしわくちゃになった時間割を見つけた。つぎの授業はフランス語だった。廊下を走って、ようやく教室にたどりつくと、授業はすでにはじまっていた。ラベル先生が楽しそうにぺらぺらしゃべっている。ぼくに理解《りかい》できるようになるとはとうてい思えない言語で。

7

ラベル先生をじゃましないように、なるべく静かに遅刻票《ちこくひょう》を先生の机《つくえ》に置くと、最初に目に入った椅子《いす》にすべりこんだ。すわってから、となりがヘザーだったことに気づいた。同じフランス語をとっていたなんて、知らなかった。ヘザーはちらっとこっちを見たけど、ラベル先生の話に集中していた。ぼくのことをまだ怒《おこ》っているのかもしれない。でも、もしかしたら怒っていないのかも。たんにまじめに授業《じゅぎょう》を受けているだけなのかも。

ラベル先生はフランス語でしゃべっていた。外国語を学ぶには、実際《じっさい》に話しているところを聞くのが一番だと、先生はきのう言った。でも、それってぎゃくなんじゃないかな。学ぶほうを先にするほうが、理屈《りくつ》にあう気がする。たしかに、フランス語はひびきがきれいだ。歌うような調子があって、ペットに話しかけるときみたいでもある。けど、聞いているだけで少しでも意味がわかるようになるとは思えない。

ヘザーは今も先生のほうに集中しているけど、数秒ごとに自分の机を見おろしている。何かを描《か》いているみたいだ。鉛筆《えんぴつ》で。ヘザーがカリカリとノートに描くのをながめたけど、何を描いているのかは見えない。

ラベル先生は背《せ》が高くてやせていて、そでなしの短いワンピースを着ているから、腕《うで》や足に筋肉《きんにく》がついているのがよくわかる。緑のハイヒールをはいていて、それが茶色と黄土色のチェック模様《もよう》にならんだタイルの上でコッコツひびく。一文しゃべり終わるたびに、とんがったヒールの片方《かたほう》でくるんとまわって、まったくべつの方向にむかっていく。たいていは茶色いタイルの上でまわるけど、たまに黄土色のときもある。左にむかってコッコッコッ。右にむかってコッコッコッ。


こっちにむかってコッコッコッと来たとき、マズイ、と思った。

ラベル先生はこっちを見て、ぼくが何か言うのを待っている。数秒してから、先生は自分の耳を軽くたたいて、「エイ食って」みたいに聞こえる言葉を発してから、グレゴリーという男子のほうをむいた。その子が「ジャマッペ・グレゴリー」みたいなことを言った。

ラベル先生はつづいてヘザーのほうを見た。ノートを机の下でひざにのせてかくしていたヘザーは、こう言った。

「ジャマッペ・ヘザー」

するとラベル先生がまたこっちを見たから、いくらぼくでも、どうすればいいかわかった。

「ジャマッペ・ジョセフ」

と、ぼくは言った。
ラベル先生は、本当はぜんぜん笑顔じゃない笑顔でじろっとこっちを見てから、コツコツコツと教室の一番前まで行くと、ホワイトボードにむかって字を書きはじめた。先生の書いていることを書きうつそうとしたけど、文字が適当《てきとう》にならんでいてアポストロフィがそこらじゅうに飛びまわっているように見えるから、むずかしい。そのときドサッと音がして、下を見ると、ヘザーのノートがひざからすべり落ちていた。ふたりの間の通路にある。ラベル先生はふりむきもしない。ぼくのいるあたりから音がしたから、どうせぼくが不器用なことをしているだけだと思ったのかも。

身を乗りだしてノートをひろったとき、ヘザーが描《か》いていたものが見えた。ラベル先生だ。でも、カエルの姿《すがた》をしている。足は長くて筋肉《きんにく》がついていて、ハイヒールをはいている。ぼくはふきださないように気をつけながら、ヘザーにノートを返した。ヘザーはぼくのほうを見ないで、ノートをひざにもどし、ふたたびラベル先生の板書をうつしだした。「Je m'appelle…《ジュマペール》」(わたしの名前は……)、そして「Comment t'appelles-tu?《コマンタペルチュ》」(きみの名前は?)。ぼくもできるだけがんばって書きうつした。母さんは昔フランス語の授業《じゅぎょう》を取っていたし、「メゾン」というフランス語の名前の店で働いているから、あとで意味をきいてみよう。

授業の残りの時間は、のどを鳴らすような「R《エール》」や、くちびるをすぼめた「ooh《ウー》」などの発音でぼんやりすぎていった。チャイムが鳴ると、ぼくはヘザーを追いかけた。

「ヘザー、待って！」

昔からの友だち同士のふりをして、声をかける。

ヘザーは立ち止まってふりかえった。

「絵、すごくじょうずだね」

ぼくがつづけると、ヘザーはどうってことなさそうに肩《かた》をすくめた。

「前の学校で描くようになったんだ。授業がたいくつなとき」

「うん、わかる」

と、ぼくはこたえた。といっても、「たいくつ」はぼくのおもな問題ではないんだけど。

「トンプキンズ先生も描くといいよ。校長先生。セイウチにそっくりだから」

「セイウチというより、マナティーに近いかもね。こういうのは急いで決めちゃだめ。はっきりわかるまで、よく観察しないと」

ヘザーはしゃべりながら、そんなふうにぼくを観察している気がした。ぼくの背中《せなか》のリュックが『男子諸君《しょくん》、体を鍛《きた》えよう！』の重みでずりさがっていることに気づいているかな。ぼくのスウェットシャツにボタンやファスナーがついていないことにも。ぼくはどうしてもというときしか、ボタンやファスナーのある服を着ない。もしヘザーがぼくを描くとしたら、どんな動物にするだろう。今朝《けさ》のことがあったから、きっといやな虫か、それともサルかも。サルじゃないといいな。

今からでも、ヘザーの気持ちを変えることはできるかもしれない。

「さっきはごめん、信じてなくて。きっとすごくいい選手なんだね。さっき話してくれた、女の人。だって、そうだよね？　メダルを取ったんだから」

「金メダル」

「うん。あのさ、さっきはぼくのこと、だましてるんだと思ってた。そうするやつら、この学校に多いから」

「イジワルだね。だますなんて」

「わかってて、そうするんだよ」

ヘザーはさらにぼくをよく観察した。一分くらいじっとぼくを見ている。それから、心を決めたように、小さくほほえんだ。ぼくのことを毛がふわふわした無害な生き物だと判断《はんだん》したみたいだ。たぶん、スナネズミ。それか、ハムスター。

「チェリーフィールドにもセイウチ・タイプがいたの。サメル先生。どの先生も、十回ずつくらい描《か》いたかな。チェリーフィールドってけっこう小さい学校だったから」

「レイクビューよりも？」

「ずっと小さいよ。母親がチェリーフィールドで生まれ育ったの。三年連続でブルーベリー・プリンセスに選ばれたんだって」

ヘザーがそれをほこらしく思っているのかどうか、わからなかった。どっちかというと、親に何万回も聞かされて、うんざりしている感じに聞こえた。

「ここって、なになにプリンセスとか、ないよね？」

ヘザーがきいた。

「ないよ」

「レイクビューって、世界のなになにの都《みやこ》とかじゃないよね？」

「ないと思うけど」

ヘザーはうなずいた。そしてこう言った。

「あとで、陸上部の集会に行くでしょ？」

「ああ、うん。行く」

ぼくは少しもまよっていなかったかのようにこたえた。

「じゃあ、またあとで」

ヘザーが廊下《ろうか》をさっていく。

「待って」

ぼくはさけんだ。

「名前、なんだっけ？　さっきのオリンピックの人」

「ステファニー・ブラウン・トラフトン」

ヘザーがさけびかえす。

「二〇〇八年夏、北京《ペキン》オリンピック。円盤《えんばん》投げ、金メダル。64メートル74」

そして、早足で行ってしまった。今朝《けさ》のトラックのときと同じように。

8

放課後、自分のロッカーの前で荷物をまとめているとき、今日はおじいちゃんが家に来ているはずだと気づいた。アトランティックシティの留置場《りゅうちじょう》がどんなだったか、すごく知りたいけど、T《ティー》先生とヘザーに陸上部の集会に行くと約束《やくそく》してしまっている。ふたりをがっかりさせられないから、D《ディー》5教室に行った。ドアに貼《は》り紙《がみ》がある。

陸上部クロスカントリー集会　下のグラウンドのトラック

ぼくは廊下《ろうか》を走って、裏口《うらぐち》を出て、上のグラウンドを横切った。すでに息切れしているのは、よくないきざしだ。古いコンクリートの階段《かいだん》のところまで来ると、今朝と同じワザを使う。手すりをつかんで、よろよろとトラックまでおりていくと、すでに生徒たちがかたまって待っていた。

男子四人、女子五人。名前は全員知っているけど、しゃべったことがあるのは、通級指導《しどう》教室でいっしょのサンジットとエリカだけだ。それと、ヘザー。男子のうち三人は、つったったまま、かかとで地面をけったりしている。女子たちはおたがいの靴《くつ》ひもをくらべあっている。ヘザーをのぞいて。ヘザーはグループから離《はな》れて立っていた。

「おそくなっちゃった」

ぼくはヘザーに言った。なぜかわからないけど。べつにヘザーが責任者《せきにんしゃ》ってわけじゃないのに。

「監督《かんとく》はまだだから」

ヘザーはどうってことないというように肩《かた》をすくめた。「監督」という言いかたがいい。慣《な》れている感じ。以前にもだれかを「監督」と呼《よ》んだことがあって、どんなものかわかっている感じ。

「だれだか知ってる？」

サミー・スモールという子がきいた。名前のとおり、本当に小さいやつで、今は大きなカエデの木の枝《えだ》からぶらさがって、葉っぱをふりおとそうとしている。エネルギーをおさえることに、ちょっと問題をかかえていそうだ。通級指導《しどう》教室に来たほうがいいんじゃないかな。

「だれって、何が？」

と、ヘザーが聞きかえす。

「監督」

「知らない」

ヘザーがこたえると、サミーは飛びおりて、男子グループにかけもどった。

「きっとデサルボだ」

ウェスという名前の男子が言った。大量の巻《ま》き毛《げ》が眉毛《まゆげ》の真下までたれさがっている。

「ちがうよ。デサルボはサッカー部の監督じゃん」

と、サミーが言う。

「じゃ、オマーラ?」

「それはないな。女子テニスだから」

と、サンジットが言う。

「うわ、女子テニスの話はやめて」

そう言ったのは、ビクトリアという名前の女子。そのとなりには、当然のように、友だちのテレサが立っている。ふたりは小学生のころからいつもいっしょだ。休み時間にふたりで側転の練習をしていたこともあるし、ときどきふたりだけでスペイン語で会話している。

「なんで?」

と、サンジットがきいた。

「あたしたち去年、女子テニスのレクリエーションチーム（学内で楽しむためのチーム）に入ったんだけど、ずーっとベンチにすわらされてたの」

と、テレサがこたえた。

「四歳《さい》とかぐらいからレッスンを受けてなかったら、あきらめろって感じ」

と、ビクトリアがつづける。

「わたしなんて、三年連続で足切りされて、サッカーのトラベルチーム（学外に試合をしに行くチーム）に入れてもらえなかった」

と、ブリアンヌという女子が言った。

「リトルリーグでさ、メジャーからマイナーに落とされたよ」

マークという男子が言った。

だんだんパターンが見えてきた。

「陸上部でも、足切りってあるのかな」

と、サンジットがきいた。

「知らないけど、高校に行ってる兄貴《あにき》は、吐《は》くまで走らされるって」

と、ウェスがこたえる。

「すげえ」

と、サミーが言う。

体育館のほうから耳ざわりな音が聞こえた。ゴミ収集車《しゅうしゅうしゃ》がゴミをかみくだくときの騒音《そうおん》を思い出す。顔をあげると、パパシアン監督《かんとく》がせきばらいをしていた。一瞬《いっしゅん》、この人が監督になるのかと思って、ぎょっとした。でも、そのあと、うしろにアメフトの選手たちが見えた。

「おい、行くぞ」

パパシアン監督のしゃがれ声が聞こえる。

「おまえら、さっさとそのケツを――」

それから間《ま》があって、

「大自然のめぐみをながめるために、ここにいるわけじゃないんだからな」

「大自然のなんだって？」

サミーがきいた。

「めぐみ。葉っぱとか、そういうの」

と、テレサがこたえる。

「あの先生、しゃべりかたに気をつけないといけないらしいよ」

と、ウェスが説明する。

「怒《いか》りをコントロールするためのプログラムに行かされたから、どなったり、悪い言葉を使ったりしちゃいけないんだ」

「生徒にレンガを投げつけたって聞いたけど」

と、ブリアンヌが言う。

「ただのレゴブロックだって。あたしのお姉ちゃん、その場にいたの」

ビクトリアが言った。

みんながパパシアン監督《かんとく》の話をしている間、ぼくはアメフトの人たちがもたもたしている原《げん》因《いん》に気づいた。チャーリー・カストナーとザカリーが、つば飛ばし競争をしている。ザカリーのほうが勝っているようだけど、突然《とつぜん》チャーリーが、つばを飛ばしかかったところでやめた。もっとおもしろそうなもの、つまりぼくたちを見つけたからだ。

チャーリーはぐっと目をひらき、にやにやしだした。まるでぼくたちがドーナツの箱で、あけたら、ひとつ残らず砂糖衣《さとうごろも》におおわれているか、クリームがつまっていたかのように。

「見ろよ！　あれって……何かのチームか？」

チャーリーが声をあげる。

ザカリーが、さあというように肩《かた》をすくめる。

「フリードマン！　おまえ、女子チームか何かに入るのか？　何の種目だよ、フリードマン？　編《あ》み物《もの》？」

ぼくはだまっていたけど、ウェスが言いかえす。

「陸上だよ、バカ。それに女子チームじゃないし」

チャーリーは「バカ」と言われたのに気づきもしなかったようだ。今はヘザーのほうをじっと見ている。

「おい、あいつの言うとおりだ！」

おもしろそうに言う。

「女子チームじゃねえよ。見てみろ」

チャーリーはヘザーを指さした。ヘザーは無視《むし》して、大きな木にもたれて、片方《かたほう》の足をうしろにのばしている。チャーリーのアメフト仲間が何人か集まってきて、みんなで笑っている。

「よう、ミス・ヒップチェック！　こっち来いよ。ライトタックルのポジションがあいてるんだ！」

「カストナー！　ほかの人にかまうな。自分のことをやれ！」

パパシアン監督が声をあげる。

「これ、自分のことです。アメフトチームの選手をスカウトしてるんです」

と、チャーリーがこたえる。

「そうですよ、監督。見てください、ラインバッカーにどうですか？」

と、ザカリーがつづける。

「ほら、ラインバッカーだってよ。それか、タックル。な、どうだ?」

チャーリーがきいてくる。

ヘザーは落ち着きはらっていた。

「やろうと思えばできるけど」

背筋《せすじ》をのばして、チャーリーをじっと見かえす。

「でも、アメフトは好きじゃないの。それに、もうチームに入ってるから」

ぼくたちのことをヘザーは言っているんだ、と気づいた。

「カストナー!」

パパシアン監督《かんとく》が大声を出す。

「グラウンドを一周してこい!」

ぼくたちをいじめた罰《ばつ》かと思ったけど、そのあとに説明がつづいた。

「練習をさまたげた罰だ」

「はい、はい」

チャーリーが返事をする。でも、いなくなる前にヘザーにこう言った。

「お父さんによろしくって伝えてくれよな」

ヘザーをバカにしているふうに聞こえたけど、意味がよくわからなかった。

ヘザーは目をしばたたかせたけど、何も言いかえさない。だまって木のそばにもどり、またストレッチをはじめた。

それ以外のぼくたちは、何ごともなかったふりをした。ヘザーは前屈《ぜんくつ》して、足首をつかむストレッチをしている。ぼくはそばに行って、自分の足首をつかもうとしたけど、ぜんぜんとどかない。ひざこぞうのちょっと下がせいぜいだ。

「あいつ、お父さんを知ってるの？」

ぼくはさかさまになったままきいた。

「クローバーデールで」

と、ヘザーはこたえた。

クローバーデールは町の反対側にあるゴルフクラブだ。

「会員なの？」

ヘザーは大きな音を立てて息を吐《は》きだした。

「ちがう。チャーリーはそうだけど。うちの父親はそこで働いてる」

「ゴルフを教えてるの？」

頭に血が流れこんでくる。くらくらしてきた。

「ううん。園芸家なんだ」

ほっぺたが目のほうへたれてきているのに、ぼくのぽかんとした表情《ひょうじょう》はかくせないようだった。

「植物の専門家《せんもんか》なの。マスターガーデナーっていう資格《しかく》を持ってる」

興味《きょうみ》がないように思われたくはないけど、あと一分この体勢《たいせい》でいたら、気を失いそう。

「いつまでさかさまでいるの？」

ぼくはきいた。

ヘザーが足の指に触《ふ》れ、それから体をおこしたから、ぼくもそうした。ヘザーはぼくのことを笑いたかったみたいだけど、笑わなかった。ありがたい。頭のくらくらが少しおさまると、きいてみた。

「それで、クローバーデールには植物の専門家が必要なわけ？」

「何言ってるの？　ここに引《ひ》っ越《こ》してきたときに父親が見たら、芝生《しばふ》はピシウム病で、基部《きぶ》が腐敗《ふはい》して、粘菌《ねんきん》だらけだったんだから」

そう説明されても、頭のくらくらがよくなるわけじゃない。

「それに木には、ブロンズ・バーチ・ボーラー・ビートルがいたの」

「ブロンズ・バーチ……」

「ボーラー・ビートル。タマムシ科の甲虫《こうちゅう》。いったん木につくと、駆除《くじょ》するのがたいへんなんだ」

「お父さん、そういうことにくわしいの？」

「まあね」

わかりきったことのように、ヘザーはこたえる。

「メイン大学の学位も持ってるし」

そのとき、女子のひとりが声をあげた。

「ねえ！　あたしたちの監督《かんとく》じゃない？」

みんなでいっせいに、その子が指さしたほうを見た。階段《かいだん》をおりてくる人がいる。太陽の光が目にさしこんで、よく見えないけど、スウェットの上下を着てスニーカーをはいているみたいだ。はっきりわからないけど、女の人っぽい。その人が近づくにつれ、ぼくは何度も目をしばたたかせた。空目《そらめ》かと思って。でも、サンジットのほうを見ると、同じように、信じられないって顔をしている。エリカも。

「あれって、通級指導《しどう》教室の人？」

ブリアンヌが言う。

「びっくりだな」

サンジットも言う。

そのとき、ぼくにもわかった。スウェットパンツにスウェットシャツを着て、ピンクの靴《くつ》ひもと緑のソールのついた白いスニーカーをはいてやってきたのは、ぼくたち陸上部の監督《かんとく》、T《ティー》先生だった。

9

ピンクの靴ひものついたスニーカーを見つめながら、T先生が監督なんだってことを、どうにか理解《りかい》しようとした。つじつまはあっているのかも。先生は通級指導《しどう》教室の監督のようなものだから。ぼくたちを応援《おうえん》し、おだててがんばらせる。でもきのう、お知らせを読んでくれたときはひとことも言っていなかった。だまっているなんてT先生らしくない。それにT先生が運動をしていたなんて、それどころかスポーツが好きだなんて、一度も聞いたことがない。やっぱり、なっとくがいかない。T先生がこんなふうに屋外にいて、スウェットの上下を着て、首からホイッスルをさげているなんて。

「はい、みなさん」

T先生はめんくらっているぼくたちの顔を見まわして言った。

「走る用意はできてますか？」

「待って、おれたちの監督は？」

と、ウェスがたずねた。

T《ティー》先生は自分を指さして、にっこりした。

「そうじゃなくて、男子の監督《かんとく》です」

T先生はちらっとうしろをふりかえって見てから、もう一度自分を指さした。

「じゃあ、男子も女子も同じチームってことですか？」

テレサがそうきいて、サミー・スモールのほうをいやそうに見た。サミーはT先生が「走る用意」と言ったときから、その場でかけ足をしている。

「クロスカントリー走では男子も女子もいっしょに練習します。レースではたいてい男女べつべつに走るけど、みんなで仲よくひとつのチームですからね」

と、T先生がこたえる。

「クロスカントリー走ってなんですか？　ぼくたち、トラック競技《きょうぎ》をやるのかと思ってたんですけど」

と、マークが質問《しつもん》した。

「陸上には、三つのシーズンがあります」

T先生は人さし指と中指と薬指を立てて、説明をはじめた。

「秋はみんなでクロスカントリー走をします。冬になると、いろんな陸上競技ができます。短《たん》距離《きょり》走やハードル走、長距離走のようなトラック競技のほかに、走り幅跳《はばと》び、走り高跳び、砲《ほう》

丸《がん》投げのようなフィールド競技もあります」

「えっ、ここで？　冬に？　雪がふったらどうするんですか？」

サンジットがとまどった顔をした。

「だいじょうぶよ、サンジット」

T先生はにこにこしている。

「コミュニティカレッジにある室内トラックを使えるから。春になったら、また屋外にもどって、さらに競技がふえます。たとえば、円盤《えんばん》投げ。それから、槍《やり》投《な》げもできるかもしれません」

T先生が円盤投げと言ったとき、ぼくはヘザーに、友だちらしく、応援《おうえん》するような、ちょっとあやまるような笑顔をむけた。でも、まぬけな、「早くトイレに行かなきゃ」みたいな顔になってしまった気がする。

「それで、クロスカントリー走って、何をするんですか？」

と、ビクトリアが質問した。

「走るのよ！　二千四百メートルくらいのコースを走るの」

「二千四百メートル？」

ウェスが声をあげた。

「どうかしてるんじゃない？」

と、テレサがつぶやいた。

「ロカ（スペイン語で「クレイジー」の意味）」

ビクトリアがうなずく。

「おもしろいのはね、大会がいろんな学校でおこなわれるってこと。同じコースはふたつとないのよ」

それを聞いて、ブリアンヌがゆっくりと手をあげた。

「大会って、なんですか？」

「レースをするのよ。競走のためにいろんなチームが集まってきて、大がかりな会になるから、大会っていうんだと思うわ。いい質問《しつもん》ね、ブリアンヌ」

ブリアンヌはほめられて驚《おどろ》いた顔をしている。

T《ティー》先生は手をたたいた。

「さて！　うちのチームのホームコースをつくりました。グラウンドのはしからスタートして、森の中をぬけて、ホワイトオーク通りをのぼって、体育館をぐるっとまわって、もどってくる。それを二周します。みんな、気に入ると思いますよ！」

みんなは自信なさそうな顔をしている。

「さて、これはパイロットプログラムなので――」

「ビューン！」

サミーが声をあげた。「ウイーン、ウイーン、ウイーン」と、戦闘機《せんとうき》のパイロットになったふりをしている。

「もういいですよ、サミー。『パイロット』は『試験的』っていう意味で使ったの」

T先生はいったん言葉を切って、またつづけた。

「これはパイロットプログラムなので、やりながら覚えていきましょう。でも何よりもわくわくするのはね……」

これまで話したことがすでにとてもわくわくすることであるかのように、T先生は言った。

「……今シーズン最後の大会、つまりリーグ決勝戦を、ここ、レイクビュー中学で開催《かいさい》できることなんです！」

T先生は両手で頭をおさえた。まるで、そうしないとわくわくしすぎて爆発《ばくはつ》するかのように。

「はい、ほかに質問はありますか？」

「足切りはあるんですか？」

と、サンジットがきいた。

「足切り？」

T先生はとまどった顔をした。

「走るのが速くないと、チームから追いだされたりはしないんですか?」

と、エリカが言いなおした。これまでほとんど口をきいていなかったけど、話は聞いていたみたいだ。

「みなさんには自分のベストをつくしてほしい、それだけを期待しています。がんばっているかぎり、みなさんはこのチームの一員です」

ビクトリアとテレサがそっとハイタッチをしあった。

「トロフィーは?」

と、ウェスがきいた。

「大会によっては上位で完走《かんそう》した人にトロフィーをわたします。上位のチームがメダルをもらう場合もあります。でもクロスカントリーで大事なこと、わたしがみなさんにがんばってもらいたいことは、どのレースでも、自己《じこ》ベストをめざすということです」

「え、何をめざすって?」

サンジットが聞きかえした。

「自己ベストよ。自己ベスト記録とも言うわね。今日どんなタイムで走ったとしても、明日はそれよりも速く走ろうとがんばることよ。自分のベストをつくすの。ほかのだれのでもない、自分だけのベストをめざすのよ」

「トロフィーがもらえるならいいか」

と、ウェスがつぶやいた。

T《ティー》先生はスケジュールや出欠や休みについて説明しているけど、ほとんど耳から耳へぬけていく。ぼくは自己ベストということについて考えていた。これって、いい話だよね。自分に勝つのは、ほかの人に勝とうとするより、ずっとかんたんに決まっている。

「ユニフォームってもらえるの？」

と、サミーが質問《しつもん》した。サミーもあんまり説明を聞いていなかったようだ。やっぱり通級指導《しどう》教室に来たほうがいい気がする。

「ええ、サミー。でも、まだチームが立ちあがったばかりだからね。ユニフォームをもらうためには、がんばらないと。じゃあみんな、ウォーミングアップをはじめましょう。準備《じゅんび》はいい？」

だれもウンともスンとも言わない。

「みなさん、もちろん走れますね！　じゃあ、まずは二周！」

ブリアンヌが手をあげかけたけど、質問する前に、T先生が説明した。

「このトラックをぐるっとまわるのが一周。これからみんなで、二回まわるの。いい？　はい、スタート！」

何秒かの間、ぼくたちはそこにつったっていたけど、やがてヘザーが走りだした。ほかの女の子たちがヘザーのあとからついていくと、サミーが飛びだしていって追いついた。

T《ティー》先生が声をあげた。

「もっとゆっくり！　みんな、もっとゆっくりよ！　ウォーミングアップだからね！」

でも、だれも言うことを聞かない。ウェスとマークがサミーのうしろから飛びだし、三人で競走しながら女の子たち四人を追いぬいていく。サンジットとぼくは最後からついていった。

はじめのうちは、ただ楽しい気分だった。空を見あげる。カエデの葉の濃《こ》い緑ととなりあって、このうえなく青い。空気は刈《か》りたての芝生《しばふ》のあまいにおいでいっぱいだ。前のほうに、コマツグミがいて、ぼくを見ると逃《に》げていった。日差しはまだ夏の午後のようで、トラックは温かく、まるで何日も何日も熱をためこんで、ぼくのために放ってくれているみたいだ。このトラックが、走るためだけにここにあるのが気に入った。ふつうの道路を走ったり、遅刻《ちこく》しそうだから走ったり、逃げるために走ったりするのとはちがう。走るためだけに、走るのだ。

赤くて弾力《だんりょく》のあるトラックに目をむけ、走っている自分の足を見る。左、右、左、右。そのままカーブを曲がっていく。ほかの人たちが前にいるから、追いつくためにスピードをあげる。最高に気持ちいい。速くて、自由な感じ……。だけどそれも、おなかの横のほうが痛《いた》くなってくるまでだった。最初はだれかに肋骨《ろっこつ》の近くをつねられているていどだったから、無視《むし》できた。でもだんだん痛みがはげしくなって、まるで肉切り包丁《ほうちょう》で刺《さ》されている感じになった。

あたりを見まわすと、みんなもスピードがおそくなっていた。女子がふたりくらい、ぼくと同じように痛くなったのか、体の横をおさえている。そのあと、サミー・スモールにけつまずきそうになった。サミーはレーンのまんなかにすわりこんで、あえぎながら、やっぱりおなかをさすっている。みんなが同時に盲腸炎《もうちょうえん》にかかることなんてあるのかなと思ってしまった。

T先生のホイッスルが聞こえたころには、みんながトラックのあちこちで、あおむけや横むきやうつぶせに寝《ね》ていて、まるで殺虫剤《さっちゅうざい》《レイド》をかけられたハエがいっぺんに死んでいるみたいだった。ただし、ヘザーだけはべつ。両手を組んで、腕《うで》を頭の上に高くのばし、体を右に左に曲げながら、なにもかも最高って顔をしている。その数秒後、ぼくの横にピンクの靴《くつ》ひもと緑のソールのついた白いスニーカーが見えた。

目を上にむけて、T先生を見ながらきいた。

「あの、ぼく、先生が殺したくなるようなこと、何かしたんでしょうか?」

「ただの腹痛《ふくつう》よ。脇腹《わきばら》の痛み。みんな、速く走りすぎたの。そのうち、自分のペースで走ることがわかるようになるわよ」

「先生が監督《かんとく》だって、どうして教えてくれなかったんですか?」

T先生は頭の上に手を置いた。通級指導《しどう》教室でやっているように。

「わたしのためにやってほしくなかったから。自分でやりたいって思ってほしかったの」

それからT《ティー》先生は大きな声を出した。

「みなさん、おつかれさま！　いいスタートでしたよ！」

ぼくはトラックに散らばってたおれているみんなを見まわしながら、悪いスタートってどんなのだろうと思った。

「はい、じゃあ、立ちあがって！　これから歩いて一周して、そのあともう一周走りましょう」

脇腹《わきばら》がまだ痛《いた》いけど、なんとかトラックから自分を引きはがして、マークのとなりを歩きはじめた。マークのバテ具合はぼくとあまり変わらない。

ヘザーはあと十周くらい喜んで走れそうな感じだ。ぼくを追いこしたとき、はげましの言葉をかけてくれるかと思っていたら、こう言った。

「家に帰ってバナナを食べて」

なんだか、いやがらせを言われた気がする。いやがらせの言葉なんてもう全部知っていそうなものなのに、いくらでも新しいのが出てくるんだ。

一周歩きおわると、もう一周のろのろ走った。T先生のところまでもどると、先生はみんなに、「緊急連絡先《きんきゅうれんらくさき》」と一番上に書いたカードをわたしていた。そのカードに記入し終えるまで、自分が〈緊急事態《じたい》〉におちいらないことを願うしかない。

ほかの子たちはカードに書きこむと、T先生のまわりに集まった。

「はい、みなさん、よくがんばりました」

T先生はカードを回収《かいしゅう》しながら、みんなに声をかけた。

「明日からいよいよ本格的《ほんかくてき》な練習をはじめます！　今日と同じ時間に、同じ場所に集合！」

ヘザーは自分のカードをぼくの手におしこんだ。

「先生にわたしてくれる？　体が温まっているうちに、あと二周くらいしたいから」

そう言うなり、ヘザーは走りだした。また。

緊急連絡先カードを書き終わるのは、当然のように、ぼくが最後だった。カードをひざの上に置いて書くしかない。まるでゴーカートに乗って書いたような字だけど、どうにか「連絡先1」と「連絡先2」に母さんと父さんの名前や電話番号なんかをつめこむことができた。ちらっとヘザーのカードを見てみた。「連絡先1」に「マイケル・コンスタンティニディス」と書いてある。ぼくがそんな名字だったら、いまだに小学校一年生にいて、プリントからはみださないように名前を書こうとがんばっていただろうけど、ヘザーはみごとにきちんときれいに書いていた。「生徒との関係」は「父」。そして職場《しょくば》の電話番号と携帯《けいたい》電話番号が書いてある。「連絡先2」は空欄《くうらん》だ。

みんなが荷物をまとめて帰っていくころ、ぼくはよろよろとT先生のそばに行った。自分とヘザーのカードを手わたす。

「ありがとう、ジョセフ」

T《ティー》先生がぼくの肩《かた》を軽くたたいた。

ぼくは自分の荷物を取りにもどり、リュックを持ちあげた。いつもよりずっと重くて、そういえば『男子諸君《しょくん》、体を鍛《きた》えよう!』が入っているんだと思い出した。表紙の十代の男子たちは、ぼくのザマに、ニタニタ笑っているにちがいない。

帰る前に、トラックのほうをふりかえった。ヘザーはまだ走っている。あと二周どころか、三周目かもしれない。それなのに、息を切らしてもいなかった。

10

家についたら、いいことが待っていた。おじいちゃんがもどっている。居間《いま》の一番お気に入りの椅子《いす》、大きな革《かわ》ばりのリクライニングの椅子にすわって、オペラの歌声を聞いている。

ぼくがおじいちゃんをぎゅっとすると、椅子がゆれて、椅子もぼくとおじいちゃんをハグしてくれている感じがした。

「牢屋《ろうや》はどうだった？」

ぼくはきいた。

「おれに言わせれば、あの〈ひぐれの里〉から一歩前進だったよ」

と、おじいちゃんがこたえた。

「〈ひだまりの里〉でしょ」

母さんがキッチンから出てきた。おじいちゃんにコーヒーのカップをわたす。ぼくはソファにすわった。

「〈ひだまりの里〉シニアレジデンスよ」

「あそこにいる人はみんな七十五歳《さい》を超《こ》えてるんだ。まちがいなく、〈ひぐれ〉だよ」

「とにかく、もどってこられて、よかったわ。不運な外泊《がいはく》からね」

おじいちゃんはぼくを見てウィンクした。ぼくはきいた。

「それでおじいちゃん、何をしたわけ？」

「なんにもしてないさ。自由な人間が自由な国でしちゃいけないことなんか、ひとつもしちゃいない。歩いて、ホテルのシーザーズに行ったんだ」

「父さんったら、団体《だんたい》行動中だったのに」

そう言いながら、母さんはおじいちゃんが居間《いま》のあちこちに置きっぱなしにしたお皿をかたづけていく。

「勝手にどこかへ行ったらだめじゃないの」

「ほかの人がみんな、のろのろしてたんだ。杖《つえ》だの、乳母車《うばぐるま》みたいなのを持っててさ」

「歩行器でしょ」

母さんがため息をつく。

「バスをおりるだけで三十分かかるんだ。たった三段《だん》だぞ。エベレストからおりてくるんじゃあるまいし。しかもだよ……」

おじいちゃんはなげくように首をふった。

「つれていかれたところが二流のカジノで、女の子たちは感じ悪いし、ピーナッツがしっけてた。おれはシーザーズが好きなんだよ」

母さんはまたため息をついて、持っていた食器の山にシリアルボウルとカップを重ねた。

「そうしたらさ、いきなり、警察《けいさつ》が追っかけてくるじゃないか」

おじいちゃんが話をつづける。

「マフィアのバグジー・シーゲルにでもなったかと思ったよ」

「みんな、父さんのことをさがしてたのよ。迷子《まいご》になったと思って」

「迷子だと。おれは大人の男なんだ。自分のことは自分でできる。あの〈ひぐれ〉の連中ときたら、世話焼きばあさんばかりだよ。しょっちゅうせっついてくる。『シャツキスさん、朝ごはんの時間ですよ』、『シャツキスさん、お昼ごはんの時間ですよ』」

母さんはコーヒーテーブルにすわって、なだめるように言う。

「父さん、覚えてるでしょ。去年、母さんが亡《な》くなったあと、ひとりきりになって、ごはんもろくに食べて……」

おじいちゃんはハエをはらうように手をふった。

「食べてたさ。量がへっただけだ。ひとりで食べるのはつまらないんだよ。それにおれは悲しかったんだ。悲しくてなにが悪い？」

「悪いなんて言ってないわよ」

母さんはがまんしているような声で言った。

「でも、だから、ひとりでいないほうがいいと思ったの。わたしたちと暮《く》らすのはいやだって言うし……」

「負担《ふたん》になっちゃならんと思ったんだ」

「だから〈ひだまりの里〉がいいと思ったのよ。父さんも賛成《さんせい》したじゃないの」

おじいちゃんは、ふん、と言った。

「あそこは介護施設《かいごしせつ》とはちがうのよ。りっぱな高齢者住宅《こうれいしゃじゅうたく》でしょ。九ホールのゴルフコースまであって」

「おれはゴルフはやらん。それに歩きに行っただけで人をつかまえるような、おかしな連中が経営《けいえい》してるなんて知らなかった」

「警察《けいさつ》に連絡《れんらく》したのは、父さんをさがすためだったのよ」

母さんは立ちあがった。

「みんな、心配してたの。それに留置場《りゅうちじょう》に入ったのは、自分でたのんだからでしょ」

「おれは警察署《けいさつしょ》にいて、横になりたかったんだ」

「だから、お望みどおりになったのよ」

母さんの両手の中で、お皿の山がカチャカチャ鳴った。

「お願いだから、ここにいてちょうだい。わたしはほとんど毎日仕事で出かけるけど、ジョセフには、だれかいてくれたらありがたいわ」

母さんはキッチンへむかった。

「今度はもう、いやとは言わせませんからね」

ガチャンと音をたてて、母さんは流しにお皿をおろす。

おじいちゃんは一瞬《いっしゅん》たじろいでから、こっちを見て、ひそひそ声で言った。

「留置場のことは、たしかにそのとおりだな。でも、ないしょだぞ」

ラジオの人たちの歌が終わると、おじいちゃんが手まねきした。ぼくはおじいちゃんの椅子《いす》のふかふかしたひじかけにすわった。おじいちゃんが、ぼくの汗《あせ》ばんだ髪《かみ》の毛《け》をくしゃっとする。

「何をしてた？　ボール遊びか？」

「走ってた。クロスカントリー」

「どこの田舎《カントリー》を横断《クロス》してたんだ？」

「どこも。そういう名前のスポーツなんだよ。クロスカントリー走」

「そうか。おまえは速いのか?」

「ううん。ぜんぜんダメ。でも、T《ティー》先生は上達するって言ってた。T先生は監督《かんとく》なんだ。通級指導《しどう》教室の先生だよ」

ラジオの男の人がつぎの歌の紹介《しょうかい》をしているけど、おじいちゃんはリモコンでカチッと電《でん》源《げん》を切った。

「通級指導教室か。おまえは、注意がそれていくからかい?」

「うん」

「おれもだよ。七十九歳《さい》になったからじゃないぞ。四十九歳のときも同じさ。九歳のときもだよ」

「ぼくは読むのがすごくおそいんだ」

おじいちゃんはうなずいた。

「それに、自分がバカなんじゃないかって、よく思う」

「おれもまったく同じだ」

「ときどき、じっとすわっていられないこともあるし」

「それなら、走るのはいい解決策《かいけつさく》になりそうだ。そうじゃないか?」

そうか。そんなふうに思ったことはなかった。

「おじいちゃんも子どものころ、通級指導教室に行った？」

「あのころはそんなもん、なかったよ。先生にはバカと呼《よ》ばれ、ほかの子たちにはボコボコになぐられた。今はそういうことはないのか？」

「ない。ときどき、からかわれたりはするけど」

「棒《ぼう》や石では骨折《こっせつ》しても、言葉ではケガしない」

それって、今は昔よりましだから、文句《もんく》は言うなっていうことなのかな。

「あのさ、おじいちゃんは〈ひだまりの里〉にはもどりたくないの？」

もどりたくないと思ってくれたらいいな。ここにいてくれたら、いっしょに話せる。おじいちゃんは、さあというように肩《かた》をすくめ、背《せ》もたれを動かすレバーをおした。ヘッドレストがいきおいよくはねあがって、おじいちゃんの頭のうしろに激突《げきとつ》し、ふたりともぐらぐらゆれた。

「〈ひだまりの里〉か」

おじいちゃんはつぶやきながら、ふかふかの椅子《いす》から立ちあがった。

「あそこじゃ、何を食べて、どうやって歩いて、どんな女の子にウィンクするのか、いちいち指示《しじ》してくるんだ。できるもんなら、トイレに行く指示までしたいんだろうよ」

学校でそういう目にあったことを全部思いかえした。先生だけじゃなく、上級生や人気者の子やいじめっ子が、何がよくて何がよくないのか指示してくる。そういう人たちからのがれることはできないのかも。一生、ついてくるのかも。

おじいちゃんはトイレにむかっていた。

「やつらは年の取りかたのルールをつくれると思ってやがる。だけどな、おれの意見を知りたいか？」

おじいちゃんはふりむいて、ひそひそ声で言った。この秘密《ひみつ》はぼくにしか明かさないのだというように。

「そろそろ、こう言ってやるころだよ。よけいなお世話だぜ、ってな」

11

つぎの日、自分でもよくわからない理由で、ぼくは練習に行った。まだ両親にはちゃんと話していない。もしかしたら本格的《ほんかくてき》な練習は今日が最初で最後かもしれないから。

今日、練習に来たのは、おじいちゃんに話したからなのかも。それとも、ヘザーのためか、T《ティー》先生のためか。あと、不思議だけど、脇腹《わきばら》のはげしい痛《いた》みも関係している気がする。ぼくが痛かったからじゃなくて、ほかの人たちも痛がっていたということ。もしかしたら、ひとりで負けてばかりいるのがいやになって、みんなでみじめになる体験をしてみたくなったのかもしれない。

ほかの子たちもそう思ったのか、全員そろっていた。今日はT先生が先に来ていて、ぼくたちをむかえてくれた。ぼくはウェスとマークのそばに行った。ウェスは指についていたケチャップのようなものをなめとっている。残りをショートパンツでふいた。

それを見たテレサが、「オエッ」と言った。

「なんだよ?」

と、ウェスが言う。

「それって、フライ？」

「昼の残り。むだにしたくないから」

「オエッ」

テレサがくりかえす。

「はい、みなさん」

T《ティー》先生が声をあげると、サミーが手をあげた。

「なあに、サミー？」

「T先生……」

と、サミーが言いかける。

「監督《かんとく》ね」

と、T先生が言う。

「わたしのことは監督と呼《よ》んでください。T監督でもいいわよ」

「じゃあ、Tせん……じゃなくて、監督。おれたち、ユニフォームってもらえる？」

「きのう言ったとおりよ。ユニフォームはいずれもらえます。でも、その前に少しがんばらないとね」

「女子って、ユニフォーム持ってる男が好きなんだ」

サミーがマークにひそひそ言った。それからにやっとして眉毛《まゆげ》をあげ、ビクトリアのほうを見た。ビクトリアはべつに喜んでいないみたいだった。

T監督は手をたたいて、みんなを集合させた。

「はい。それでは、今日からトレーニングをはじめます」

「あーあ」

と、マークがつぶやく。

「今日の予定はこうです。まずはウォーミングアップでトラックを二周走ります。ゆっくりと、楽に。きのうのことを思い出してください。最初に速く走りすぎると、あとがたいへんです。そうでしょ、ビクトリア？」

「えっ？」

ポニーテールをせっせと結んでいたビクトリアが声をあげる。

「きのうはみなさん、スタートのスピードがとんでもなく速すぎました」

T監督ははっきりと大きな声でしゃべっている。聞こえなかったとだれにも言わせないように。

「今日は二周走ります。どんなふうに走るんでしたっけ、サンジット？」

「ゆっくりと、楽に」

と、サンジットがこたえる。T《ティー》先生のことが本当に好きなのだ。

「そのとおりです。ゆっくりと、楽に。そのあと休憩《きゅうけい》してから、今度は森の中をぬけてホワイトオーク通りに出ます。コースに沿《そ》ってスプレー式塗料《とりょう》で矢印が書いてあるから、たどっていけばだいじょうぶ。ホワイトオーク通りでは、坂をのぼります。その坂のてっぺんで、みなさんを待っています。とにかく、ゆっくりですよ。とちゅうで歩いてもかまいません。準《じゅん》備《び》はいいですか？」

先生がみんなの返事を待たなかったのはよかった。

「はい、スタート！」

ヘザーが真っ先に飛びだし、ほかのみんながあわてていていく。そんなにつらくないはずだ、と自分に言いきかせる。今日はリラックスして行こう。ゆっくり行けばいいんだ。ゆっくりと、楽に。

だけど、何歩も進まないうちに、見てしまった。

ガチョウのふん。

緑がかった茶色い丸太形のガチョウのふんがどっさり、トラックのスタート地点に落ちている。大きな太った緑のイモムシのようで、ぼくは緑のオリーブや、かたゆでたまごの黄身や、赤ちゃん人形のとじたりひらいたりする目を見たときのような気分になった。体がかたまり、胸《むね》がむかむかする。女子たちはぴょんぴょん避《さ》けていくけど、ぼくは動けなかった。

「ジョセフ」

T監督《かんとく》が呼《よ》ぶのも、ほとんど聞こえない。〈ガチョウのふんパニック〉の鐘《かね》が耳で鳴りひびく。〈ガチョウのふん地雷原《じらいげん》〉だ。〈ガチョウのふん悪夢《あくむ》〉だ。

「よけて通りなさい。そのうちなくなるから」

動きたい、本当に。T監督がぼくの手を取ろうとするけど、ぼくは手を引っこめる。頭にあるのはこれだけ。できない、できない、できない、できない。

目のはしから、ほかのみんなが見える。遠くのカーブを曲がっていく。すでにトラックを半周していて、ヘザーが先頭にいる。もうすぐみんな、ここにもどってくる。そうしたら、ぼくがどんなに絶望的《ぜつぼうてき》な弱虫なのか、わかってしまう。

息を深く吸《す》って、小さな緑色の円筒形《えんとうけい》のかたまりを見おろした。ひょっとして目をつぶれば……。でも、ふんづけてしまうかもしれない。だから、うす目で見てみた。要するに間《あいだ》を取ってみたわけだ。さまようガチョウのふんの分子が体に入りこんでこないように息を止めて、つま先立ちで歩きだす。

「がんばって、ジョセフ！　あなたならできる！」

T監督《ティーかんとく》がさけぶ。この声援《せいえん》が、こんなにゆっくり歩いている人にむかって送られたことなんて、いままだかつてなかったと思う。ともかく、一歩、また一歩と進む。半分まで来た。前を見ると、トラックには何もない。あと数歩だけだ。一歩、さらに一歩。もうちょっとでガチョウのふんが終わり、明るく清潔《せいけつ》な赤いトラックになるとき、突然《とつぜん》、逃走本能《とうそうほんのう》のようなものが働いて、いきおいよく走りだした。そしてついに、ガチョウのふんのない、きれいなレーンに入った。

信じられない。深く息を吸《す》って、胸《むね》をはり、自分の勇敢《ゆうかん》さをたっぷり味わいながら走る。ガチョウのふんの征服者《せいふくしゃ》になった気分だ。オリーブだって、干《ほ》しエンドウ豆のスープだってどんと来い。たまごの黄身を包んでいる気色悪い灰色《はいいろ》の膜《まく》だって、にらみつけてやる。

だけどそのとき、ヘザーに追いこされ、つづいてウェスとサミー、ビクトリアとテレサにもぬかれた。みんなはそんなに速く走っていないけど、ぼくよりは速い。みんなが何も気にせずにガチョウのふんをふんづけているかもしれないことは、なるべく考えないようにした。

T監督はみんなにはくしゅしている。サンジットに追いぬかれたとき、ぼくは何ごともなかったかのように、いっしょについていった。

スタート地点にたどりついて、みんなと合流したとき、ビクトリアがいきなり声をあげた。

「ジョセフは一周しか走ってません」

みんながこっちをふりかえり、ぼくはかたずをのむ。

「ジョセフは今日、自分にできることをしました」

と、T監督が言った。その口調は、ときどき通級指導《しどう》教室で「おせっかいはやめなさい」ということを、その言葉を使わずに言うときと同じだった。

女子たちが《ポーランド・スプリング》のペットボトルの水を飲みおわり、男子たちが水飲み場でだれが一番大きなズルズルッという音を立てて飲めるか競争しおわると、T監督が声をあげた。

「はい、みなさん。ゆっくり走れましたね！　よかったですよ。では、これから、森の小道に入っていきます。楽に走ることを忘《わす》れないで。矢印にしたがって、ホワイトオーク通りにむかってください。坂のてっぺんで待ってます。歩いてもいいですからね。まずはこのコースに慣《な》れてもらいたいと思います。はい、みんな準備《じゅんび》はいい？」

また沈黙《ちんもく》の間《ま》があった。

「オッケーね！　それでは、いざ森へ！」

ヘザーがまた先頭で、ぼくはあいかわらず最後だ。森に入ったけど、道に矢印なんて見えない。落ち葉や松葉におおわれてしまったのかも。ビクトリアとテレリはそんなに遠くにいなかったから、ふたりの姿《すがた》が見えているうちは、きっとだいじょうぶだ。ふたりは横にならんで、ゆっくり走っている。ふたりともポニーテールで、テレサは金色、ビクトリアはこげ茶色。それがまったく同じリズムではねあがって、ゆれる。足のステップにあわせて、左、右、左、右。小さな子犬のしっぽみたいだ。左、右、左、右。完璧《かんぺき》にそろって、完璧にあっている。左、右、左、右。

突然《とつぜん》、ぼくは地面にたおれていた。

来た道をふりむくと、大きな木の根っこがつきだしている。あれにつまずいたんだ。立ちあがろうとしたけど、T《ティー》シャツが茂《しげ》みのとげに引っかかっている。前を見ると、ビクトリアのポニーテールが、まるで最後の希望の旗をひとふりしているようだった。そしてすぐに見えなくなった。

ぼくはひざについた土をはたき、シャツのそでに食らいついているトゲをはずそうとしたけど、だめだった。ここにとどまるしかない。いつまでになるかわからないけど。茂みには小さな赤いベリーがちらほらとなっている。思わず考えをめぐらす。ここが無人の地で、ぼくが迷子《まいご》だったなら、この赤い実を食べて生きのびられるか？　何かで読んだけど、食べると吐《は》いてしまうようなベリーもあるらしい。この実もそれだったら？　この森には、木の枝《えだ》が落ちている。それで小屋を建てられる？　ベリーがだめなら、動物を殺して食べられる？　魚なら、なんとかなるかな。小川があって魚がいれば、つかまえて、むりやり食べられるかも。餓死寸前《がしすんぜん》だったら。でも、リスとかウサギは？　だめ、むりだ。むしろ、リスやウサギとは木の実や果実を分かちあいたい。小さな動物の相棒《あいぼう》がいるほうが、ひとりぼっちよりいいから。もしかしたらリスを訓練して、木の実や種を取ってきてもらって、いっしょに食べられるようになるかもしれない。それは楽しそうだな。

どのくらい時間がたったかわからないけど、ふいに声が聞こえた。

「ジョセフ」

顔をあげると、ヘザーがいた。ぼくを見て、うれしそうではなかった。

ほかの子たちの声が近づいてくる。

「森で迷子になったとか？」

「どうやって迷子になるんだよ。道が一本しかないのに」

「何があったの？」

と、ヘザーがきいた。

「あーと、転んだ。それでそのあと、気がそれちゃった、みたいだ」

「気がそれた？」

「そういう問題をかかえてるんだ」

「そう。まあ、みんな何かしら問題はかかえてるよね」

ヘザーはぼくのシャツを茂《しげ》みから引きはがすと、手をさしのべて助けおこしてくれた。

ウェスとサミーが道をやってくる。

「よう。ヘビに飲みこまれたかと思ったよ」

と、サミーが言った。

「それか、コモドドラゴンに」

「行こう」

ヘザーはバカ話につきあっていられないというように、走りだした。ぼくはよろめきながらあとを追い、ウェスとサミーもつづく。二分ほどで森を出た。たった二分で走りぬけられる森の小道で、ぼくは迷子《まいご》になっていたのだ。

ところが、そのあとはのぼり坂だった。ホワイトオーク通り。サミーとウェスとぼくは坂のふもとに立ったまま、かけあがるヘザーを感心してながめる。

「T《ティー》監督《かんとく》にさがしてこいってたのまれたの？」

と、ぼくはきいた。

「ううん。監督は上にいる。あいつが言ったんだ」

と、サミーがこたえる。

「だれ？」

「転校生の女子。ヘザー。待ってようって言ったんだ。そしたら、おまえが出てこないから」

サミーがつづける。

ウェスは坂を見あげる。

「おれたち、これをのぼらないといけないわけ？」

「だよな」

と、サミー。

「信じられませーん」

と、ウェス。

サミーは目をぐっと細くすると、決意したように全力疾走《しっそう》で坂をあがりはじめた。ウェスも頭を低くして、ついていく。ぼくものぼりはじめたけど、いつか体育館でチャーリー・カストナーがうしろからしのびよってきて、ぼくがあぐらをかいている体勢《たいせい》から立ちあがろうとした瞬間《しゅんかん》に、肩《かた》に手をのせてきたときみたいな感じだった。重力はチャーリー・カストナー以上にタチが悪い。とたんに、あの脇腹《わきばら》の痛《いた》みがもどってきた。

ぼくにできるのは、上にむかって歩きながら、数歩ごとにちょっと小走りすることだけだ。坂の上についたころには、脇腹をおさえながら、ぜいぜいあえぐばかりだった。茂みに引っかかったときにあちこちにできたすり傷《きず》がむずむずするし、泥沼《どろぬま》の中で転げまわったような気分だ。

T監督《ティーかんとく》はほかのみんなに草の上で腕立《うでた》てふせや腹筋《ふっきん》運動をさせている。

「よくやったわね、ジョセフ！　できると思ってた！」

T監督はものすごくはげます口調で言った。ぼくはしゃがんで腕立てふせをしようとしたけど、ドングリが手のひらにくいこんでくるし、腕の筋肉《きんにく》はちょっとぴくっとしただけで、まいってしまった。

ぼくはそのまま地面に下むきにたおれていた。吐《は》きそうだ。

しばらくすると、T監督が手をたたき、みんな、よくがんばりました、と言った。練習は終わった。ぼくはあおむけに転がって、上を見た。ヘザーがぼくの上に現《あらわ》れる。

「なんでわざわざさがしに来たの？」

と、ぼくはたずねた。

「森で餓死《がし》させてくれたらよかったのに。そのほうが、ずっとましだったよ」

「監督にたのまれたから」

と、ヘザーがこたえた。

「監督はずっとここにいたんだよね」

と、ぼくは言った。

ヘザーは肩《かた》をすくめた。

「だから、かわいそうって思ったの」

それからぼくをさっと見て、つけくわえた。

「オレンジを食べて」

今度はオレンジだ。いまだに、どういう意味なのかわからない。でも、もうどうでもよくなった。ガチョウのふんを乗りこえたことも、森の中で死ななかったことも、坂道を上までのぼりきったことも、どうだっていい。のろくてくたびれていて痛《いた》いのは、もうたくさんだ。救いだされて、フルーツを食べろって言われるのも。

地面から体を引きはがし、家にむかって歩きだした。

もう終わりにしよう。こんなこと、やってられない。とにかく理由をつくりだして、早くやめないと、クロスカントリーに殺されちゃうよ。

12

練習を休むためのカンペキな口実が、翌朝《よくあさ》、現《あらわ》れた。

「よう、スーパーヒーロー！」

と、おじいちゃんが言った。

「〈ひぐれの里〉に取りに行きたいものがあるんだ。今日の放課後、手伝ってくれないか？」

「もちろん！」

ぼくは喜びすぎくらいのいきおいでこたえた。

「宿題はあまり多くないんだろうな？」

ぼくの宿題はいつもあまりにも多い。けど、「いつもより多いってことはないよ」とこたえた。完全なうそではない。練習について質問《しつもん》されなくてよかった。それには「イエス」か「ノー」でこたえるしかないから。

「読書用メガネとノートパソコンを取りに行きたいんだ。いっしょに来てくれたらうれしいよ」

「おじいちゃん、ノートパソコンなんか持ってるの？」

「なんだ、おれをバカにしてるのかね？　じゃあ、放課後にな。ご老輩《ろうはい》がたのごきげんをちょいと、さかなでしに行ってやろうじゃないか」

どういう意味だかわからないけど、それで練習をぬけられるならうれしい。

授業《じゅぎょう》が終わると、T《ティー》先生に会ってうしろめたい気持ちにならないように、急いで帰った。説明は明日すればいい。

家についたら、おじいちゃんが外で待っていた。父さんは天気がいい日は歩いて仕事に行く。だから、〈ひだまりの里〉シニアレジデンスまで、父さんの古いボルボに乗って行けた。車ですぐの距離《きょり》だった。中に入ると、〈受付〉と書いてある机《つくえ》のむこうに、やせた女の人が立っていた。胸《むね》の前で両手をにぎりしめている。おじいちゃんを見たとたん、口もとにしわをよせていやな顔をした。

「シャツキスさん。もどられたんですね」

「持ち物をちょっと取りにきただけでね。ずっといるつもりはないから、興奮《こうふん》しなくてだいじょうぶですよ」

と、おじいちゃんが言った。じょうだんかなと思ったけど、女の人はおもしろがっていないようだった。

食堂を通りかかると、まだ三時半くらいなのにおおぜいの人が集まっていて、すぐにでも夕食がはじまるかのようだった。白いテーブルクロスのかかったテーブルの前に、みんなすわっている。じゅうたんは赤や緑や黒で、くるくるした模様《もよう》やくねくねした形がいっぱい描《か》かれている。天井《てんじょう》からはシャンデリアがいくつもさがっている。

「豪華《ごうか》だね、おじいちゃん。映画《えいが》か何かみたい」

「『タイタニック』みたいだろう」

ぼくはあたりを見まわした。女の人のほうが男の人より多い。たくさんの歩行器が部屋のあちこちに置いてある。小さい灰色《はいいろ》のゴム足のものもあれば、車輪つきのものもある。車輪つきのほうには、自転車みたいにハンドブレーキがついている。まるで巨大《きょだい》な昆虫《こんちゅう》かエイリアンのようだ。ただし、ハンドルからは、おばあさんっぽい大きなハンドバッグがさがっている。

おじいちゃんは目を細くして部屋をのぞきこんだ。そしてすみのテーブルにいるお年よりたちのほうへ、頭をふった。おじいさんが三人とおばあさんが七人くらいいる。おじいさんのうちふたりは、白いそでなしのアンダーシャツ姿《すがた》だ。ひとりは腕《うで》が細いけど、もうひとりは腕が太くたくましくて、肩《かた》のほうまで毛が生えている。

「あいつら、あいかわらずだよ。この間見たときとまったく変わらない」

と、おじいちゃんが言った。

「だれが？」

「あのテーブルのやつらだよ。〈ロミオ〉たちだ」

「ロミオって感じしないけど？」

「やつらが自分たちのことをそう呼《よ》んでいるのさ。〈RETIRED OLD MEN EATING OUT（引退した高齢男性たちの外食会）〉の頭文字《かしらもじ》を取って〈ROMEO《ロミオ》〉だと。週に一回、外のレストランに食べに行くんだ。けっこうなことだよ。あいつらは〈自立〉だから、イカシてると思われてるんだ。で、〈要支援《ようしえん》〉になったとたん、ぽいっと捨《す》てられる。熱々《あつあつ》のタマーレス（具をトウモロコシの皮で包んで蒸したメキシコ料理）を落っことすようにな」

「だれに捨てられるの？」

「ご婦人《ふじん》がたにだよ。見こみのない人とかかわりあいたくないんだ」

「〈要支援〉だと、見こみがないの？」

「まあ、下降《かこう》スパイラルに入ってはいるよな。〈自立〉っていう部屋にいる人は、料理ができて、買い物に行けて、自分で薬が飲める。〈要支援〉の部屋になると、食堂へつきそわれて、薬を飲むときはうしろにだれかが立っていて、シャツがよごれたときは教えてくれる。そのつぎは……」

　おじいちゃんは手をさっとうしろへはらい、つぎに何が来るのか考えたくもないみたいだった。

「つぎはなんなの、おじいちゃん?」

ぼくはつばを飲みこんだ。

「〈要介護《ようかいご》〉と呼《よ》ばれてる。おれに言わせりゃ、〈今すぐうめてくれ〉だ」

おじいちゃんがどうして〈ひだまりの里〉にもどりたくないのか、わかってきた。

「あのさ……おじいちゃんは最初の部屋にいたんだよね? 〈自立〉だっけ」

「おれが〈要支援《ようしえん》〉にいるように見えるか?」

「見えない」

「大正解《だいせいかい》だ」

「おじいちゃんは〈ロミオ〉なの?」

「おれがあのテーブルにかけよってあいさつしてるか?」

「してない」

「じゃあ、〈ロミオ〉じゃないって予測《よそく》がつくだろ」

「そっか。でも、どうして?」

「どうしてかって?」

おじいちゃんは考えこんでから、こたえた。

「まず、あそこにいるモンティだ」

赤いシャツのおじいさんのほうを見る。細い帯のように生えている髪《かみ》の毛《け》が、乾燥機《かんそうき》にたまる糸くずみたいだ。

「元弁護士《もとべんごし》だよ。あまり感じがいいとはいえない顧客《こきゃく》のな。あの髪で人をだませるとでも思ってるのかね？　あれじゃあ、そよ風ひとふきで、風とともに去《さ》りぬ、だよ」

「ほかの人たちは？」

「あれがロニーだ。やせてるほうな。〈要支援〉にうつされまいと、網《あみ》にかかった魚のようにジタバタしてる。曜日がわからなくなってるんだが、ご婦人《ふじん》がたにハンサムだと思われてるもんだから、助けてもらえてるんだ。それから、シグ」

肩《かた》の毛がふさふさしたおじいさんにむかって、指をふる。

「婦人用パンツを四十年間製造《せいぞう》してた。その話をみんながみんな聞きたがってると思いこんでるんだよ。ベルボトム、ストレート、カプリパンツ。あのカプリパンツの話だけで耳にタコができる。おれたちは昔、ペダルプッシャーパンツ（自転車乗り用パンツ）と呼んでたんだ。大さわぎするほどのことか」

　そのとき、おじいちゃんはべつのおじいさんを見つけた。ひとりでテーブルについている。ぼくはその人を見てから、もう一度〈ロミオ〉たちのほうに目をもどしたとき、〈ひだまりの里〉も中学と大差ないと思ってしまった。イケてるテーブルがある。人気者の子たちがいる。

そして、ひとりですわっている男子がいる。

おじいちゃんが、ついてこい、という身ぶりをしたから、いっしょに近づいていった。

「エディ」

と、おじいちゃんが声をかける。

エディが顔をあげた。にっこりする。

「フレッド、見つかったんだね。ＦＢＩ《エフビーアイ》（アメリカ連邦捜査局）が呼《よ》ばれたそうじゃないか」

「自首したんだよ。逃亡《とうぼう》生活にいやけがさしてね」

おじいちゃんはエディとあくしゅすると、ぼくを前におしだした。

「孫のジョセフだ」

エディが骨《ほね》ばった手をさしだしてきたから、あくしゅした。冷たくてかさかさしているかと思ったら、力強くて温かかった。

「ジョセフが当面、おれをかくまってくれている。ところでものは相談だが、居心地《いごこち》のいい独《どく》身男性《しんだんせい》むけのマンションを見つけて、たそがれの日々をともにすごすのはどうかね」

エディの笑みが少し消えた。首をふる。

「エディ」

おじいちゃんがエディのとなりに腰《こし》かける。

「エミリーがいなくなってさびしいのはわかるよ。おれもソフィーが死んだとき、心がばらばらにくだけ散った。食べられないし、眠《ねむ》れない。けど、それでも生きていかないといけないんだ」

「生きてるよ、じゅうぶん生きてる」

エディがこたえる。

「ここの食事は気に入ってるんだ。それに太極拳《たいきょくけん》のクラスがあって、血のめぐりがめっぽうよくなる」

エディは片方《かたほう》の腕《うで》をつきだし、もう片方を頭の上にかざした。

おじいちゃんは返事をしようとしたけど、そのとき両眉《りょうまゆ》をぐいっとあげた。ずんぐりしたおばあさんが歩行器につかまって、こっちにつきすすんでくる。もしぼくの予想《よそう》が正しくて、〈ロミオ〉が〈イケてるやつら〉で、エディが〈ひとりぼっち〉なら、今やってくるのは〈イジワル女子〉だ。

「またあとでな、エディ」

おじいちゃんは立ちあがって出ていこうとしたけど、手おくれだった。

「あの人よ！」

おばあさんがふるえる指先をおじいちゃんにむける。歩行器を使っているわりには、めちゃくちゃ速く動く。

「あの人！　アトランティックシティのシャッキス！　みんなで二時間も待ったのに、あのおえらいさんたら、帰ってきやしない」

「ジョーイ」

と、おじいちゃんがぼくをニックネームで呼《よ》ぶ。

「ついてこい」

ぼくたちは一番近いドアから出て、さっと角《かど》を曲がり、廊下《ろうか》を急いだ。おばあさんの声は聞こえるけど、車輪のないタイプの歩行器を使っているから、追いつかれないはずだ。左側に男子トイレがあったから、ぼくとおじいちゃんはそこに飛びこんだ。

小便器の前におじいさんが立っていたけど、ふりかえらなかった。うまくおばあさんをかわせたみたいだ。ところがつぎの瞬間《しゅんかん》、トイレの入り口のドアがひらいた。おばあさんだった。

「逃《に》げられると思ったら大まちがいよ！」

おばあさんががなる。

「反省しなさいよ、おえらいさん！　〈ひだまりの里〉のみんなとはちがうって、思いあがってるんでしょ。アトランティックシティで勝手にどこかに行っちゃって。付《つ》き添《そ》いの人は、あんたが死んだかと思ってたんだから！」

受付にいたやせた女の人が、おばあさんのあとから入ってきた。

「フリグルさん、行きましょう。ここは男性用《だんせいよう》トイレですから」

「このじいさんがズボンをおろしたって、まばたきひとつするもんか。アトランティックシティであたしたちを二時間も待たせたんだから」

「わかります、フリグルさん。みんなわかってますよ」

受付の女の人は、おじいちゃんのほうをさっと見た。

「でも、ここにはほかのかたもいらっしゃいますから……」

「この人は何も聞こえやしない。あたしたちがここにいることさえ、わかってないでしょうよ」

おばあさんの言うとおりかもしれない。おじいさんはあいかわらずこっちを見ないまま、今は洗面器《せんめんき》のところで手をあらっている。

「それでも男性用トイレですから」

やせた女の人が言う。

「それにシャツキスさんは持ち物を取りにいらしただけです。ここにずっといらっしゃるわけじゃありません。それとも、いらっしゃるおつもりですか、シャツキスさん?」

「めっそうもない」

と、おじいちゃんがこたえる。

「あたしがあんたなら、二度ともどってこないわね！」

フリグルさんがぴしゃりと言った。

「ここじゃあ、あんたなんか、お呼《よ》びじゃないんだから！」

おじいちゃんは、ぼくが何かを気にしないようにがんばっているときと同じような顔をしていた。それでも、フリグルさんに投げつけられた言葉にひるんだのがわかる。つまり、くだらないパーティーに行きたくないと思っていても、招待《しょうたい》されないといやな気持ちになるものだってこと。少なくとも中学では、そういうことは、かげでこそこそ言う。ここでは、面とむかってぶちまけるんだ。

やせた女の人が、やっとフリグルさんを外につれだすと、ぼくはほっとため息をついた。

「イジワル女子って、大きくなるともっとイジワルになるんだね」

ぼくはおじいちゃんに言った。

手をあらっていたおじいさんが、ようやくふりむいた。

「お孫さんかい？」

おじいちゃんがうなずく。

「ジョセフだ」

「なんだって？」

と、おじいさんが聞きかえす。

「ジョセフだよ！」

と、おじいちゃんがさけぶ。

「ああ、かしこい少年だ」

おじいさんはそう言うと、足を引きずりながらトイレの出口にむかった。めったに言われない言葉だ。ぼくはにっこりして、手をふった。

おじいちゃんはトイレの戸口から外をのぞいてから、ついてこい、というしぐさをした。ふたりですばやくエレベーターに乗り、二階でおりて、おじいちゃんの部屋に直行する。おじいちゃんがノートパソコンを取ってくる間、ぼくは外で見はっていた。フリグルさんがまた追跡《ついせき》してくるといけないから。

おじいちゃんは部屋から出てくると、立ち止まり、廊下《ろうか》に目をこらした。やわらかい色の絵がいろいろかざってある。水色やピンクやピーチ色といった色あいは、「何も心配はない」と言っているみたいだ。それか、母さんの言う「ほんとにだいじょうぶ」。床《ゆか》は水っぽいレモネードの色で、壁《かべ》には手すりがついている。

ちっともおじいちゃんらしい場所じゃない。おばあちゃんと暮《く》らしていた家には、真っ赤なチェック柄《がら》のソファがあり、花模様《はなもよう》のラグが敷《し》かれ、壁はパイン材でできていた。おじいちゃんも今、それを思い出しているのかな。どんなことを思っているのかわからないけど、一分くらいしてからやっと、おじいちゃんは自分の部屋にむきなおり、ドアをガシャンとしめた。

それから、こっちをむいた。

「よし、行こう。この安宿《やすやど》からずらかろうぜ」

おじいちゃんとふたりで、受付のやせた女の人に手をふったとき、気がついた。結局ぼくは、おじいちゃんの脱獄《だつごく》を手伝ったんだ。

13

翌朝《よくあさ》、通級指導《しどう》教室についたとたん、T《ティー》先生にきのうの練習に行けなかった理由を説明した。先生は家族優先《ゆうせん》みたいなことを言ったけど、ぼくの言いわけに気づいている気がする。今日の練習も行かないかもしれないとは、とても言えない。明日の練習も。あさっても。

フランス語の授業《じゅぎょう》に行くと、ヘザーはこっちを見もしなかった。せっせと何かの絵を描《か》いている。ラベル先生が「ボンジュール！」と大きな声で授業をはじめたとき、ヘザーはノートをこっちにむけた。

ぼくの絵だ。鶏《チキン》の姿《すがた》の。

「ぼくは弱虫《チキン》じゃない！」

思わず声をあげた。

「ムッシュ！　マドモワゼル！」

ラベル先生がぼくの知っている数少ないフランス語でさけぶ。クラスのみんながクスクス笑っている。

するとヘザーがラベル先生をまっすぐ見てしゃべりだした。フランス語で。「お願いです」という意味の、「シルバー・プレート」に似《に》た発音の言葉は聞きとれたけど、あとは何がなんだかわからない。でも、「フリードマン」というのと「重要《インポータント》」に似た単語は耳に入った。

教室が静かになった。ラベル先生はヘザーの口からつぎつぎと飛びだすフランス語にあぜんとしたようだった。それから、まるで犬を追いはらうような手ぶりをして、「アレー」というような言葉を発した。ヘザーがぼくの腕《うで》をつかんで、教室の外に引っぱりだす。

廊下《ろうか》に出ると、ぼくは身をよじって離《はな》れた。

「今のは、なんだったんだよ？」

「今のって？」

「大量のフランス語」

「ふたりで話をする必要があるって言ったの」

ヘザーの態度《たいど》は、ほかの惑星《わくせい》から来たみたいに口からフガフガへんな音を出すのはあたりまえでしょと言わんばかりだ。

「フランス語がしゃべれるなら、なんでこの授業《じゅぎょう》をとってるんだよ」

「前の学校で五年生のときにフランス語を習ったけど、それはみとめられないんだって」

「そんなの、おかしいよ。もし……」

「ちょっと！」

ヘザーがさえぎった。

「今問題になってるのは、わたしのことじゃないんだから」

ということは、問題は、ぼくらしい。

「きのう、どこに行ってたの？　どうして練習に来なかったの？」

「あ……い……行けなかったんだ」

つっかえながらこたえる。

「練習が一回きつかったから、おじけづいてやめるなんて」

ヘザーは目をキッと細くしてこっちをにらんだ。ぼくがこんなにダメダメだってことが信じられないみたいに。

「おじいちゃんといっしょだったんだ」

そうこたえて、正当な理由があったことを、ヘザーにも自分自身にもなっとくさせようとした。

「住んでたシニアなんとかってところから荷物を取ってくるのに、手助けが必要だったから」

それから、ヘザーを感心させるか、ヘザーの気をそらすか、あるいは両方できるかと期待して、こうつけくわえた。

「おじいちゃんは脱獄《だつごく》したばかりなんだ」

ヘザーは感心もしなければ、気をそらしもしなかった。

「練習があるって、おじいちゃんに言った？」

ぼくがだまりこんだから、言っていないことが、ヘザーにもわかった。

「十回の練習に参加しないと、最初の大会への出場資格《しかく》がないの、知ってるでしょ？　監督《かんとく》がそう言ってたの、聞いてなかった？」

「十回の練習？」

もちろん聞いてなかった。「聞いてないリスト」にまたひとつ追加だ。

「だから気軽に一回サボっちゃだめなの。疲《つか》れたり、おびえたり……」

「おびえてなんかないよ」

ヘザーは本当のことを知っているというように、こっちを見る。それにしても、十回の練習？　それが答えかもしれない。もし十回の練習に出られなければ、チームのメンバーではいられない。あとは、練習に出られない理由を考えればいいんだ。そして、思いついた。

「あっ！　だめだ、ヘブライ語学校がある。十回も練習に出られないよ。来週からヘブライ語学校がはじまって、水曜日の放課後は出られれ……」

「水曜日は練習がないの。水曜日なしでも、まだ十回練習できるよ」

ぼくはべつの言いわけをさがす。宿題？　おじいちゃん？　ガチョウのふんアレルギー？

だけど、口から出てきたのは本当のことだった。

「あのさ、ぼくがやりたくないって思ったら？　最初の大会に出たくなかったら？　チームのメンバーになりたくなかったら？」

「じゃあ、いいよ」

ヘザーはゆっくりとまばたきした。

「イクジナシ」

「ぼくはイクジナシなんかじゃない」

そう言いながら、自分はまさにイクジナシじゃないかと思った。

「そうかな。わたしにはそう見えるけど。イクジナシの弱虫《チキン》」

ヘザーはくるっとむこうをむいて、教室にもどりかける。

「だってぼくはヘタクソじゃん」

ぼくの声は、大きすぎたかもしれない。

「走るのがヘタクソなんだ。ほかのことも全部そうだけどさ」

ヘザーがふりむいた。

「一回練習に出ただけじゃないの。がんばってもいないくせに」

「がんばったよ」

「じゃあ、もっとがんばれば」

「これ以上がんばれないよ！」

ぼくはどなった。

「その言葉、何回聞かされたか知ってる？　毎年だよ。どの先生にもだよ。『ジョセフ、努力が足りません』って。ぼくはいつだって努力してるしがんばってるのに、何もうまくならない。結局ヘタクソのままで、みんなにからかわれるだけなんだ」

「だれもからかったりしてなかったじゃない」

「へえ、そうかよ？　バナナを食べて、ジョセフ。オレンジを食べて！」

頭のおかしな人がさけんでいるみたいだって、自覚していた。廊下《ろうか》に面したドアがつぎつぎにひらかないのが驚《おどろ》きだ。

「からかってたんじゃないよ」

と、ヘザーが言った。

「へえ？　じゃ、なんだったんだよ」

ヘザーはため息をついた。

「脇腹《わきばら》の痛《いた》みがあったんでしょ？」

「え？」

「脇腹の痛み。おなかの横のほうが痛くなってたよね」

思い出した。T《ティー》先生もそう言っていた。

「ああ」

「カリウム不足だったってこと。はげしい運動をすると、そうなるの。脇腹が痛くなる。わたしもなってた。しょっちゅう。バナナにはカリウムがふくまれてる。だからバナナを食べてって言ったの」

「あっそう」

すごくマヌケな気分になった。

「オレンジも」

ヘザーがつけくわえると、ますますマヌケな気分になった。

「でも、たいへんすぎるんだったら、やめれば？」

そして、こうつぶやいた。

「みんなをがっかりさせればいいよ」

「だれががっかりするんだよ？」

ぼくは声をあげた。

「ぼく以外にさ」

「チーム全員だよ」

ヘザーがこたえる。

「T監督《ティーかんとく》が言ってたんだけど、それも聞いてなかったんだね。十人いないと、このチームは存続《そんぞく》できないって、体育部が決めたの。わたしはべつに、あなたじゃなくたってかまわない。ただ、たまたま、あなたが十人目なわけ。でも、やめたいんなら、どうぞ。かわりの人をさがすから」

それからヘザーはぼくをじっとにらんで、こう言った。

「あなたのこと、そんなに期待はしてなかったの、フリードマン。だけど、もう少しやってくれるかと思ってた」

ぽかんと自分の口がひらくのがわかったけど、言葉が出てこない。ヘザーはぼくをからかっていなかったばかりか、ぼくに期待をしていたんだ。たいした期待とはいえないまでも、期待はしていたんだ。

「マドモワゼル、ムッシュ」

ラベル先生が廊下《ろうか》に顔をつきだした。

「シルバー・プレート」

「ウィ、マダム」

ヘザーがこたえる。それからほかのフランス語で先生に何やら言うと、こっちをふりむいた。

「話しあいが終わりました、って言ったの」

ラベル先生はもどっていったけど、教室のドアをあけっぱなしにした。ぼくは選択肢《せんたくし》を検討《けんとう》した。〈走る〉か〈走らない〉か。〈痛《いた》みと失敗と恥《はじ》〉か〈排除《はいじょ》〉か。今は、〈排除〉のほうがつらい感じがする。

「十回の練習って、まだ間にあうかな？　最初の大会の前に？」

「うん」

と、ヘザーがこたえる。

「わかった」

ぼくはとっさに言った。

「やってみる」

ヘザーがぼくの腕《うで》をパンとたたき、ぼくはむりやり笑顔をつくった。

「やった」

「ところで、おじいちゃんはどうしてつかまったの？」

ぼくは、おじいちゃんはならず者の銀行強盗《ごうとう》でＦＢＩ《エフビーアイ》に指名手配された宝石泥棒《ほうせきどろぼう》なんだと言おうかと思った。でも結局こう言った。

「アトランティックシティでシニア住宅《じゅうたく》の団体《だんたい》から離《はな》れたんだ。シーザーズに行ったんだよ」

ヘザーはうなずいた。

「やるね」

ぼくはヘザーのあとからフランス語のクラスにもどり、席についた。いやおうなしに、ぼくはチームにもどって、あと九回の練習に出ないとならなくなった。しかも、そこまでしても、ようやくスタートラインに立てるだけなのだ。

14

ランニング日記をつけはじめた。これがそう。

練習1――ガチョウのふん。脇腹《わきばら》が痛《いた》い。森で迷子《まいご》。

練習2――〈ひだまりの里〉シニアレジデンス。（練習は休んだ）

練習3――練習にもどった。またコースを走った。ガチョウのふんはなくなってたけど、脇腹の痛みはもどってきた。坂道でたおれた。

練習4――雨。泥《どろ》に靴《くつ》がのみこまれた。

練習5――監督《かんとく》からのアドバイス――まっすぐ走り、よっぱらいのようにふらふらしないこと。思ったよりむずかしい。

練習6――ホワイトオーク通りの坂道を二回あがった。死ななかった。けど、ぎりぎり。

練習7――また雨。トラックにミミズ。T《ティー》監督がミミズの上でなく、草の上を走らせてくれた。吐《は》かないように。

ぼくはこのていどしか書けない。T《ティー》先生（通級指導《しどう》教室では今もT先生だ）はいつもこう言う。自分のしたことがあまりうまくいかなかったとき、その経験《けいけん》から何を学んだかを考えましょう、と。ぼくがランニング日記をつけることで学んだのは、ぼくは日記を書くのがうまくないってことだ。人気のシリーズ本で、日記に棒人間《ぼうにんげん》みたいなイラストがついているのがあるけど、あれって、かんたんそうに見えて、ぜんぜんそうじゃない。ぼくが棒人間を描《か》くと、ただの棒人間になる。感情《かんじょう》があるように見せられない。

そういうのがうまかったら、疲《つか》れてがっかりしている、のろくさい棒人間を描けたのにな。でも日記がどうであれ、ぼくはなんとか十回の練習をこなして、はじめての大会の出場資格《しかく》をもらった。それが絶対《ぜったい》いいことだって、なっとくしているわけじゃないけど。

最後の練習がようやく終わったとき、T監督《かんとく》がサミーのほうを見た。

「そうそう、サミー。忘《わす》れるところでした。何度もきかれてたの、なんでしたっけ？　ユニフォームだったかな？」

サミーが目を見ひらいた。

「おお！」

と、さけび声をあげる。

「じゃあ、みなさん、ついてきてください」

T監督はぼくたちをつれて、先生用の駐車場《ちゅうしゃじょう》にむかった。それはコンクリートの階段《かいだん》をあがって、グラウンドをつっきった先にある。階段モンスターがぼくをうしろむきに転ばせて、まるのみしようと待ちかまえていたけど、ぼくは手すりにしっかりつかまり、ひび割《わ》れた段をひとつひとつのぼった。九段目あたりで靴《くつ》ひもがほどけても、とにかく階段の上までのぼりつづけた。それから立ち止まって靴ひもを結び、顔をあげると、みんなはもうグラウンドのむこうにいた。

前方左側では、アメフトチームが練習をしている。二列になってむかいあい、先頭の人がひとりずつグラウンドのまんなかまで走っていって、ぶつかりあう。それから、よろよろとそれぞれの列にもどって、つぎの順番を待つ。あのヘルメットやショルダーパッドの内側にいるのはチャーリー・カストナーのようなやつらだってわかっているし、チャーリーの頭や肩《かた》がどうなろうとどうでもいいけど、それでもあんなふうに激突《げきとつ》するたびに、びくっとしてしまう。

ぼくは横を通りすぎた。衝突《しょうとつ》しあうのにいそがしくて、こっちに気づかないのはありがたい。

パパシアン監督はとてもうれしそうだ。衝突音が大きければ大きいほど喜んでいる。手をたたいてうなずき、大声をあげる。

「よっしゃ！」

右側で、ハチの姿《すがた》が目に入った。草の中に咲《さ》いているクローバーの花のまわりをブンブン飛びまわっている。ふとっちょで毛が生えた、黄色と黒のマルハナバチだ。怒《おこ》らせなければ刺《さ》されないって、どこかで読んだことがある。でもこの特定のマルハナバチが何に怒《いか》りを感じるのかわからないから、近よらないことにした。ハチはとっても平和そうだ。ぶつかりあったり、つぶしあったりしているアメフトの練習とくらべると、なおさらだ。ハチはきれいだった。マシュマロをトーストしたような小さな花の上にすわって、蜜《みつ》を吸《す》うと、ふわーんとつぎの花に舞《ま》いうつる。

幸せそうに花の蜜を飲んでいたハチは、ドシンと、いきなりふんづけられた。大きな泥《どろ》だらけの、アメフトのスパイクシューズで。ぼくはとびあがった。

「フリードマン」

と、チャーリー・カストナーが言った。グラウンドのまんなかでバシンバシンぶつかられていても、はるばるこっちにやってくる余裕《よゆう》があったみたいだ。

「おい、フリードマン！　おまえ、草が生えてくるのを見てんのか？」

ぼくはチャーリーの靴《くつ》を見つめた。その下にハチがいる。一分前までは気のむくままに花から花へと飛びまわっていたのに、今ではチャーリーの新たな犠牲者《ぎせいしゃ》だ。

「フリードマン、おまえにしゃべってるんだ」

ヘルメットにはまったチャーリーの顔を、ぼくは見あげもしなかった。種族間SOS《エスオーエス》みたいなものにエネルギーを送ろうとがんばった。ハチの友だちが怒って、群《む》れになっておしよせてきて、チャーリーを追っぱらってくれますように。千匹《びき》のハチ。千個《こ》の刺し傷《きず》。

かわいそうなハチの姿を思いうかべる。息が苦しいはずだ。へたすると、つぶれている。自分でも気づかないうちに、ぼくは足先でチャーリーの靴をちょっとおしていた。チャーリーの足は動かないから、さらにおした。するとついに靴が持ちあがり、奇跡《きせき》のように、ハチが飛びさっていった。草にはさまれ、スパイクの間に入って、つぶされずにすんだんだ。とじこめられていただけだったんだ。

自由だ！　ハチは自由になった！　でも、喜ぼうとしたとき、急に現実《げんじつ》にひきもどされた。チャーリーが、まさかって顔をして、こっちをじっと見ている。

「おまえ今、おれをけったのか？」

ぼくはハチをさがした。ひょっとしてぼくが救ってあげたのをわかっていて、奇襲《きしゅう》をしかけようとしているかもしれない。でも、そんなことはなく、ハチはいなくなっていた。

「こたえろ、フリードマン。おれをけったのか？　けったんだろ？　おれの足をけった。おれにけんかを売ってるのか？」

答えが「ノー」なのは、これ以上ありえないくらい当然すぎて、口にすることもできなかった。

「たいしたもんじゃないか、フリードマン。マジで、たいしたもんだ。最初の一発をやらせてやるよ。ただで」

「列にもどれ、カストナー！」

パパシアン監督《かんとく》が呼《よ》んでいるけど、チャーリーが立ちさるわけがない。

「むこうでフラパオロにガツンと食らったとこなんだ。いい感じにはじめてくれたってわけだ。おまえ、チャンスじゃないか。おれをなぐれ。ほら、なぐれよ。腹《はら》んとこ。何もしないでやるから」

どうしたらいいか、わからなかった。このころには、アメフトチームのほかのやつらも、けっこうこっちを見ていた。ぼくはチャーリーのおなかを見て、後悔《こうかい》するってわかっていたけど、力いっぱい拳《こぶし》をつきだした。

手がかたいプラスチックのようなものにぶつかって、死にそうに痛《いた》い。するとチャーリーが前進してきたから、ぼくは拳をつきだしたまうしろむきにおされて、あっというまに地面にたおれていた。アメフトチームの大半が、身をよじって大笑いしている。

「カストナー！」

パパシアン監督がさけぶ。

「悪いな、フリードマン。最後までやりたかったけど、行かないと」

チャーリーはグラウンドのむこうへ、あごであいさつするしぐさをしてから、にやりと笑った。

「ミス・ヒップチェックによろしくな」

そう言うと、仲間のところへよたよたともどっていった。

そのままたおれていたら、ヘザーが見えた。ぼくをつれもどしにきたんだ。また。

「やってやったよ」

ぼくは手をこすった。すごく痛い。

「うん。うしろむきにたおす引っかけワザ、いつもうまくいくんだよね」

そう言ったヘザーは、たぶん全部見ていたんだ。ぼくがおきあがると、ヘザーが背中《せなか》からつぶれた葉っぱをはらってくれた。

「もっと強かったらな」

ふたりで駐車場《ちゅうしゃじょう》にむかいながら、ぼくはつぶやいた。

「せめて、足が速いとかさ。けんかできないなら、逃《に》げるくらいはできないと」

「関係ないよ。どっちにしたって、やられるから」

と、ヘザーが言った。

駐車場《ちゅうしゃじょう》までは遠くなかった。T監督《ティーかんとく》とほかのみんなは、こっちに気づくと、急げというように手をふった。何があったか、わざわざ言うことはない。どうせあと三・五秒くらいで、全校に知れわたる。

サミーは文字どおりとびはねていた。T監督は自分の車のうしろに立っている。小さいヘッドライトがついている車で、ぼくたちにびっくりしたような顔つきに見える。色は、あせた銀色がかった青。近づいたとき、思わず指でドアをつーっとさわってみた。銀色の粉がつくんじゃないかと思って。でも、つかなかった。

T監督は集合ラッパのような声をあげた。

「タタタタタ、タッター！」

見せびらかすような手ぶりで車のトランクをあけると、カンバス地のバッグを取りだす。そして水色のユニフォームを一枚《まい》ずつ引っぱりだしては、持ちあげてサイズを調べ、ぼくたちの名前を呼《よ》んだ。

「シングレットはひとり一枚です」

T監督はみんなに配りながら言った。

「それと、ショーツも一枚ずつ。新品よ。とりあつかいには気をつけてね」

ぼくはこれまで一度も「シングレット」なんて言葉を聞いたことがなかったのに、今、それを手に持っている。つやつやしたなめらかな生地《きじ》でできていて、すべりやすいから、すぐに手から地面へ落ちていった。二回もそうなったから、ショーツといっしょにまるめてリュックにつっこんだ。両方あわせても、片手《かたて》にじゅうぶんおさまる。

T監督は今度は大きな黒いゴミ袋《ぶくろ》を取りだした。中からスウェットパンツの束《たば》を出して下におろしてから、スウェットシャツを一枚かかげ、正面が見えるようにこっちにむけた。「レイクビュー XC《エックスシー》」と書いてあって、白いレパード（ヒョウ）の絵がついている。

「XCって何ですか?」

と、ビクトリアがきいた。

「クロスカントリーのことです。『クロス』には『交差』という意味があるから『X』であらわすの。『C』は『COUNTRY《カントリー》』の頭文字《かしらもじ》よ」

T監督はスウェットシャツのラベルを調べ、五枚目でこう言った。

「全部 XL《エックスエル》みたいね」

「XCって言いませんでした?」

と、マークがきいた。

「ちがうの、XLはサイズよ。エクストララージ。特大」

T監督は片手を頭にのせて数秒してから、肩《かた》をすくめて、そんなに不満そうじゃない感じに、

「ま、いっか」

と、言った。

「だぶだぶだけど、これから午後に冷えこむこともあるからね。冬にむけて注文しなおすけど、とりあえず、何もないよりましでしょ」

　スウェットの上下は全部同じサイズだったから、T監督《ティーかんとく》は手早くみんなに配ってくれた。大きくてやわらかくて、シリアルの《ライスクリスピー》の箱みたいな濃《こ》い水色だ。自分のスウェットシャツを手に取り、「レイクビューXC《エックスシー》」と白でプリントされた文字を指でなでると、紙やすりみたいな手ざわりだった。レパードの絵も白いけど、プリント部分に穴《あな》があいていて、斑点《はんてん》はスウェットシャツの色になっている。ひょっとしたらノミがいっぱいついたピューマの絵なのかもしれないけど、ぼくにはレパードだとわかる。背中《せなか》がカーブし、足はのびていて、シカかヌーを追っているようだ。

　マークとサンジットはユニフォームをリュックにつめこんで、むかえの車をきょろきょろさがしている。もう下校時間だから、駐車場《ちゅうしゃじょう》に車がつぎつぎ入ってくる。ビクトリアは自分のシングレットを肩《かた》にあてて、ファッションショーのようにモデル歩きをしながら、お母さんに新しいユニフォームを見せている。エリカのお母さんは、巨大《きょだい》なスウェットシャツを見て笑っている。エリカが着たら、すそが、むこうずねまでとどきそうだ。

ヘザーはひとりで、駐車場の中にある、雑草《ざっそう》が生えたコンクリートの安全地帯に立っている。ほかの女子とそのお母さんたちを見ている。ぼくの視線《しせん》に気づくと、手をふったから、ぼくは自分のユニフォームをほこらしげにかかげた。ヘザーは「いいね」というようにさっと親指を立てると、自分のユニフォームをまるめ、腕《うで》の下にかかえて、走りさった。

ぼくは自分のスウェットの上下をリュックにつっこみ、家にむかって歩きだした。これを着たらまぬけに見えるんだろうな、と思いながら。スウェットシャツのすそは、きっとひざまで来る。もっとかも。それにレパードにはちゃんとした斑点もついていないし、「XC」の意味なんて、たぶんだれにもわからない。

T監督が言っていたことを思いかえした。とりあえず、何もないよりまし。立ち止まって、ユニフォームを引っぱりだした。何も置いてきていないかだけ、たしかめよう。スウェットシャツ、スウェットパンツ、ショーツ、シングレット。うん、全部ある。

ぼくは十回の練習をものにして、まだちゃんと立っている。チームのユニフォームを自分の手に持っている。斑点があろうとなかろうと、ぼくはレイクビュー・レパードなのだ。

何もないより、ずっとずっとましだ。

15

家に帰ると、都合よく、おじいちゃんがバスルームにこもっていた。うちで暮《く》らすようになって、けっこううまくいっている。母さんはこのところものすごくいそがしい。〈ア・ラ・メゾン　ホーム&キッチン〉では、どのお祝いシーズンもはじまりが早い。今はまだ九月なのにハロウィンはほぼ終わっていて、感謝祭《かんしゃさい》のかざりつけをしている。クリスマスは十月にはじまって、バレンタインは十二月下旬《げじゅん》からはじまる。そんなわけで、母さんは最近、かなりいそがしく仕事をしている。父さんは新しい歯科用吸引装置《きゅういんそうち》が飛ぶように売れているから、やっぱりいそがしく働いている。ふたりとも、ぼくが家に帰ったときにおじいちゃんがいると思うと、安心らしい。

でも今日、ぼくはひとりになりたかった。バスルームの前をしのび足で通りすぎ、自分の部屋に入って、そっとドアをしめた。リュックからスウェットの上下を出してベッドに置いてから、シングレットとショーツを取りだす。着てみるのが待ちきれない。

ショーツはものすごく小さくて、下着より小さいんじゃないかという感じ。ぼくのぬいぐるみのクマ、ウィルソンにもはけそうだ。ぼくは着ていたシャツとジーンズを脱《ぬ》いで、まずはショーツをはいてみた。どうやらぼくの胴《どう》まわりはウィルソンとそんなに変わらないみたいだったし、ゴムがよくのびるから、はき心地は問題ない。試しに部屋の中をちょっと走ってみた。ひざをできるだけ高くあげ、ベッドのはしでぐるぐるまわってみる。なかなかいいかも。

シングレットっていうのは、ほとんど存在《そんざい》していないような服だった。頭からかぶると、そでぐりと、えりぐりのほうが、本体部分よりずっと大きい感じ。それなのに、すそはひざにとどくくらい長い。すそを小さなショーツにおしこんでみたら、なぜか奇跡的《きせきてき》にうまくおさまった。

でも盛《も》りあがっていた気持ちは、鏡で自分の姿《すがた》を見たとたん、しぼんでしまった。ガリガリの腕《うで》と足。骨《ほね》ばった胸《むね》と肩《かた》。たとえ夏に日焼けしていたんだとしても、すっかりさめて、肌《はだ》の色は生《なま》のカシューナッツのようだ。腕を曲げて、男らしい筋肉《きんにく》が盛りあがるかどうか見てみた。けどぼくの腕は、鶏《とり》の手羽肉のまんなかへんみたいにしか見えない。

チャーリー・カストナーが笑うのもむりないよ。ぼくだって、笑っちゃうんだから。足なんて、ヒレみたいだ。父さんは、それは成長期に身長がのびる「成長スパート」にむけて体が準備《じゅんび》しているからで、父さんも今のぼくくらいの年齢《ねんれい》で「スパート」したんだって、しょっちゅう言っている。だからずっと観察しながら待っているけど、今のところ、ぼくは「スパート」していない。気配すらない。

『男子諸君《しょくん》、体を鍛《きた》えよう！』をベッドの下にしまいこんでから、もう二週間以上たつ。手に取ってひらいてみる勇気が出ない。もしぼくのような人むけに「見こみのないケース──きみのこと？」っていう章を見つけてしまったら、こわい。表紙の男たちのことを思いうかべた。この、ひょろひょろの棒人間《ぼうにんげん》みたいな体が、あんなふうになるかもしれないなんて、想像《そうぞう》もつかない。でもユニフォームや練習じゃ、効《き》き目《め》がないみたいだから、そろそろもっと本格的《ほんかくてき》な行動をとらないといけないのかも。

本をひろいあげるだけで、肉離《にくばな》れをおこしそうになった。四百ページ以上あって、三十以上ある章のそれぞれに大量の項目《こうもく》がある。本に出てくる健康的《けんこうてき》でかっこいい男たちは、もしこの本を読んでそうなったのなら、速読も得意なんだろう。

はじめのほうの章は親しみやすい感じだけど、だんだんおそろしげになってくる。

「身だしなみをととのえる」

「歯をケアしよう」

「思春期のふしぎな世界」

「にきびを克服《こくふく》するには」

「除毛《じょもう》について」

じょ、じょもう？

ほかに、タバコや薬物やステロイドについての章もある。こういう警告《けいこく》はもう必要ない。すでにじゅうぶんこわいと思っている。ビーガン（完全菜食主義者）についての章もあって、それはそれでなんだかこわい。

避妊《ひにん》や性感染症《せいかんせんしょう》などの項目は、はげしいいきおいでめくったから、ページがやぶれそうになった。

やっと第二部にたどりついたところで、見つけた。

「体を鍛える」

じっくり見てみたけど、走ることについては何も書いていない。見つけたのは、これ。

「健康体操《たいそう》と筋力《きんりょく》トレーニング――体力と自信への道」

この項目は、ピート・パワーという男の人が解説《かいせつ》している。筋力トレーニングの公式インストラクターか何かみたいで、表紙の人たちよりずっと年上だ。ティーンエイジャーですらない。写真で、その人が腹筋《ふっきん》運動や腕立《うでた》てふせ、バーベルを使ったトレーニングの実演《じつえん》をしている。おしたりひねったり引っぱったりしながら、笑顔を絶《た》やさず、まるでひげそりのコマーシャルみたいだ。ただのストレッチをしているときも、筋肉がまるくなめらかに光っていて、三段重《だん》ねのアイスクリームのように、きれいに重なっている。それに除毛の章をちゃんと読んだらしくて、大人の男なのに、毛が見あたらない。

その人はマンホールのふたを五枚《まい》重ねたような大きさのダンベルやバーベルを持ちあげてみせている。それから、ベルトやストラップやグローブを身につけて、パッドのついた大きな運動器具をいろいろ使っている。べつの写真では、おなかを見せびらかしていた。盛《も》りあがった腹筋《ふっきん》がくっきりと割《わ》れている。

おまけに、こんなアドバイスまでしている。「ほかのアスリートへのマナーに気をつけよう。運動をしたあとは、毎回、ウェアを洗濯《せんたく》すること」。それはよさそうなルールだ。

本を床《ゆか》に置いて、鏡をのぞきこんだ。シングレットのすそを引きだして、腹筋が割れているか見てみる。

ぜんぜんダメ。

ドアをノックする音が聞こえた。

「ジョセフ?」

おじいちゃんだ。

「あ、おじいちゃん」

なるべくふつうの声で言ったのに、すごくかん高くて、うしろめたそうな声になってしまった。

「だいじょうぶかい？　帰ったのに、気づかなかったよ」

「うん、だいじょうぶだよ！」

ガリガリの体をかくすためにスウェットの上下を急いで着て、よたよたドアまで行った。それから『男子諸君《しょくん》、体を鍛《きた》えよう！』を思い出して、ベッドの下にけりこんだ。というか、けりこもうとした。何かに引っかかって、奥《おく》に行かない。古い長靴《ながぐつ》か、去年の冬に旅行先で買った『カリブの海賊《かいぞく》』のプラスチックの剣《けん》かも。

「ジョセフ？」

「今行く！」

大声でこたえて、もう一度『男子諸君、体を鍛えよう！』をけったら、半分ほど見えなくなったけど、足の親指がズキンと痛《いた》くなった。またよたよたドアまでもどると、長すぎるスウェットトシャツのそでをひじあたりまでまくって、手が使えるようにしてから、おじいちゃんのためにドアをあけた。

おじいちゃんはふらーっと入ってきて、ぼくのベッドにすわった。左足が『男子諸君、体を鍛えよう！』にほとんど当たっている。そして両手を組むと、ぼくを上から下までざっと見た。きっと、でこぼこの枕《まくら》か、水色に塗《ぬ》られた《ミシュランマン》に見えたはずだ。おじいちゃんはなんとなくほほえんでいたけど、ぼくのことを笑いはしなかった。

「あのさ」

ぼくはベッドの反対側にすわって口をひらいた。さりげなく足を組もうとしたけど、スウェットパンツがかさばって、うまくいかない。

「いい日だった？　いそがしくしてた？」

何日か前に、母さんがおじいちゃんにそう言っていた。でも自分で口にしてみたら、バカみたいに聞こえた。

「そうだな。散歩に出かけたよ。新しい白い靴下《くつした》を買いに行ったんだ。ゴムがきつくないやつをな……」

ぼくはうなずいた。そういうのは、ぼくもきらいだ。

「それから、二度目の散歩に出て、新聞を読んだ。わくわくするような一日とは言えないね。おまえはどうだった？」

「ユニフォームをもらったよ」

「そのようだな」

「これはスウェットなんだけどね、サイズがみんな特大になっちゃったんだ」

どうしてこれが「汗《あせ》」という意味の「スウェット」と呼《よ》ばれているのか、わかってきた。脇《わき》の下からも、おでこからも、ポトンと流れ落ちてきたのを感じる。早く脱《ぬ》がないと、気絶《きぜつ》するかも。だから、ほかに選択肢《せんたくし》はなかった。スウェットシャツを頭から引きぬき、スウェットパンツから外にふみだして、ガリガリの自分をおじいちゃんにさらす。

「明日、はじめての大会があるんだ」

ピート・パワーっぽく見せられないかと、ちょっと体のむきを変えてみたけど、どうしたって、ぼくが自分で描《か》けもしない棒人間《ぼうにんげん》のほうに似《に》ている気がする。

「はじめての大会か。それはわくわくするな。緊張《きんちょう》してるか？」

と、おじいちゃんが言った。

「うん、まあ。でも、だいたい何があっても緊張するから。去年、学校のカウンセラーの先生に、『予期不安』っていうものだって言われたんだ」

「何がなんだって？」

「予期不安。おこるかもしれないことを心配しちゃうってこと。メモに書いてくれたよ」

ぼくはナイトテーブルの引きだしから、派手《はで》な黄色いメモ紙をさがしだした。おじいちゃんのほうへかかげて見せる。

「自分の問題について知っていれば、助けになるって言われたんだ」

「助けになったか？」

「あんまり。そういう問題があるんだって思って、すごく不安になった」

カウンセラーのポーター先生のメモは、ぼくの字が書きこんである罫線《けいせん》つきの紙にホチキスで留《と》められている。ぼくは先生に言われて「心配リスト」をつくったのだ。そのリストをもとに話しあいましょうと言われていた。先生は、ぼくがどんなことを心配しているのか書いてほしかったみたいだ。だけどぼくは、どんなふうに心配するのかを書くのかと思っていた。それで、こういうリストをつくった。

・心配しはじめるのに早すぎることはない。
・どんな小さいことや、つまらないことでも、心配することができる。
・落ち着かないときは、何が気になっているのか特定してみる。そうすれば、そのことに集中して、ちゃんと心配できる。
・心配は広がって、空き時間をうめつくす。
・すでに終わってしまったことを心配することもできる。

かなりよくできたリストだと思ったけど、ポーター先生はあまり感心していないみたいだった。リストを見かえすぼくを、おじいちゃんが見つめる。ぼくの今の心配ごとが、ぼくの貧《ひん》弱《じゃく》な腕《うで》の筋肉《きんにく》や骨《ほね》ばった足に関係あると、なぜか気づいているようだった。

「あのな」

おじいちゃんは秘密《ひみつ》を明かすように言った。

「そのユニフォームを着たおまえを見てると、テレビで見た人たちに似《に》てる気がするんだ」

「えっ？」

ぼくはぞっとした。

「じゃあ、永遠《えいえん》にこのままってこと？」

一生、歩くガイコツみたいなままなんて、信じられない。

「まあ、待てよ、スーパーヒーロー。おれが言おうとしたのはだな、おまえに似た、プロのスポーツ選手がいるってことなんだ」

「ほんとに？　だれ？」

「マラソンランナーだよ。ほら、いるだろ。ニューヨークやボストン、はたまたオリンピックなんかで優勝《ゆうしょう》してる。ああいう人たちは、骨と皮と筋肉しかない。体を重くする余分《よぶん》なものがないんだ」

ぼくはまた鏡を見た。今回は腕《うで》をランニングのかっこうにしてみる。たしかに体を重くするものは、あんまりない。

「腹筋《ふっきん》運動と腕立てふせをちょっとやって、ランニングをつづければ、たちまちミスター・マラソンになれるぞ」

おじいちゃんは立ちあがった。

「ところで、冷凍《れいとう》ワッフルをトーストしようと思ってるんだがね。用事がすんだら、おりてきて、いっしょに食べないか」

急におなかがすいているのに気づいた。《エゴ》印の冷凍ワッフルがすべての問題にこたえてくれる気がした。ワッフルにメープルシロップ。ワッフルにピーナッツバターとジャム。なんなら、ホウレンソウをのっけてもらっても、きっと食べられそう。

おじいちゃんに「いいね」と親指を立てたら、おじいちゃんもかえしてくれた。それから少しして、トースターのレバーがガシャンとさがる音が聞こえた。

骨《ほね》と皮と筋肉《きんにく》。ぼくは床《ゆか》の敷物《しきもの》の上で、腕立《うでた》てふせを少しやってみた。立ちあがって、鏡で腕を見る。

やっぱりガリガリ。

ベッドの下に足を引っかけて、腹筋《ふっきん》運動を少しする。ベッドの枠《わく》が足の甲《こう》に食いこんできて、おなかの筋肉が痛《いた》くなってきたから、六回でやめた。シャツのすそをめくって、鏡を見る。

変化なし。

いつもの服にまた着がえて、『男子諸君《しょくん》、体を鍛《きた》えよう！』をもうひとおしして、今度はベッドの下に完全におさめた。シングレットとショーツもベッドの下に放りこんだけど、また引っぱりだして、リュックにつめこんだ。明日が大会だし、ぼくのことだから、今入れておかないと確実《かくじつ》に忘《わす》れる。

おじいちゃんが言ったことを思いかえした。マラソン。どうして自分で思いつかなかったんだろう？　もしかしたらマラソンは、ぼくの運命かもしれない。「歩く綿棒《めんぼう》」みたいなこの体《たい》型《けい》にも意味があったのかな。クロスカントリーが走れるようになったら、少しずつ距離《きょり》をのばして、マラソンを走れるかも。マラソンの距離って？　八キロくらい？　十五キロとか？　ベッドに寝《ね》ころがって想像《そうぞう》する。ぼくが、マラソンで完走している。そのとき、ピート・パワーはまだドタドタ走っている。ムキムキに盛《も》りあがった筋肉が体を重くしているのだ。

ワッフルとシロップのにおいが部屋までプーンとただよってきた。キッチンへと急ぎながら、Ｔ《ティー》先生がいつも言うことを思いおこす。どんな目標《もくひょう》を達成するにも、かならず最初の一歩があるんです。

ぼくの新しい目標は、マラソンランナーになることにしよう。そして明日の大会が、ぼくの最初の一歩になるんだ。

16

一日のはじまりは、バナナを入れたシリアルに、オレンジジュース一ぱい。冷蔵庫《れいぞうこ》にイチゴがあったから、それもボウルに入れた。これでぼくはほとんど「歩くフルーツサラダ」だ。

今日はチームのはじめての大会で、ぼくはマラソンの目標にむかう旅にいよいよ出発する。

「ねえ、父さん」

ぼくは物知りの父さんにきいた。

「マラソンの距離《きょり》って、どのくらい？」

「四十二キロ」

父さんはかばんを手に取りながらこたえた。

「四十二キロ？」

思わずつばを飲みこんだ。

「四十二・一九五キロだ、正確《せいかく》に言うと。なんで？」

ぼくはため息をついた。

「べつに」

目標ってそんなにいいものなのかなって、ときどき思う。

「ともかく、今日は幸運を祈《いの》ってるよ！　おまえなら、きっとうまくいく。応援《おうえん》しに来てほしくなったら、いつでも言えよ」

「わかった」

と、こたえたけど、シリアルの《チェリオ》で口がいっぱいだったから、「ムムフグ」みたいな音になった。

母さんと父さんにクロスカントリー走をはじめる話をしたとき、ふたりとも大喜びした。ぼくが出るすべての大会を見に来たがったけど、ぼくはこう伝えた。大会はほとんどほかの学校でおこなうから、見に来るには仕事からうんと早く帰ってこないといけないし、だいたい森の中を走るからあんまり見るところもない、と。それでもふたりとも見に来たがった。そこで、見られたらものすごく緊張《きんちょう》して、つまずいて転んで骨折《こっせつ》するかもしれないって言ったら、効果《こうか》てきめんだった。少なくとも、今は。

今日は母さんがメゾンにおそく行く日だ。母さんはぼくにキスして、ぼくはひとりで学校へ歩いていった。なんだかぼおっとしている。もちろん、ふだんだって、「ミスター・しゃっきり」とはいえないけど、今はとにかく大会のことで頭がいっぱいだった。

学校の廊下《ろうか》でビクトリアとすれちがったとき、なんと、手をあげてハイタッチしてくれた。通級指導《しどう》教室では、エリカとサンジットとぼくは、三人とも、ひっきりなしに足をトントン、鉛筆《えんぴつ》をコツコツやっていた。フランス語では、ヘザーがチームのみんなをウサギとカメにして描《か》いた。もちろんぼくはカメだけど、気にならない。なによりも、汗《あせ》をかきながら歯を食いしばり、フィニッシュラインを越《こ》えているところを描いてくれたから。

やっと最後の授業《じゅぎょう》が終わると、トイレの個室《こしつ》にもぐりこんで、ユニフォームに着がえた。それから集合場所の体育館の前へと走った。なんだかよくある、人前で半裸状態《はんらじょうたい》になってい る夢《ゆめ》を見ているようだ。ただし今は、実際《じっさい》に人前で半裸状態になっているわけだった。

ウェス、マーク、サンジットがすでにユニフォーム姿《すがた》で集まっていた。サンジットの腕《うで》は、いい感じのモカブラウンで、マークの腕はフレンチローストのコーヒー豆みたいな色だけど、ウェスの腕を見てほっとした。ぼく以上に生《なま》っ白《ちろ》くて骨《ほね》っぽい。ぼくたちは両腕を組んだりほどいたり、ショーツを引っぱりあげたりした。ふつうにしていたいけど、どうしても腕や足をもてあましてしまう。なにしろやたらといっぱい、服からはみだしている。

ビクトリアとテレサは、ものすごく短いショーツをはきなれているみたいで、なんとも思っていないようだった。でも世界一細い女の子ではないブリアンヌは、腰《こし》にスウェットシャツを巻《ま》きつけている。九月なのにまだ七月だと思わせるような、じっとりと暑い日だっていうのに。

エリカは細すぎて、ショーツがちょっとぶかぶかに見える。ヘザーは階段《かいだん》にすわっていて、自分がどんなふうに見えるのか、気にもとめていないようだった。本人が知りたければ、健康《けんこう》的《てき》で力強く見えるって教えてあげるところだけど、たぶん女子はそういうことを聞きたくない気がする。でも、かえって聞きたかったりして。結局、何も言わないのが一番安全そうだ。

T監督《ティーかんとく》は、なぜバスがなかなか来ないのか、たしかめに行った。それで、全校生徒の大半がぼくたちの前を通って、クスクス笑うはめになった。みんなの意見を、ぼくたちは聞こえないふりをした。

「いいパンツじゃん、フリードマン」

「女の子たち、お似《に》あいだね」

「ヒューヒュー！」

黄色いスクールバスがやってくるのを見て、こんなにうれしかったことはない。

みんなでドアへかけよったとき、サミーが走ってきた。

「おそくなって、ごめん」

ぼくは、サミーが何を着ているのかと思って、まじまじと見た。スカートかなと思ってから、はっと気づいた。サミーは赤と白のチェック柄《がら》のトランクスをはいているんだ。それがユニフォームのショーツの下からひらひらと飛びだしている。

「サミー、わたしが言ったことを覚えてますか?」

と、T監督《ティーかんとく》がきいた。

「世界でもっとも成功《せいこう》している人たちの中には背《せ》の低い人もいるから、気にしすぎない……」

と、サミーがこたえる。

「サミー、それじゃなくて。わたしはトランクスについて、なんて言いましたか?」

サミーは下をむいた。

「アクセサリーなし、腕時計《うでどけい》なし、トランクスなしって言ったのよ。ブリーフにはきかえないとね」

「ブリーフ? 白ブリーフのこと? そんなのイヤだよ! ほら、ここにしまいこむから」

トランクスをショーツの中におしこもうとしたけど、すぐに飛びだしてしまう。ビクトリアとテレサはむきあって体をかがめ、クスクス笑った。サミーは肩《かた》を落とし、悲しそうに、飛びでている赤と白のチェック柄《がら》を見つめている。

「お母さんに弟のを持ってきてもらったら?」

と、マークが提案《ていあん》した。

「あいつのは、サイズがふたつくらい小さいんだ」

T監督は腕時計を見て、かぶりをふった。

「出発しないと、間にあわないわね。サミー、あなたに失格《しっかく》になってほしくないの。お母さんにお願いして、ニューキングスフィールド校にブリーフを持ってきていただけない？　現地《げんち》で待ちあわせできるといいんだけど」

サミーはちょっと考えた。そして顔をしかめて、こたえた。

「わかった。電話してみる」

T監督は手をたたいた。

「よかった！　じゃあ、出発します！」

ぼくは緊張《きんちょう》していた。これまで十回も練習し、ホワイトオーク通りを何万回も走ってのぼったことを思いかえしてみた。ぼくは進歩している。今は走るとき、怒《おこ》ったサルが五匹《ひき》だけ、足にぶらさがっている感じがする。以前は、十匹《ぴき》だった。だけど、ニューキングスフィールド校のコースがどんなだかわからない。ホワイトオーク通りの倍くらい長い坂があるかもしれない。そこの生徒たちは、うちのユニフォームを見て笑うかもしれない。もしかしたら、うちのチームの倍くらい足が速いかも。

ぼくの座席《ざせき》は、バスがゆれるたびにキーッと鳴った。座席の緑色のビニール地が、ももの裏《うら》にひっつく。バスが角《かど》を曲がるたびに、まだ到着《とうちゃく》しませんように、と願った。しばらくの間、ぼくの願いはかなえつづけられていた。でも、運転手が頭のおかしな誘拐犯《ゆうかいはん》だったり、ニューキングスフィールド校に小惑星《しょうわくせい》が衝突《しょうとつ》していたりしないかぎり、この運がつづくのももう時間の問題だ。

マークがぼくのとなりにすわっている。ヘザーは通路をはさんだ反対側で窓《まど》の外をながめている。T監督《ティーかんとく》はぼくの前の席だ。

「監督」

ぼくは声をかけた。

「大会で一番おそいの、ぼくですよね？」

T監督はふりむいて、座席《ざせき》の背《せ》もたれをぎゅっとにぎった。指のつめがアーモンドのような形で、きれいにそろっている。

「心配しなくてだいじょうぶ。あなたのはじめてのレースでしょ。がんばって走ればいいの。どんな記録が出ても、それがあなたの自己《じこ》ベストよ」

監督は、自己ベストが何か魔法《まほう》のようにすばらしいものだというように言う。

「いったん自己ベストが出たら、今度はそれを超《こ》えるためにがんばれるからね」

監督の言っていることを考える。つまり、スタートがゼロなら、なんだって数のうちに入るんだ。今回ダメダメでも、つぎにふつうにダメだったら、進歩したことになる。希望がわいてきた。

とうとうバスは最後の角《かど》を曲がり、到着《とうちゃく》した。サミーは窓からのぞいて、お母さんをさがしている。ぼくは座席から体を引きはがし、ものすごく短いショーツのすそをできるだけ下にのばしてみる。T監督がぼくたちをバスの外へ追いだした。

ニューキングスフィールド校の子たちが、スタートラインのそばをうろついている。ハンプトン校から来たチームもいる。みんな、ぼくたちと同じような、ものすごく短いショーツとシングレットを身につけている。ニューキングスフィールドは赤で、ハンプトンはオレンジだ。どっちのチームの人たちも、腕《うで》や足をふったりしている。そして緊張《きんちょう》して、人目を気にして、もじもじしているようにも見える。一瞬《いっしゅん》、不思議な、これまで感じたことのない気分になった。もしかしたら、ここにぼくの居場所《いばしょ》があるのかも、って。

そこから女子と男子のグループに分かれ、ぼくたちのグループはニューキングスフィールドの男子のあとについて、コースをたどった。こういうのを「コースを歩く」という。これからどんなところを走るのか、だいたいわかるようにするわけだ。ここは森がなく、グラウンドをまわって校内の敷地《しきち》をぬけて大きくひとめぐりするコースだった。歩いている間、サミーは駐車場《ちゅうしゃじょう》をずっと気にしていた。

「母ちゃん、まだ来ないよ」

サミーはトランクスをショーツにおしこんだけど、すぐに飛びだしてしまう。ぼくたちはいくつかの建物をまわって、グラウンドをつっきり、駐車場《ちゅうしゃじょう》の見えるところまでもどったけど、サミーのお母さんはまだいない。

「どうしたらいい？」

サミーがきく。

「ノーパンで行け」

サンジットがこたえる。

「どういうことだよ？」

「トランクスを脱《ぬ》げってこと。ナシで……走る」

と、マークが説明する。

「それって、ゆるされるの？」

ぼくはきいた。

「脱ーげ、脱ーげ……」

ウェスが節《ふし》をつけて歌いはじめ、サミーがウェスの腕《うで》をバシッとたたいた。

サミーは「よし」というように口をきゅっと結んだ。決意をしたようだ。

「トイレ、どこ？」

と、たずねる。

「ここだよ」

ニューキングスフィールドの子がこたえて、すぐ横の建物を指さした。

「でも、時間がないから、急いだほうがいいよ」

と、つけたす。

「あとで、スタート地点で会おう」

そう言いながら、ウェスがサミーを引っぱっていった。

ぼくたちがスタート地点にたどりつくと、男子がならびはじめていた。ぼくはマークのとなりに立った。マークは肩《かた》をまわし、体をほぐしている。ハンプトンの子がふたり、こっちを見ている。不安そうな顔だ。

「あいつら、どうしてこっちを見てるんだろ？」

ぼくはマークにきいた。

マークはにっと笑った。

「ぼくが速いと思ってるんだよ」

「えっ、マークが走ってるとこ、見たことあるわけ？」

「ちがうよ、ぼくがアフリカンアメリカンだからだ」

マークがひそひそ声で言う。

「どんなスポーツもそう。『あ、黒人が入ってる。きっとすごいんだろ』って思われる」

マークはそういう人たちをがっかりさせることを、楽しんでいるようにも見えた。

「へえ。ぼくはユダヤ系《けい》だけど、ほかの人に何か思われるのかな」

「頭がいい、とか」

「うわ、それはないいな」

ぼくは思わず首を横にふった。マークはますます笑顔になって、ハイタッチするために手をあげた。どうやら、ぼくたちには共通点があったようだ。

「男子のみなさん！」

と、審判員《しんぱんいん》が声をあげた。

「あと二分でピストルが鳴ります」

「ピストル？」

と、ぼくはきいたけど、だれも返事をしない。

「サミーとウェスはどこ？」

と、T《ティー》監督《かんとく》がきいた。いらいらしたT監督はあまり見たことがないけど、今はまちがいなくいらいらしている。

「トイレに行ってます」

と、サンジットがこたえる。

「もうすぐピストルなのに」

と、T監督が言う。

「ピストル？」

ぼくはもう一度きいた。

やっとサミーとウェスが校舎《こうしゃ》から走ってくるのが見えた。

「急いで！」

T監督がさけぶ。

「あと一分！」

審判員の声がする。

ウェスとサミーはあわてて坂をかけあがってくる。サミーは手に赤と白のトランクスを持っている。

審判員がポケットからピストルを取りだして、宙《ちゅう》にむけた。弾《たま》が入っているわけがないのはわかっている。これは陸上競技《きょうぎ》の大会であって、キツネ狩《が》りじゃない。それにしても……。

審判員の男の人は、ウェスとサミーをちらっと見て、ふたりがスタートラインにつくまで、数秒よけいに待った。サミーがトランクスをびっくり顔のT監督にむかって放りなげると、準備《じゅんび》はととのった。

ぼくは大きな音に敏感《びんかん》だから、念のため、両耳をふさいだ。

「位置《いち》について……」

審判員《しんぱんいん》が声をあげる。

何人かの子がひざを曲げ、走るときのように腕《うで》をかまえた。ぼくはあいかわらず両手で耳をふさいでいた。

「用意……」

ふさいだ耳をとおして、だれかの呼《よ》び声《ごえ》が聞こえる。

「サミー！　サミー！」

ふりむいて、ちょっとの間、両手を耳から離《はな》した。背《せ》が低くてぽっちゃりしたおばさんが、こっちへ走ってきて、降伏《こうふく》の白旗のように、白いブリーフをふっている。

「持ってきたよ！」

おばさんがさけんでいる。

「サミー！　あんたのパンツ！」

パーン!!!

17

何がおこったのか、考えることもできなかった。心臓《しんぞう》が目から飛びだし、両手でバッとまた耳をふさぐ。みんなが走りだしたけど、ぼくはその場にかたまっていた。ピストルの音があまりにも大きくて、体じゅうの神経《しんけい》がビリビリして、脈拍数《みゃくはくすう》が毎秒一億兆《おくちょう》回にまであがってい る。一・五億兆回かも。

T監督の声が聞こえ、チームの女子たちも「走って、ジョセフ！　走って！」とさけんでいるけど、ぼくにはなんとか自分を制御《せいぎょ》しながら前にたおれることしかできなかった。地面にたおれてから、おきあがる。でも足がガクガクして、またたおれる。そのあとやっと足で地面をふめるようになって走りだしたけど、ここまでおくれたらもう絶対《ぜったい》にだれにも追いつけないとわかった。

じゃあ、なんで前に進んでいるかというと、あともどりできないからだ。ヘザーの声が聞こえる。「行って！　そのまま進んで！」両足がふらふらして、ほとんど進めていないけど、止まりはしなかった。ほかの子たちは一列になって、グラウンドのまんなかあたりを走っている。

あまりにも遠くて、アリの行列に見える。一番おそいアリでさえ、ここからグラウンドを半分くらい離《はな》れたところにいる。

みんなはひとりずつ、校舎《こうしゃ》のむこうへ消えていった。とにかく片方《かたほう》の足をもう片方の足の前に出すことをくりかえし、やっとそこまでたどりつく。みんなのはるかうしろから。ぼくはひとりっきりだった。視界《しかい》にはだれもいない。道を進みながら、ニューキングスフィールドの子が教えてくれた道からはずれていないことを願う。今回こそ、ちゃんと集中していればよかった。しばらく順調に進んでいたけど、突然《とつぜん》、分かれ道が現《あらわ》れて、決断《けつだん》を迫《せま》られた。左に行く？それとも右？　当てずっぽうで左を選び、建物のまわりを進んでいったら、どうやらハズレだった。一、二分で建物の裏口《うらぐち》につきあたり、三つの巨大《きょだい》なゴミ箱を見つめるはめになった。運よく、親切な校務員《こうむいん》さんがふたり休憩《きゅうけい》していて、正しい方向を指さしてくれた。

走って、よろめいて、歩いた。それから、左右にふらつきだした。監督《かんとく》にやっちゃいけないと言われていたけど、どうしようもない。とにかく前に進みつづけ、迷子《まいご》になっていませんように、ぶったおれませんように、またゴミ箱につきあたりませんように、何もかも早く終わりますようにと願いつづける。一日じゅう走っている気がするうえに、人生最長の日に感じる。

とうとう、サミーとウェスがトイレをさがしに行った建物まで来た。建物の裏《うら》をまわる道を、歩いたりよろめいたりしながら進むうちに、ようやくスタートしたグラウンドが目に入り、フイニッシュラインが見えた。もう歩いているのがやっとで、ぜいぜいしながら、おなかの横をおさえる。フルーツサラダはなんだったのかというくらい、異常《いじょう》な脇腹《わきばら》の痛《いた》みにおそわれている。とにかく何もかもが最悪だ。

T《ティー》監督がフィニッシュラインで待っていて、ハイタッチをしようと手をあげていたけど、ぼくにはロータッチをする気力も残っていない。審判員《しんぱんいん》の男の人はぼくがゴールするのを待ちかねていたみたいで、つぎの指示《しじ》を出す声がいらついていた。

「はい、女子のみなさん！　急いでください。あと三分でピストルが鳴ります」

なんとか近くの木までたどりついたとき、審判員がさけんだ。

「位置《いち》について！」

ぱっと地面にかがみこみ、ひじをひざにのせ、両手で両耳をぎゅっとおさえる。審判員の声が聞こえる。

「用意……」

パーン!!!

サミー、ウェス、マーク、サンジットがいっせいに声をあげた。

「行け！　レイクビュー！」

ぼくのいる場所からも、ヘザーが先頭にいるのが見える。すべるように走るさまは、まるでべつの生き物みたいだ。長い足、なびく髪《かみ》、断固《だんこ》たる意志《いし》。

T監督《ティーかんとく》がスポーツドリンク《ゲータレード》のコップを持ってやってきた。

「完走したじゃないの！」

「でも、ダメダメでした」

走った後遺症《こういしょう》で、まだふるえている。もちろん、女子のスタートのピストル音のせいもあるけれど。

目の前で、T監督がT先生に変貌《へんぼう》した。通級指導《しどう》教室にいるときのように、ぼくの肩《かた》にふれる。

「ピストルのことを先に注意しておくべきだったわね。わたしのせいよ。次回はなんとかしましょう。かんたんな対策《たいさく》があるからね」

えっ、対策ってなんだろう？　神経《しんけい》を移植《いしょく》するとか？

「でも、完走したじゃないの！」

T監督はまた言った。

「最後までやりきったのよ。ほこりに思ってるわ」

そう言うと、T監督はおきあがって、腕時計《うでどけい》を見た。

「女子がもどってくるから、フィニッシュラインで待っていたいの。じゃあ、またあとで、あっちでね」

そしてぼくの肩をぽんとたたくと、歩きさった。ショーツのあちこちに《ゲータレード》がはねているのを見られなくてよかった。

そのあとフィニッシュラインまでほとんどはっていくと、なんとか間にあって、みんなの歓《かん》声《せい》にひとこと「イエイ」とつけくわえることができた。一番にフィニッシュしたのはヘザーだ。ほかの人たちに大差をつけて、あざやかにフィニッシュテープを切ると、大またで何歩か走ってから止まった。

ほかの女子もひとりずつもどってくる。絶好調《ぜっこうちょう》に見える人もいないけど、ぼくのようにダメな感じの人もいない。

帰りのバスにみんなでどさどさ乗りこむとき、ビクトリアが口をひらいた。

「うわあ、過酷《かこく》だったね！」

「本気？　最高だったよ」

と、サンジットがこたえる。

「おまえの母ちゃんは、白ブリーフを持って追いかけてこなかったからな」

と、サミーがぶつぶつ言った。

女の子たちがくすくす笑う。

「おれ、家に帰ったら、ポテトチップスを五袋《ふくろ》食う」

と、ウェスが言った。

「ぼくは十袋だ」

と、マークがつづける。

バスがレイクビューへ走りだすと、T監督《ティーかんとく》がぼくたちのほうをふりかえった。

「みなさん、今日は本当にすばらしかったです。わたしがみなさんのことをとってもほこりに思っていることを、知ってほしいと思っています」

だれかが「ジョセフ以外はね。ジョセフはひどかった」と言うんじゃないかと思ったけど、だれも言わなかった。

T監督がつづける。

「今日はこのチームのはじめての大会でした。その大会で、一位でフィニッシュした人がいました！」

ヘザーがちょっと頭をさげて、にっこりした。「ヘザー！」という歓声《かんせい》がバスの中にあふれる。エリカは手をのばして、ヘザーの肩《かた》を軽くたたいた。

「でも、わたしが何よりもほこらしく思っているのは、ここにいる全員が完走したことです。ひとり残らず！」

監督はぼくのほうを見ていたけど、ぼくは肩をすくめた。達成感なんて、まったくない。

ガタガタゆれるバスの中で、じっくり考えた。ぼくは心配ごとに対してカンペキにそなえていたつもりだった。食べるものにも、コースからはずれないことにも、やたら露出度《ろしゅつど》の高いユニフォームにも。でもピストルなんて、考えもしなかった。つぎもまた、考えもしないことがおこるに決まっている。そのつぎも、そのまたつぎも。

ぼくの心配は足りていなかったし、けっして足りることがないのだと気づいた。こういう単《たん》純《じゅん》な法則《ほうそく》のせいだ。「フリードマンの心配の法則」と呼《よ》ぼう。


どんな場合でも自分が想定《そうてい》していない何かがおこる。その何かのせいで最後にやられるのだ。


この法則が正しいなら、こんりんざい、心配をやめたほうがいいのかもしれない。それとも、心配する範囲《はんい》をうんと拡大《かくだい》したほうがいいのかな。

どっちの道をとるか、まだちょっとまよっている。そのとき、T監督が声をあげた。

「はい、みなさん、今日はよく寝《ね》てください。たっぷり水分をとってください。また明日、練習で会いましょう。来週はJFK《ジェーエフケー》大会よ。忘《わす》れないでね」

じゃあ、また来週、これを全部やるんだ。

さっそく今夜、新しい心配リストをつくらなくちゃ。

18

家につくと、キッチンに直行した。両親が帰ってくるまでまだ一時間くらいある。食パン一枚《まい》に、ピーナッツバターを厚《あつ》さ二センチくらい塗《ぬ》りたくる。それからクルミをいくつかピーナッツバターにおしこんで、夏にバーモント州で買ったメープルクリームをひとすくいのせる。そして脇腹《わきばら》が痛《いた》かったのを思い出し、バナナをうす切りにして、それものっけた。もう一枚の食パンをかぶせる。すわる間《ま》も惜《お》しくて、カウンターの前に立ったまま、かじりついた。

口の中がピーナッツバターメープルクルミバナナサンドイッチでいっぱいのところへ、おじいちゃんが入ってきた。

「どうだったかい？　勝ったか？」

ぼくはおじいちゃんを横目で見て、首を横にふった。

「でも、とちゅうでやめなかったんだろ？」

ぼくは、まあね、という感じに肩《かた》をすくめて、うなずいた。

「えらかったな」

背中《せなか》をぽんとたたかれるかと身がまえたけど、おじいちゃんはぼくの髪《かみ》をくしゃっとしただけだった。

「まあ、おやつを食べてなさい。おれはネットサーフィンをしてくる」

そう言って、おじいちゃんは客用寝室《しんしつ》にもどっていった。

ぼくはオレンジジュースをコップに注ぎ、五口くらいで飲みきった。さっとシャワーを浴びてから、自分の部屋に行って、ふだん着に着がえる。ベッドにたおれこむと、頭の中でいろんなことがかけめぐっていった。レースのスタート、ピストル、行き止まりにあったゴミ箱、すべてを再生《さいせい》してみた。T監督《ティーかんとく》の言葉が何度もこだまする。「最後までやりきったのよ。ほこりに思ってるわ」。そして、おじいちゃんの言葉も。「とちゅうでやめなかったんだろ？　えらかったな」。

ふたりともぼくをほこりに思ってくれたのはうれしい。本当に。でも、ついこう思ってしまう。やめないでいれば、もっといいことにつながるわけ？　たとえば、実際《じっさい》に何かを達成できるとか。それとも、ただやめないってことが、ぼくの永遠《えいえん》の目標になるんだろうか。

おじいちゃんは「やめないこと」が大好きだ。ぼくが二年生のとき、一度だけバスケットボールの練習につれていってくれたのを思い出す。父さんと母さんはたぶん、歯科医療《いりょう》機器の会議か何かに出かけて、いなかったんだと思う。おじいちゃんの運転で、グリフィス小学校の体育館に行った。

ぼくは七歳《さい》で、体育館をものすごく気に入っていた。ぴかぴかの床《ゆか》に大興奮《だいこうふん》した。まるで、すみずみまで水ガラス（塗料の一種）を注いだみたいだった。表面のつやをとおして、黄金色の木の板がはってあるのが見え、ぼくには絶対《ぜったい》に意味がわからないだろう謎《なぞ》の線が、あざやかな色で引いてある。走ったときにスニーカーが鳴る音が楽しかった。いつまでもちょこちょこ走りまわっては、その音をくりかえし聞いた。キーキーキーッ、キーキーキーッ。

体育の男の先生はそれがまったく気に入らなかった。話をしようとしているときには、なおさらだった。

「ジョセフ！　じっとしてなさい！　ジョセフ！」

ヘンサーリング先生は言った。それでもぼくが止まらなかったら、

「フリードマン！　いいかげんにしろ！」

考えてみると、たぶん、それがはじまりだった。フリードマンって呼《よ》ばれるやつ。

だけど、ヘンサーリング先生は週末の練習には来ない。土曜日に二年生のバスケットボールのレクリエーションチームを指導《しどう》していたのは、ショーン・モーラーのお父さんだった。そのお父さんは〈ディフェンス〉という言葉が大好きだった。〈ディーフェンス〉と、のばして言う。

「〈ディーフェンス〉だ！　いいチームがすごいチームになる決め手は、〈ディーフェンス〉だぞ！」

そう言って、〈ディーフェンス〉のやりかたを教えてくれた。ボールを持った子の前に行って、高くとびあがり、めちゃくちゃに腕《うで》をふりまわすのだ。ぼくはそれがけっこう得意だった、と思う。ジャンプして、手をふって、いろんなへんな顔までしてみせた。だからショーンのお父さんがこっちにずんずんやってきたときは、どうしてだかわからなかった。

「ジョセフ」

ショーンのお父さんはむりやり笑顔をつくった。

「ディフェンスは相手チームに対してやるんだ。マイケルはきみと同じチームだろ。だから、マイケルに対してディフェンスしないいんだよ」

「そうなんだ」

先に言ってくれればよかったのに。

二年生のバスケットボールは、一年生にくらべて何もかもむずかしかった。一年生のときは、ボールをはずませたり、パスしたり、バスケットに入れようとしたりして、楽しかった。ケイシー・ミンターのお父さんが練習を見てくれて、全員を応援《おうえん》してくれた。みんなが百回ミスしたり、ボールを落としたりしてもかまわなかった。ぼくがぐるぐる走りまわって、スニーカーをキーキーさせても、ケイシーのお父さんは気にしなかった。

だけど、ショーン・モーラーのお父さんは真剣《しんけん》だった。首からホイッスルをぶらさげていた。かん高くて耳ざわりなひどいホイッスルだ。しかも、カウボーイブーツをはいていた。ヘンサーリング先生がいたら、そんな靴《くつ》はゆるさないだろう。

ショーンのお父さんは、ぼくたちをチームに分けた。突然《とつぜん》、味方の子と、そうでない子ができた。二秒ごとに、みんながむきを変えて反対側へ走っている感じだ。ショーンとその仲間には、むずかしいことではなさそうだった。ショーンは片方《かたほう》の手でドリブルをしながら、もう片方の手で、友だちのジュリアンに何かを伝えるしぐさまですることができた。でも、ぼくはまちがえてばかりいた。すべてがややこしくて、よくわからない。だんだん、ボールを取ってバスケットに入れようとは思わなくなった。だれにも気づかれずにいて、二度とボールにさわらないですむといいな、と願うようになった。

だから、あの日、ショーンのお父さんが「ジョセフ！　D《ディー》だ！　Dへもどれ！」とどなったとき、ぼくは、「Dって何？　どうしてあんなに怒《おこ》ってるの？」としか考えられなかった。立ち止まってふりむいたそのとき、ダニエル・ショールターが激突《げきとつ》してきた。あのつるつるの体育館の床《ゆか》の上だとかなり遠くまですべっていけるんだって、そのときわかった。ぼくはずっとすべりつづけ、観覧席《かんらんせき》にぶつかった。その一番下の段《だん》の下に少し入りこんで、止まった。

みんなが動きを止めて、こっちを見る。ぼくはじっとしていた。体をまるめ、観覧席《かんらんせき》の下に半分めりこんだまま。そのとき、二年生になるとスポーツってもう楽しくないんだなと思ったのを覚えている。

ショーンのお父さんはもう一回ホイッスルを鳴らし、ゲームを止めると、こっちにやってきて、のぞきこんだ。

「だいじょうぶか？」

ぼくはうなずいた。

「お父さんやお母さんは来てる？」

「わたしがいる」

と、おじいちゃんが言った。床《ゆか》の上から見たおじいちゃんは大きかった。ショーンのお父さんより大きいくらいだった。

「ゲームにもどっていいぞ、カウボーイ」

ショーンのお父さんは返事をしなかった。ホイッスルを鳴らし、その音がぼくの耳をつんざいた。ショーンのお父さんはほかの子たちに、コートにもどるように指示《しじ》した。

おじいちゃんは頭をかきながら、笑顔でぼくを見おろした。観覧席の下で、居心地《いごこち》よさそうに見えたのかもしれない。

「そこで何してるんだ、スーパーヒーロー」

あのころも、おじいちゃんはぼくをそう呼《よ》んだ。ずっと前、ぼくが三歳《さい》のころ、レストランに食べに行くとき、バットマンの衣装《いしょう》を着たままでいたいと言いはったときからだ。

「すべったんだ」

と、ぼくはこたえた。おじいちゃんが手をさしだして、引っぱりあげてくれた。

「もう帰ってもいい?」

と、ぼくはたずねた。

おじいちゃんはかぶりをふった。

「チームのみんなといっしょに、すわってないとな」

「バスケットボールなんて、きらいだよ」

「ああ、わかってる」

おじいちゃんはぼくのショーツについたほこりをはらってくれた。

「あそこの、かかえこみくんのとなりに行ってすわったらいいよ」

おじいちゃんは身ぶりでショーンのほうをさして言った。

「行きたくない」

「むりもないよ」

「今、ショーンのこと、なんて呼《よ》んだの？」

「かかえこみ。ボールをパスしないだろ。それに、ずっとあの子のとなりにいなくてもすむと思うよ。お父さんが試合に呼びもどすだろうからな」

「このまま家に帰っちゃいけないの？」

「ここに残るのが正しいことなんだよ。おまえはチームのメンバーだ。やめるのは、いい癖《くせ》じゃないんだよ」

ぼくはおじいちゃんの言うことを聞いて、ショーンのとなりにすわった。おじいちゃんは正しかった。ショーンはすぐに試合にもどった。

バスケットボールはそれ以上うまくならなかったけど、そんなにいやでもなくなった。しばらくすると、ショーンのお父さんはぼくにほとんどずっとベンチにいさせてくれたから。ぼくはすわったまま、みんなのスニーカーがキーキー鳴る音を聞き、ホイッスルが鳴るときは耳をふさいだ。

クロスカントリー走の問題は、ベンチがないことだ。かくれられないし、ヘタクソだからすわって見学してろと言われることもない。

それでも、自己《じこ》ベストの可能性《かのうせい》は残されている。今日は最低だったから、これ以上ひどくなりようがない。といっても、ぼくのことだから、わからない。もしかしたらいつか、もっと大きな目標を持てるようになるかもしれない。実際《じっさい》に何かがうまくできる、とかね。でも、当分はむりそうだ。今はまず、「やめないこと」でよしとしよう。それくらいの挑戦《ちょうせん》しか、手に負えそうにない。

19

いつもなら、理科はぼくにとってわりとマシなほうの科目だ。クラスにはウェスがいて、ヘザーもいる。ヘザーはすぐうしろにすわっていて、ぼくの気がそれているのを見ると、せきばらいをしたり、椅子《いす》をけったりしてくれるから助かる。それから週に一度は実験があるから、授業《じゅぎょう》をただ聞いてメモを取るかわりに、試験管《しけんかん》で何かをまぜて、爆発《ばくはつ》しないかと願ったりできる。

今日は水曜日で、フーリハン先生は来るのがおそかった。ほとんどの生徒は机《つくえ》にすわって椅子に足をのせてしゃべっている。コーディという子が見はっている間、ウェスがフーリハン先生の机の一番下の引きだしをこじあけようとしていた。ウィスキーのボトルをかくしもっているといううわさが本当かどうかたしかめるためだ。

ぼくの席は一番前のドアの横だ。ヘザーはすぐうしろの自分の席で、ノートに絵を描《か》いている。

そのとき、チャーリー・カストナーが通りかかるのが見えた。チャーリーは最初、コーディを見た。それからウェスがフーリハン先生の机をいじっているのを見た。おもしろいと思ったのか、ゆったりと教室に入ってきた。

そして、ぼくを見た。

緊急速報《きんきゅうそくほう》！　七年生の先生たちへ！　遅刻《ちこく》すると、ひどいことがおこりますよ！

チャーリーはどっかりと、ぼくの机にすわった。そんなに大きな机ではない。チャーリーは先生のだれかからうまく手に入れた、授業中に廊下《ろうか》に出るための「許可証《きょかしょう》」でぴらぴらと自分をあおいだ。ジーンズには引きさいたような穴《あな》があいていて、ぶくぶく太ったももが見える。

「よお、フリードマン」

チャーリーはすわりごこちをよくしようと、体をもぞもぞ動かした。

「スタートのピストルでこまってるんだって？　音にビビって、小さい女の子みたいに泣きだすらしいな」

ぼくは顔をあげなかった。このまま、やりすごせるかもしれない。フーリハン先生がもうすぐ来る。来るはずだ。

「残念だな、フリードマン」

チャーリーがつづける。

「陸上みたいなめめしいスポーツは、おまえにぴったりかと思ってたのにな」

チャーリーは「陸上」と言うとき、指をくねくねさせた。妖精《ようせい》の粉でもふりまくみたいに。

「きっとそう言って、おすすめされたんだろ？　おバカ教室で。じゃなくて、通級指導《しどう》教室だっけ」

ウェスはまだフーリハン先生の机《つくえ》のうしろにかがんでいる。チャーリーの声が聞こえているはずだけど、そのままそこにいる。むりもない。

「おまえ、チアリーダーになってみたらいいかもな。考えたことあるか？　それか、ホッケーだ。おまえ、パックになれるよ。それ、いい考えだな。おまえは、パックだ」

チャーリーが「パック」という言葉を大声で目の前で言ったから、つばが飛んできた。

「わたしたちはクロスカントリー走をやってるの。めめしい競技《きょうぎ》じゃないよ」

と、ヘザーが言った。まだ自分の席にすわっている。

チャーリーはヘザーを見ると、ぼくの机からおりて立った。よだれをたらしたハイエナが、野ネズミに飛びかかろうとしたら、おいしそうな元気なシマウマを見つけた、という感じだ。

ヘザーの机によりかかり、ゆがんだ笑顔をむける。

「へえ？　めめしい競技じゃないだと？　おまえ、フリードマンにアメフトができると思ってんのか？」

ヘザーも立ちあがった。自分のいる側から机によりかかり、ふたりはほとんど鼻をつきあわせるかっこうになった。チャーリーと対決しようとしているんだ。あの日、サッカーでしたみたいに。ぼくはヘザーにむかってはげしくかぶりをふりながら、早くフーリハン先生が来て、チャーリーをいるべき場所に追いかえしてくれることを祈《いの》った。

「そんなの、やりたいわけないじゃない。アメフトチームはヘタクソだし」

と、ヘザーが言った。

チャーリーが体をおこした。

「なんだと？」

「あんたのチームはヘタクソって言ったの。先週はフェアフィールドにやっつけられてた。フロントラインは右から左まで全部弱いし、相手チームにどんどん走りぬけられて、あんたたちのディフェンスはまるでおばあさんの群《む》れみたいだった。〇勝三敗だよね。人のこと、めめしいなんて言ってる場合じゃないと思うよ」

教室はシーンと静まりかえった。ウェスはぽかんと口をあけている。全員が、どうなることかと、チャーリーとヘザーを見つめている。

チャーリーは数秒間だまったあと、べつの感じの笑いを顔にうかべた。あざけるような感じ。

「傷《きず》ついちゃったよ。うちに帰ったら、ママに言いつけちゃおう」

チャーリーが何をねらっているのか、わからなかった。ヘザーはチャーリーをじっと見たまま動かない。

「おれはママに愛されてるからな。試合も全部応援《おうえん》しに来るし。残念だな、おまえんとこは、いない……」

何がおこったのかわからないけど、気づくと、チャーリー・カストナーが床《ゆか》に転がっていた。ヘザーのほうを見て、ヘザーの顔とヘザーの拳《こぶし》を見て、チャーリーをパンチしたんだとやっとわかった。強烈《きょうれつ》に。

ちょうどそのとき、フーリハン先生が教室に入ってきた。何があったのか、先生が把握《はあく》するのはむずかしくなかった。チャーリーが「なぐられた！　鼻をなぐられた！」とさわいでいたし、ほかに目撃者《もくげきしゃ》が二十人ほどいる。ヘザーは、チャーリーが一歩でも近づいてきたらまたパンチするような顔をしていたけど、チャーリーは鼻血を出しまくるのにせいいっぱいで、それどころじゃなかった。

椅子《いす》がキーキー鳴りひびき、みんなが、けんかの場所から遠ざかる。トラブルに巻《ま》きこまれたくないからか、チャーリーの鼻から飛びでる血にまみれたくないからか、わからない。

理科室には流し台があり、水を吸《す》うよりはじく量が多そうな茶色いペーパータオルの束《たば》が置いてある。フーリハン先生はそのペーパータオルをひとつかみ取ってチャーリーにわたしたけど、血はほとんど横にぬけて、床にぼたぼたたれていく。

「フランク、保健室につれていってくれないか」

フーリハン先生はフランクに、さらにペーパータオルをわたした。ペーパータオルの束から血をふきだしているチャーリーの鼻へ視線《しせん》をうつしたフランクの顔を見て、思わず笑いだしそうになった。

チャーリーはよろめきながら立ちあがってドアから出ていき、フランクがついていく。するとフーリハン先生はヘザーに、校長室へ行くように言った。そう言うしかなかったんだろう。ヘザーは反論《はんろん》もせず、ほかの人の顔を見ることもなく、まっすぐドアにむかった。気のせいかもしれないけど、教室のうしろから、ヘザーを応援する声が聞こえた気がする。

ヘザーがいなくなると、フーリハン先生は床の血をおおうように、ペーパータオルを十五センチくらい積みあげた。そして火成岩《かせいがん》と堆積岩《たいせきがん》のちがいについて説明して、ぼくたちを集中させようとしたけど、まるでクラス全員がＡＤＤ《エーディーディー》になっているかのようだった。だれもがしゃべったりささやいたりしている。教室のどこかで話し声がやむと、べつの場所で話がはじまる。

ぼくの頭の中でいろんなことがはねまわっていた。ヘザーがあんまり怒《おこ》られないといいけど、とか、チャーリーはどうしてピストルのことを知ったのか、とか、チャーリーが何を言ったのか知らないけど、ヘザーはものすごく傷《きず》ついたんだろうな、とか。そして何よりも、ヘザーがしたようなことができるくらい勇気があるって、どんな感じなんだろう、と。

うしろから、ウェスの声がした。同じことを考えていたようだ。

「今の、最高だったな」

20

つぎの日、ヘザーは学校に来なかった。うわさでは、停学《ていがく》になったみたいだ。チャーリーも学校に来なかった。うわさでは、体じゅうあざだらけで、停学になったみたいだ。停学になった人なんて、これまでひとりも知らなかった。今は、ふたり知っている。

これはぼくのせいでもある、と思った。もしぼくが自分で立ちむかっていれば、ヘザーを巻《ま》きこむことはなく、ヘザーがチャーリーをパンチすることもなく、そうすればヘザーは今日、チームのみんなといっしょにJFK《ジェーエフケー》校の大会で走れたのだ。

ゆうべは雨がふった。ドラムのように屋根をたたきつけ、木々の葉っぱを引きちぎり、母さんに「犬を飼《か》ってなくてよかったわ」と言わせるような雨だった。雨がおさまってくると、一気に冷たい空気がふきこんできて、急に冬になったみたいだ。今日もまだ少し霧《きり》がかっているから、巨大《きょだい》なレイクビュー・レパードのスウェットがあって助かった。

バスが来たとき、ウェスとサミーはぶかぶかのスウェットシャツを着て、決闘《けっとう》をしていた。そでのあまった部分で、打ちあっている。マークがサンジットの両そでをつかんで交差させ、体のうしろに引っぱると、サンジットの腕《うで》が体にぐるっと巻《ま》きついたかっこうになった。

「ワレワレハ　ウチュウジンダ。アナタガタノ　リーダーノトコロヘ　ツレテイケ」

と、サンジットが言う。マークはサンジットをつれて、バスに乗った。

ほかの男子があとにつづき、それから女子が乗った。みんなが席について、T監督《ティーかんとく》を待つ。

ぼくはひとりですわっていた。

「ヘザーが大会に出られないなんて、ひどいよな」

と、サミーが言った。

ぼくは、ヘザーのことをはっきり考えていたわけじゃなかった。でもぼくには、何かがへんだとぼんやり感じることがよくあって、今もそういう感じがしていた。ヘザーという名前を聞いたとたん、それが原因《げんいん》だとはっきり気づいた。

「ほんとだよ。チャーリーは試合に出られるのに」

と、マークが言った。

「えっ？」

サンジットが両そでをふって、腕が動くようにした。

「なんで、そんなことができるんだ？」

「チャーリーの試合は土曜日だから、停学《ていがく》期間が終わってるんだ」

マークがこたえる。

「そんなの不公平よ」

と、エリカが言った。うしろのほうにすわっていたけど、会話に加わるために前に来た。

「そもそも、何がきっかけだったの？」

と、ブリアンヌがきいた。

ウェスが自分の席でぱっと顔をあげ、話しはじめた。

「どういうことかっていうとさ、まず、チャーリーがジョセフにつっかかってたんだよ。スタートのピストルのことで」

それだ、とぼくは思った。全部、ぼくがいけないんだ。これでみんなはぼくをにくんで、何もかもぼくのせいだと言うに決まっている。ところが、サンジットがこう言っただけだった。

「あいつ、サイテーだな」

ほかの子たちが、口ぐちに声をあげた。

「なんでチャーリーはそんなこと知ってたの？」

と、テレサがきいた。

「そうそう、そんなこと、だれがしゃべったわけ？」

と、ブリアンヌがつづける。

「おれたちしか、いなかったよな」

と、サミーも言う。

すると、小さな悲鳴が、ビクトリアのほうから聞こえた。ビクトリアはそれまではずっと静かにしていた。あごを胸《むね》にうずめ、両腕《りょううで》を組み、体の両側から、スウェットシャツのそでが五十センチずつぶらさがっている。ビクトリアは悲鳴につづけて、クスンと鼻をすすり、顔をしかめ、両ひじをつかんで体にぎゅっとおしつけた。

「あたしが言ったの」

突然《とつぜん》、だれもが話すのをやめ、ビクトリアを見た。

「ほんとにバカだった」

そう言って、ビクトリアは泣きだした。

「チャーリーはザカリーといっしょにいて、ザカリーはすごくカッコいいから……」

「ムイ・グアポ（スペイン語で、「とてもかっこいい」の意味）」

と、テレサがうなずく。サミーが顔をしかめた。

「それで、大会がどうだったかきかれて、よかったよってこたえたんだ。そうしたら、ヘザーがどうだったか、ジョセフがどうだったかきかれたから、ピストルの話をしたわけ。言ったとたん、しまったって思った」

ビクトリアは五十センチずつあまっているスウェットシャツのそでで目をふき、テレサが肩《かた》をなでてあげた。

「ジョセフ、ほんとにごめんね」

ビクトリアはぼくのほうをむいて言った。

「からかうつもりじゃなかったの。ちょっとおもしろいって思っただけで、こんなことになるなんて……」

「気にしなくていいよ」

ぼくはこたえた。からかわれたことなら一万回くらいあるけど、あやまってもらったのはこれがはじめてだったから。

「ほんとに、だいじょうぶだから」

「あたし、あんなバカなやつらとは二度と口きかない」

と、ビクトリアが言った。ほかの女子がみんな、うなずく。サミーもうなずく。

「で、そのあとは？　ヘザーとチャーリーのことだけど」

と、マークがたずねる。

「そのあと、チャーリーがヘザーのお母さんのことを何か言ったんだ」

と、ウェスがこたえる。

「お母さん？」

テレサが聞きかえす。

「お母さんがいない、みたいなこと」

ウェスが言うと、みんなはまたいっせいに口をひらいた。

「ひどいな」

と、サンジットが言う。

「お母さん、いないの？」

と、エリカがきく。

「すごく悲しいよね」

と、ブリアンヌ。

「お母さんに何かあったのかな」

と、マーク。

「ヘザー、かわいそうに」

と、エリカがつけくわえる。

みんながしゃべっている間、ぼくはもう一度、自分に腹《はら》を立てていた。どうして、ヘザーにきかなかったんだろう。緊急連絡先《きんきゅうれんらくさき》カードを見たのに、ぼくはだまっていた。それに、どうして自分でチャーリーに立ちむかわなかったんだろう。ぼくがいなければ、こんなことは全部おこらなかったのに。

だれもがヘザーとチャーリーの話をして、ヘザーのお母さんがどうしたのか推測《すいそく》していたけど、T監督《ティーかんとく》がバスに乗ったとたん、静かになった。

「はい、みなさん。準備《じゅんび》はいいですか？」

T監督がきいた。みんながいっせいにうなずいた。監督は少しとまどったように、あたりを見まわすと、こう言った。

「じゃあ、シートベルトをしめて。JFK《ジェーエフケー》にむけて出発よ」

ガタガタゆれるバスの中で、ビクトリアはそでから手を放し、残っていた涙《なみだ》を薬指でさっとぬぐった。サンジットはふりむいて、ぼくを見た。

「そのあと、話をした？」

「だれと？」

「ヘザーと」

「ううん。どうして？」

ぼくはきいた。

「だってさ、友だち、だろ？」

その言葉に、びっくりした。

「まあ、なんとなく」

と、ぼくはこたえた。友だちなんだとしたら、ぼくはかなりひどい友だちだ。お母さんがいないといった大事なことについて、何も話さない友だち。自分で闘《たたか》わないといけないときに、人にやらせる友だち。

ぼくはそうとう落ちこんだ顔をしていたみたいで、数分後、T監督《ティーかんとく》がやってきてとなりにすわった。

「ジョセフ」

と、監督が言った。

「T監督」

と、ぼくはこたえた。

「具合はどう？」

「だいじょうぶです。監督はどうですか？」

「ヘザーのことは、残念だと思ってるわ。今日の大会にいっしょに来てもらえたらよかった」

ぼくはうなずいた。

「ぼくも、そう思います」

監督はぼくの肩《かた》に手をのせた。

「今日のレースに集中できそう？　やれると思う？」

むずかしい質問《しつもん》だった。ひとつのことを考えつづけようとしても、頭がいつも協力してくれるとはかぎらないから。

「がんばってみる？」

「はい」

こっちの質問のほうが、かんたんだ。

すると監督はポケットに手をつっこんで、何かを引っぱりだした。

「じつはね、この間の大会のあと、ヘザーと、あなたの話をしたの」

「そうなんですか？」

「ヘザーもわたしも同じことを考えてたの。スタートのピストルが鳴るとき、これがあれば助けになるんじゃないかって。はい、どうぞ」

監督がくれたパッケージの中には、小さくてぐにょっとしたスポンジみたいなものが入っていた。弾丸《だんがん》のような形で、あんまり信用できないような黄緑色をしている。

「耳栓《みみせん》よ」

ぼくがわからないといけないから、監督はそう言った。

耳栓《みみせん》を見つめ、パッケージを何回かぎゅっとにぎる。ピストルのことを考えて、ちょっとたじろいだ。思い出しただけなのに。でも、へんな感じもした。うしろめたいような感じ。

「これって、ズルじゃないですよね？」

「どうして？」

「ほかに、だれも使ってないから」

「ほかの人は必要ないからね」

と、監督《かんとく》がこたえる。

「もし必要な人がいたら、その人も使っていいのよ」

そう言って、ぼくの肩《かた》を軽くたたくと、T《ティー》監督は自分の席にもどっていった。

パッケージをあけて、一個《こ》、耳に入れてみた。すぐに飛びだして、よごれたゴム敷《じ》きの通路に落ちた。もう一個取りだして入れてみたら、ふくらんだ弾丸《だんがん》のようなつぶは、また飛びだしてしまった。

「兄がバンドをやっていて、父親にそういうの、つけろって言われてるんだけど」

と、二列くらい離《はな》れた席にいたブリアンヌが言った。

「耳の奥《おく》までおしこまないといけないの」

ぼくは耳に入れて、ぎゅっとおしこんだ。

ブリアンヌは話しつづけているけど、声が小さくなった。マシュマロ越《ご》しに声を聞いているみたいだ。

「あるとき妹が見つけて、鼻の穴《あな》につっこんじゃったの。母親がぬくのに、ピンセットを使わないとだめだった」

「へえ」

と言ったぼくは、自分でぎょっとなった。自分の耳の中にさけんだように聞こえる。

耳栓をはずすと、水中からあがってきたみたいだった。バスのエンジンがうなり、みんなの声が耳の中でわんわんひびく。やがてバスがはずみながら角《かど》を曲がり、JFK《ジェーエフケー》校の敷地《しきち》に入った。

「トイレに行かなきゃ」

バスが息を吐《は》いて止まったとき、ウェスがだれにともなく言った。

「あとでね、ウェス」

T監督が腕時計《うでどけい》を見て言った。

「コースを歩かないといけないから。はい、おりて、おりて」

みんなでぞろぞろおりると、JFKの男子がひとり、コースを案内してくれるために待っていた。その子について、まずスタートラインにむかう。校舎《こうしゃ》をまわって、グラウンドをつっきり、階段《かいだん》を少しあがったところだ。それから教えてもらったコースは、ほとんど森の中だった。昨夜《さくや》の雨でまだぬれていて、木々からは冷たいしずくが頭や肩《かた》に落ちてくる。ぼくは道のはしによって、木の根っこを、とび石のように使って進んだ。森を出ると、舗装《ほそう》された歩道があり、そこからフィニッシュラインまで走ることになる。ミミズがいないか確認《かくにん》したら、だいじょうぶそうだった。

スタートラインまでもどると、審判員《しんぱんいん》が声をあげた。

「女子が先です。女子のみなさん、ならんでください！」

このころにはウェスは左右交互《こうご》の足ではねていた。

「あの、ＪＦＫ《ジェーエフケー》の人！　トイレって、どこにあるの？」

「さっきバスをおりたところだよ。先に行っとけばよかったね」

ＪＦＫの子がこたえた。

「がまんできないの？」

と、ぼくはきいた。

「アーニーを二はい飲んだんだ。《ゲータレード》も」

ウェスがこたえる。

「え、何を二はい？」

マークがきく。

「アーノルド・パーマーだよ。レモネードとアイスティーを半々ずつまぜたやつ。やばい。話してたらひどくなった。行かなきゃ」

ウェスはあたりを見まわし、森に入っていった。

「待てよ！　もうすぐ女子が通る……」

マークが言いかけたけど、ウェスはすでに木々のむこうに消えていた。

女子はみんなスウェットを脱《ぬ》いで重ねて置いてあり、ユニフォーム姿《すがた》でふるえながら、スタートラインにならんでいる。

「位置《いち》について……」

と、審判員が言う。ぼくは耳栓《みみせん》をつぶして、耳につっこんだ。

「用意……」

パーン。

ピストル音が聞こえたけど、綿《わた》にくるんだみたいだった。ヘザーがここにいたら、ぼくがピストルを克服《こくふく》したところを見てもらえたのに。でも考えてみたら、ヘザーがここにいたら、ぼくのことなんか見ていない。スタートラインから走りだして、集団《しゅうだん》の先頭にいるはずだ。

耳栓をはずした。はっきりよく聞こえるようになったけど、女子の足音が消えていくと、あたりはシンと静かになった。

サンジットがストレッチをしている。サミーとマークはさか立ちをしようとしている。ぼくはヘザーのことと、サンジットが言っていたことについて考えた。友だちじゃないかっていうこと。きっと外からはそう見えるんだろう。もしかしたら、中からもそうなのかも。わからないけど。

女子が走っている間、しばらくは耳栓《みみせん》をつぶして、またもとのスポンジにもどるのを見つめたりしていた。T監督《ティーかんとく》に言われたことを思い出してみる。――レースに集中する。頭の中にコースを思いえがく。走る準備《じゅんび》をする。

十五分くらいしてから、女子のひとりが森から出てきて、フィニッシュラインの旗にむかってかけおりてきた。ここからだと、ブーツをはいているように見えるけど、泥《どろ》だ、と気づいた。靴《くつ》からひざまで全部。うしろの子たちもみんな、足が泥だらけで、ユニフォームにもはねている。最後のほうの子たちは走ったり歩いたりしながら、下をむいて、ショーツにはねた泥をさっと手ではらい落とそうとしている。

女子が全員フィニッシュラインを越《こ》えると、審判員《しんぱんいん》が声をあげた。

「はい、つぎは男子です」

ぼくたちはスウェットを脱《ぬ》ぎすてて、列にならんだ。ウェスがサミーとぼくの間に入ってきた。

「すっきりした？」

と、サミーがきいた。

「ああ」

ウェスはさっきより元気そうだ。

「女の子たちに見られた？」

「ああ。道から十メートルくらい離《はな》れたところにいたから」

「それで、どうしたの？」

と、サンジットがきいた。

「『レイクビュー、がんばれ！』って言ったよ」

審判員が声をあげた。

「男子のみなさん、用意してください！　あと二分でピストルです！」

耳栓を耳につめこんでいると、フォックスリッジ校のシングレットを着た太った子が、左側にならんだ。

「森に入るとき、気をつけろ」

と、つぶやく。

「無法地帯だから」

教えてもらったお礼を言ったほうがいいのかまよったけど、結局そのひまはなかった。審判《しんぱん》員《いん》の声がかかる。

「あと一分！」

ぼくは指を耳に入れて、耳栓《みみせん》を奥《おく》へおしこんだ。

「位置《いち》について……用意……」

パーン。

ピストル音はまた綿《わた》に包まれていた。ほっと大きなため息をついて、リラックスする。問題は、走るのを忘《わす》れていたことだ。

「行きなさい！」

くぐもった声で審判員が言う。

「はじまってるよ！　走って！」

「あ、すみません」

ぼくは走りだし、グラウンドをジグザグに進んだ。耳栓をはずそうとして。

前のほうでは、ランナーがひとかたまりになって、森の道に入ろうとしている。さっきの子が言っていた意味がわかった。ひじをつきだしたり、おしあったり、先に行こうと争いがおこっている。ぼくが森の入り口についたときには、もうぼくとさっきのフォックスリッジの子しか残っていなくて、おたがいに、すごいいきおいで道をゆずりあった。

森に入ると、道は泥《どろ》の川だった。霧雨《きりさめ》がふっていて、地面はぬれてすべりやすく、とにかく何もかもがイヤな感じだ。コースを歩いたとき、バランスを取るために使っていた根っこや岩やかわいた場所は、とっくになくなって、泥にうずもれている。一歩ふみだすごとに、泥がユニフォームに飛びちり、足にも、顔にも飛んできたけど、ふいてもむだだ。見わたすかぎり、前のほうまで泥。泥しかない。

フォックスリッジの子はうしろにさがっていたけど、ドタドタ追いついてきた。どこかで転んだようだ。泥だらけになっている。まるでチョコレートソースの容器《ようき》に落ちたみたいだ。

ぼくは手をあげ、そこにいるのがわかっているよ、と知らせた。同じ苦しみを共有しているよ、と。なんだか、そいつと道をともにしていると、安心感があった。ぼくたちはゆっくりと、ときどき走ったり、ときどき歩いたりしながら、何時間にも思えるくらい進むうちに、やっと森の終わりにたどりついた。このころには舗装《ほそう》された歩道は泥にまみれてすべりやすくなっていて、ぼくたちはさらにおそくなった。

遠くのほうにフィニッシュラインが見えたとき、フォックスリッジの子がとなりに来た。

「おれ、ヒーバーっていうんだ」

あえぎながら言う。

「ジョセフ」

と、ぼくはこたえた。ヒーバーなんて変わった名前だから、それだけでからかわれそうだ。どこまでも運のないやつっているんだな、と思っていると、そのヒーバーがこう言った。

「あわれみの歓声《かんせい》がおこるから、準備《じゅんび》しとくといいよ」

「なんだって？」

「あわれみの歓声。聞けばわかる」

コースの最後のあたりまで来ると、母親たちがかたまっているのが見えた。みんな、ネコや子犬がワックスをかけた床《ゆか》の上をすべったり転んだりするビデオを見ているような顔をしている。悲しいのとおかしいのがまじりあった感じ。ヒーバーの言うとおりかもしれない。あわれみだ。

「いい調子だね！」

ホイッスルを持った男の人が声をかけてきた。ぼくたちはちょっと歩いてから、またがんばって走った。

「今度はだれかが、『いいぞいいぞ』って言うよ」

と、ヒーバーが言った。

「なんでわかる……」

「いいぞいいぞ！」

知らない人が声をあげた。

「ほらな？　あわれみの歓声だよ。じゃあ、先に行って。おれ、もうこのペースむりだ」

ヒーバーは何歩かうしろにさがり、ぼくはなんとかよろめきながらフィニッシュラインを越《こ》えて、まばらなはくしゅを受けた。

ヒーバーはぼくのあとからフィニッシュした。

「またつぎの大会でな」

そう言って、よろよろ立ちさっていく。

やっとバスに乗りこんだときには、だれもがまるで南北戦争で戦ってきたみたいだった。バスが動きだすと、監督《かんとく》が言った。

「みなさん、ジョセフがフォックスリッジ校の男の子といっしょに走っていたのを見ましたか？　あれは全員にとって、学ぶことがあったと思います」

「えっと、どんなに悲惨《ひさん》でも、もっと悲惨な人がいるってこと？」

と、サミーが言った。

「ちがいますよ、サミー。わたしたちはみんな、おたがいに助けあえるってことです。チームがちがっても、ささえあえるんです」

「サミーの言ったことのほうがいいな」

と、ウェスが言った。

テレサがウェスの肩《かた》をたたいた。

「森の中であたしたちを応援《おうえん》してくれて、すごくうれしかったよ」

「ほんと。ありがとう、ウェス」

と、ビクトリアもつづけた。

サミーは、ビクトリアがウェスのとなりにすわったのを見て、しかめっつらをした。マークは口に手をやり、笑いをこらえた。

「ああ、あんなの、なんでもないよ」

ウェスはにこにこしながら言った。

「チームをささえるためなら、なんだってするって」

21

ぼくは女の子の家に行ったことがない。まあ、あるかもしれないけど、小学一年生くらいからあとは、ない。たしかなのは、停学《ていがく》になった女の子の家に行ったことはないってことだ。さらに絶対《ぜったい》たしかなのは、ぼくのせいで男子をなぐって停学になった女の子の家に行ったことはないってこと。

でも今日、T監督《ティーかんとく》は練習を早く終わらせてくれた。たぶんきのうの泥《どろ》まみれ大会を生きのびたごほうびだ。で、そのまま家に帰るかわりに、気づいたら、アンダーヒル通りをヘザーの家にむかって歩いていた。アンダーヒル通りは曲がりくねっていて、レイクビューの町をふたつのパズルのピースみたいな形に分けている。舗装《ほそう》された歩道はなく、土と草のせまい帯があるだけだ。小雨がふっていて、通りすぎる車がどれも、泥水のしぶきをかけてくる。

レイクビューのこっち側では、ほとんどの家が大きくて石づくりみたいだ。カーブする私道《しどう》に、ざらざらした灰色《はいいろ》の砂利《じゃり》が敷《し》かれている。一軒《けん》の家には、テニスコートとプールがあって、プールにはすべり台までついていた。柵《さく》の上から、すべり台の手すりが光っているのが見える。

でもヘザーの家は小さくて幅《はば》もせまかった。ピンクがかったうす茶色で、窓枠《まどわく》は茶色い。落ち葉の中に完璧《かんぺき》にとけこんでいる。まるで気づいてもらいたくないみたいに。

背《せ》の高い金網《かなあみ》フェンスが、ヘザーの家の裏庭《うらにわ》とクローバーデール・ゴルフクラブとの間をしきっている。クローバーデールの芝生《しばふ》はまだ秋の濃《こ》い緑色だ。クラブハウスはなめらかな丘《おか》の上に建っていて、こっちのほうがえらいんだぞという感じで下を見おろしている。あそこから見えないように、ヘザーの家はかくれているのかな、と思った。

ヘザーの家の玄関《げんかん》までつづく、短いコンクリートの小道があった。その小道の手前で、ぼくはぼうぜんと立ちつくす。まぬけな気分だった。先に電話しておけばよかった。メールしておけばよかった。なんでもいいけど、こんなふうに、ふらふらやってこなければよかった。ヘザーが怒《おこ》っているのか、がっかりしているのかも、わからない。こんななさけない臆病者《おくびょうもの》は見たことないし、すべてぼくのせいだ、と思っているかもしれない。

回れ右して帰ろうとしたとき、玄関のドアがあいた。ヘザーは携帯《けいたい》電話でしゃべっているけど、手をふってぼくを家に招《まね》いた。まるで、ぼくが毎日たずねてくるみたいに。

「わかってる」

ヘザーが電話にむかって言った。

「心配しないで。ほかにだれもなぐりたおさないから」

ビチャッビチャッとぬれた落ち葉をふみながら、玄関まで行った。ドアを入ったところにあった敷物《しきもの》の上で、泥《どろ》だらけの靴《くつ》を脱《ぬ》ぐ。といっても、そういうルールがあるような家には見えなかった。どっちかというと、「ドタドタ入って上着を手すりに放りなげておく」ような家だ。どこかから、かん高い笛の音が聞こえた。こっちと合図するヘザーのあとから、短い廊下《ろうか》を進む。キッチンに入ると、青いやかんから湯気がふきだしている。ヘザーは電話をスピーカーホンにして、カウンターの上に置き、手が使えるようにした。やかんをべつのコンロの口にうつして、火を止める。

やかんの笛が鳴りやむと、女の人の声が部屋じゅうに広がった。

「ここの植物相《しょくぶつそう》、絶対《ぜったい》に見るべきよ！」

と、声が言う。

「とにかく、すばらしいんだから！」

ヘザーは戸棚《とだな》をあけて、シリアルの箱をごそごそ動かし、何かをさがしている。植物相ってなんだろうと思った。声がつづく。

「ハイビスカス・ワイメアエっていう花があってね、一日しか咲《さ》かないの。たった一日よ！花がひらくときは白いんだけど、午後になるとあわいピンク色に変わっていくの。もう、わたし、すっかり夢中《むちゅう》になっちゃったわ」

「ママ……」

ヘザーがそう言ったとき、心臓《しんぞう》がわずかにドキッとした。

ヘザーの声が聞こえなかったのか、お母さんはしゃべりつづける。

「あちこちでヒヨコが自由に走りまわってるのよ」

お母さんが笑い声をあげる。

「それから、オンドリ！　テーブルに飛びのってきて、じろっとこっちを見るの。テラスでごはんを食べてるときにね。それから、ランの花！　もう本当に色とりどりで、香《かお》りもいろいろなの。ここで映画《えいが》の『ジュラシック・パーク』が撮影《さつえい》されたの、知ってるでしょ？『南太平洋』もね！　毎日、虹《にじ》が出るのよ。それからハナレイっていう小さな町があってね……」

「ママ」

ヘザーは今度はもう少し大きな声を出した。《スイスミス》のココアの箱をつかんで、カウンターに置く。

「……ハナレイよ！　『パフ、魔法《まほう》の竜《ドラゴン》』の歌に出てくるでしょ？」

「ママ、そんなの知らないし……」

すると、ヘザーのお母さんが歌いだした。というか、カウンターの上の携帯《けいたい》電話が歌いだした。

「パフは、魔法の竜。海辺で暮《く》らしてる。秋の霧《きり》のなか、遊ぶよ。はるかな島、ハナレイイイイイイイイ……」

ヘザーはさっとこっちを見ると、携帯電話に手をのばしたけど、その前にお母さんの声が聞こえた。

「もうわたし、この場所を本当に愛してるのよ、ヘザー。だから耐《た》えられ……」

「ママ!」

ヘザーはさけんで、スピーカーホンを解除《かいじょ》した。

「お願いだから、やめて。すごくいいところだって、わかるよ。ほんとに。きれいなところなんだろうけど……」

ヘザーはまたこっちを見た。

「人が来てるから、切るね」

一瞬《いっしゅん》、話を聞いている。

「同じチームの子」

もう少し、話を聞く。

「大会に一回出た。うん、勝った」

お母さんがまた話をするのを聞いたあと、

「うん。でも……」

それから、

「もちろん。そうするから。約束《やくそく》する。わかった。わかった。うん、わたしも。バイバイ」

ヘザーは電話を切ると、ぼくが何も言えないうちに、こっちをざっと見て言った。

「そのかっこう、どうしたの？」

ぼくは自分を見おろした。洗剤《せんざい》の《タイド》のコマーシャルに出られそうだ。

「泥《どろ》」

肩《かた》をすくめて、こたえた。

「ココア、飲まない？　体じゅうにこぼしても、だれにもわからないよ」

ぼくがうなずくと、ヘザーはマグカップをふたつ、ぼくにはふみ台がないと、とどかないような棚《たな》から取りだした。

ヘザーがむこうをむいているとき、伝えた。

「ごめんねって言いに来たんだ」

「どうして？」

ヘザーはふりむかなかった。

「だって、もしぼくがチャーリーに立ちむかっていたら、チャーリーはヘザーにあんなことを言わなかったし、そうしたらヘザーはチャーリーをなぐらなかったから、停学《ていがく》にならなかったし、きのうの大会を休まなくてすんだし、ぼくに腹《はら》を立てることもなかったから」

ヘザーはこっちをむくと、ココアの袋《ふくろ》をふたつ、それぞれふって、中身を下によせた。ぼくがココアの袋をあけるときみたいに、粉があちこち飛びちらないように。

「ジョセフのこと、怒《おこ》ってないよ」

と、ヘザーは言った。

「怒ってないの?」

「うん。第一に、校長先生に会えたし。あ、やっぱりマナティーだったよ」

ヘザーはほっぺたとくちびるをふくらませて、「マナティー顔」のつもりなんだろうなという顔をつくった。

「それにね、なんていうか、決着がついてよかった」

袋の上部をやぶりとり、ココアパウダーをマグカップに入れて、お湯を注ぐ。

「チャーリーはいずれ何か言ってきたと思う。時間の問題。クローバーデールで根も葉もないうわさをいろいろ聞いてるのは知ってたから。ママがわたしのことをどうでもいいと思ってるとか、家にもどってこないとか」

ヘザーは黄色く塗《ぬ》られたテーブルに、マグカップをふたつ置き、それぞれにスプーンを入れた。ぼくたちは席についた。

「お母さん、どこにいるの？」

と、ぼくはきいた。

「ハワイ。はるかな島、ハナレイだよ」

ヘザーはそうつけくわえて、首をふった。

「わっ、それって遠いね」

それ以上、何を言えばいいかわからないから、ココアのかたまりをスプーンでつぶすことに専念《せんねん》した。

「絶滅《ぜつめつ》の危機《きき》にさらされた花について、論文《ろんぶん》を書いてるの。植物学者なんだ」

「お父さんみたいに？」

「まあ、似《に》たようなものだけど。パパは園芸家。植物を育てる人。で、ママは植物を研究する人。パパはそう説明してる。出会ったきっかけは、ファービッシュ・シオガマギク」

「ファー……なんだって？」

「ファービッシュ・シオガマギク。メイン州の川岸に生えているのをだれかが見つけたの。絶滅したことになってたから、見つかって大さわぎになったみたい」

ヘザーは立ちあがり、冷蔵庫《れいぞうこ》のとびらについていた小さな写真を持ってきてくれた。写っているのはたぶん、お母さんとお父さんだ。それと、ファービッシュ・シオガマギク。それはアスパラガスに小さい黄色の花がついているような植物で、とくにどうってことない感じだった。というか、かなり、ぶかっこうだ。お父さんは若《わか》くてやせていて、お母さんはすごい美人。

「とにかく」

と、ヘザーは話をつづける。

「ママはハワイに行って、二週間で帰ってくるはずだったのに、もう一か月くらいたってて……」

あとは聞いてたでしょ、というように、ヘザーは携帯《けいたい》電話を指さして、肩《かた》をすくめた。

「パパはね、よくさがせば、身のまわりですばらしいものが見つかるって言うの。だけどママは……」

ヘザーは自分のココアをじっと見つめた。ぼくも自分のココアをじっと見つめる。このまま一時間、ココアの沈黙《ちんもく》の中ですわりつづけるふたりの姿《すがた》が思いうかんだ。だけどそのあと、ヘザーにお母さんのことを何もきかなくて後悔《こうかい》したことを思い出した。まちがったことは言いたくないけど、何も言わないのもまちがっている気がする。だから考えた。もし自分がヘザーだったら、友だちになんて言ってほしいだろう？

やっと、ぼくは口をひらいた。

「お母さんがいなくて、さびしい？」

ヘザーはうなずいた。

「いいかげん慣《な》れろって感じだけどね。わたしが十歳《さい》のとき、ママはニューメキシコ州に一か月行って、めずらしいサボテンを研究してた。その前は、タイのどこかで、オウムバナの一種。それから、どこだったか、食虫植物でカエルを食べるのもあった」

「えっ、植物が？　カエルを食べるの？」

ヘザーはうなずいた。

「大きい昆虫《こんちゅう》も。場合によっては、ネズミも」

うわっ。少なくとも、今夜どんな悪夢《あくむ》を見るのか、あらかじめわかってよかった。

「それに家にいるときも、なんだかいつも、つぎに出かける計画を立てている感じなんだ」

ヘザーは写真を受けとって、また冷蔵庫《れいぞうこ》につけた。それからテーブルにもどってきた。

「でも、かわいいおみやげを送ってくれるよ。ニューメキシコ州の羽みたいなお守りとか、タイの宝石《ほうせき》のついたゾウとか。で、ハワイからはサロンを送ってくれるんだって」

「サロンって？」

「長いドレスみたいな服。お花がついてる」

「へえ」

頭の中で、花柄《はながら》の長いドレスを着たヘザーを思いうかべてみた。なんだかあんまり結びつかない感じだけど、考えてみたら、スウェットパンツをはいたT《ティー》先生に慣れるのにも時間がかかったんだっけ。

「きっと、わたしも自分のようなブルーベリー・プリンセスだと思ってるんじゃないかな。アメフト選手をなぐってまわるような子じゃなくて」

ヘザーは肩《かた》を片方《かたほう》だけすくめた。

「もっとそばにいてくれたら、そういうこともわかったのかも」

「あのさ、ブルーベリー・プリンセスだって、チャーリーをなぐりたくなると思うよ」

ぼくは、はげまそうとして言った。

「みんな、ヘザーのこと、最高だって思ってた。アメフトチームがヘタクソだって言われたときのチャーリーの顔なんて、信じられなかったよ」

ヘザーの口のはしがぴくっと動いた。笑わないようにしようとしているみたいだった。

「フランクがウェスに言ったんだけど、チャーリーは廊下《ろうか》を歩いている間ずっと鼻血が出っぱなしだったのに、ふくのに茶色いペーパータオルがこんなにちょっとしかなかったんだって」

ヘザーは首をふって、手で口をおおった。

「ニコール・アブルッツィは気持ち悪くなって早退《そうたい》したんだ。それから校務員《こうむいん》さんはそうじするのに、《ミスタークリーン》の洗剤《せんざい》を四リットルくらい使わないといけなかったらしいよ。

大会に行くバスの中で、みんなずっとその話ばっかりしてたんだ」

やっと、ヘザーは笑顔になってくれた。椅子《いす》を少しうしろにさげ、長い足をのばして、腕《うで》を組む。

「それで、大会は？」

「大会が何？」

ヘザーはぼくの腕をパンチした。

「どうだった？」

「泥《どろ》まみれ」

と、ぼくはこたえた。

「自己《じこ》ベスト出した？」

「ぎりぎり。泥の中を泳いでるみたいだった。でも、ビリじゃなかったよ。ヒーバーっていうやつがいて、ぼく以上におそいんだ」

「ヒーバー？」

ヘザーは、そんな名前があるなんて信じられない、という顔をした。

「うん、ほんとだよ」

そのあと、やわらかい黄緑の耳栓《みみせん》や、あわれみの歓声《かんせい》や、ウェスが森に入っていったことまでしゃべった。ただし、ウェスの話はほかの女子には絶対《ぜったい》に言わないと約束《やくそく》してもらった。それからビクトリアが、ぼくとピストルの話をチャーリーにしてしまって後悔《こうかい》していた話もした。そうしたらヘザーまで、ザカリーはかっこいい、でもイヤなやつだ、という女子たちの意見に賛成《さんせい》した。ぼくはもう一度、チーム全員がヘザーに大会に参加してもらいたがっていたことと、もし参加していたら圧勝《あっしょう》だったはずだってことを伝えた。

そのとき、玄関《げんかん》のドアがあいて、廊下《ろうか》から近づいてくる足音が聞こえた。

「パパ、おかえり！」

ヘザーが声をあげた。

どんな人を想像《そうぞう》していたのか、自分でもわからない。ヘザーがいつかトラックで話してくれたように、ゴルフ場の芝生《しばふ》の腐敗《ふはい》や粘菌《ねんきん》をやっつけるために、スプレーガンを持ってゴーグルをつけた、白衣のマッド・サイエンティストか。でも、キッチンに入ってきたヘザーのお父さんは、写真に写っていた背《せ》が高くてひょろっとした人とそんなに変わらなかった。それに、無精《ぶしょう》ひげが生えている。髪《かみ》の毛《け》はポニーテールで、ネルシャツと大きい作業ブーツをはいている。

「パパ。ジョセフだよ。クロスカントリーチームでいっしょ」

と、ヘザーが言った。

「囚人《しゅうじん》の面会に来たのかい?」

お父さんは身をのりだして、ヘザーのほっぺたにキスをした。

「停学《ていがく》期間は今日で終わりだよ。だから、もう自由」

と、ヘザーが言いかえす。

「そりゃよかった。ドアの下からこっそり差し入れするのに飽《あ》きてきたところだよ。ブリキのコップで鉄格子《てつごうし》をガチャガチャこする音にもな」

ヘザーが笑ったので、うれしかった。お父さんは冷蔵庫《れいぞうこ》まで行って、《マウンテンデュー》の缶《かん》を取りだした。ポニーテールとネルシャツによく似《に》あう。

「ママから電話があったよ」

「それで?」

と、ヘザーが言った。お父さんは缶のふたを上にあげたけど、その場でじっとしていた。

「サロンを送ってくれるって」

「サロン?」

「服です。花柄《はながら》の」

ぼくはそう言ったあと、お父さんはきっとそんなことは知っているはずだと気づいた。

「ママはハワイをすごく愛してるんだって」

と、ヘザーがつづけた。

ヘザーのお父さんは、さっきのヘザーと同じ、悲しい顔をしていた。この場をどうにかできるのは、ぼくだけだ、と思った。ほかに何も思いつかないから、思わずこう言った。

「クローバーデールのブロンズ・バーチ・ボーラー・ビートル退治《たいじ》はうまくいってますか？」

試験のために覚えないといけないこととちがって、こういう言葉は脳《のう》の中にくっついて離《はな》れない。

ヘザーのお父さんはびっくりして笑い声をあげた。

「どうしてそんなことを知ってるのかな？」

「ヘザーから聞きました。お父さんが、そういうのを退治できるって。専門家《せんもんか》だって」

「ヘザーがそう言ったのか」

お父さんはにこにこして、ヘザーの椅子《いす》のうしろへもどってきた。

「まあ、やつらは逃《に》げだしてるところだと思うよ。木を二本くらい失うことになる。全部を救うのは間にあわなかった。でも、ほとんどは春になったら元気に復活《ふっかつ》するはずだ。ゴルフコースに来ることがあったら、案内するよ」

「ありがとうございます」

そうこたえたものの、チャーリーが会員になっているゴルフクラブに行きたいかというと、どうなんだろう。

「じゃあ、ぼくは事務《じむ》仕事をしてくるよ。ジョセフ、会えてうれしかった」

ヘザーのお父さんがテーブル越《ご》しに手をのばしたから、あくしゅした。手のひらは、働いてきたからごわごわしていて、缶《かん》飲料を持っていたから冷たい。それから、ぼくができるようになりたいようなウィンクをした。ぼくが鏡でウィンクの練習をすると、目にゴミが入ったようにしか見えない。お父さんはヘザーの頭のてっぺんにキスをすると、自分の鼻にさわり、耳を引っぱってから、廊下《ろうか》に出ていった。

「今のは何?」

ぼくはたずねた。

「ああ、野球のサイン。チェリーフィールドにいたとき、パパはうちのチームの監督《かんとく》だったの。わたし、あのサインが好きだったんだ。何の意味もないの。相手チームを不安にさせるためにやるだけ」

そろそろ家に帰ったほうがいい時間だけど、その前に、今度の火曜日にフランス語の小テストがあると伝えた。テストに出るのは、英語の「be《ビー》動詞《どうし》」にあたる言葉で、ものすごくわかりにくいから、フランス人はほかの人に自分の言語を話してほしくないんじゃないかと思うほどだ。

「いっしょにテスト勉強する？」

と、ヘザーが言った。

「月曜日、ジョセフの家に行ってもいいけど。練習のあと」

「いいよ」

と、ぼくはこたえた。しょっちゅう家に友だちが来ているかのようなふりをして。にこにこしているのがバレないように、マグカップをうんとかたむけて、ココアの最後のひと口を飲みほす。最後が一番おいしい。濃厚《のうこう》であまくて、どろっとしている。


その夜、ベッドに入ったとき、ヘザーのお母さんがいないのはひどい、と思った。もしかしたら、大人になるとルールが変わるのかもしれない。「やめる」っていうことをしてもいいのかもしれない。しばらくの間は。でも、自分を必要としている人がいるのに、そばにいるのを「やめる」なんて、しちゃいけないと思う。ましてヘザーに対して、だれも「やめる」なんてことをしちゃだめだ。

ベッドの中は温かくて気持ちいい。家にいて、外の雨の音を聞くのは、いい気分だ。筋肉痛《きんにくつう》がする。大会と、練習と、ヘザーの家から走って帰ってきたせいで。走るつもりはなかった。はじめは歩いていたけど、だんだん速くなった。ヘザーがお父さんに言ったことを思い出して

——「ママはハワイをすごく愛しているんだって」——スニーカーで土をぐっとふみつけていた。頭の中でチャーリーの声が聞こえると——「おれの母親はおれを愛しているからな」——道ばたの小石をけとばした。地面を強くけり、ももを引きしめ、腕《うで》を力強くふった。痛《いた》いけど、気持ちはよかった。今まで感じたことがない感覚だった。

母さんが入ってきて、ぼくのベッドにすわった。母さんが、父さんとぼくといっしょにここにいないなんて、考えられない。たとえばもしタイに行きたいと思っていたとしても、母さんはそうは言わない。母さんには、期待どおりにいかないことや、ぼくが期待とちがっていることがあるだろうけど、そうだとしても、ぼくにそう言ったことは一度もない。

両腕で母さんをだきしめたかったけど、そうはしなかった。四歳《さい》の子みたいに急にだきついたら、母さんはものすごく心配するはずだ。だから母さんにくっついているほうの腕に少し力を入れて、顔を枕《まくら》にうずめて、ひそかなハグみたいにした。母さんはいつもとちがうことには気づかないと思う。

でも、母さんが部屋の明かりを消して、ぼくの頭のてっぺんにキスしたとき、ぼくは思わずこう言っていた。

「母さん？　父さんといっしょに、ぼくが走るの、見に来たい？」

母さんは戸口で立ち止まった。

「もちろんよ！」

「最後の大会をレイクビュー中学でやるんだ。リーグ決勝戦。来たかったら、来ていいよ」

母さんはもどってきてベッドにすわると、ぼくのひたいにかかった髪《かみ》の毛《け》をそっとはらった。

「母さんたちが見に行ったら、緊張《きんちょう》しすぎない？　注意がそれて、木にぶつかったりしないわよね？」

じょうだんで言っているのがわかるけど、そうなる可能性《かのうせい》はけっこうある。

「ぶつからないようにする」

と、こたえた。

「じゃあ、見に行く」

「それとね」

と、ぼくはつづける。

「前に話した、女の子がいたよね。サッカーのときにチャーリーをやっつけた子。名前は、ヘザーっていうんだ。その子のことも、応援《おうえん》してくれない？」

母さんの手が一瞬《いっしゅん》、ぼくの頭の上で止まった。母さんの好奇心《こうきしん》が暗がりの中で光るのを感じる。

「転校してきたばかりで、お母さんが遠くに行っちゃってるんだ」

ぼくは説明した。

母さんが息を吸《す》うのが聞こえる。何かをきこうとしたみたいだけど、結局だまっていた。もう一度ぼくにキスして、こう言った。

「いいわよ。どの子か教えてね」

「教える必要ないよ。見ればわかるから。一番速い子だよ」

22

これまで、友だち関係であまりうまくいったことがない。小さいころは、親がぼくのために、友だちと遊ぶ約束《やくそく》を取りつけてくれていた。でもぼくは母さんが送りむかえしてくれないとだめで、よそのお母さんがむかえにくると泣きじゃくった。ジェイデン・プロブストという子の家では、ベビーシッターが「丸太にのったアリ」というおやつをくれたけど、本物のアリじゃないとは教えてくれなかった（実際《じっさい》にはセロリにクリームチーズとレーズンをのっけたおやつだ）。ぼくはバスルームにかくれ、そのおやつがもうなくなったと断言《だんげん》してもらえるまで、出ようとしなかった。それから、リアム・マクファーリンという子は、新しいクレヨンをぼくに使わせてくれずに、べつの箱をくれた。その箱のクレヨンは全部折れていて、青が八本くらいあって、赤は一本もなかった。

七歳《さい》か八歳になると、学校での一日が永遠《えいえん》につづくように思えた。友だちと遊ぶ約束は、宿題のようだった。うまくいかないものが、またひとつふえたようなものだった。テレビゲームでぼろ負けしたり、野球でたたきのめされたりするために、だれかの家に遊びに行くなんて、大きらいだった。

でも、ひょっとして……。状況《じょうきょう》は変わったのかもしれない。

ヘザーが来たら、どんなふうにうちを見るだろうかと想像《そうぞう》してみた。家族の写真や、母さんが冷蔵庫《れいぞうこ》にべたべたはっている小さい付箋《ふせん》のメモ。

それと、おじいちゃん。

おじいちゃんのことは大好きだけど、ヘザーの前ではずかしいことを言ったらどうしよう。ぼくがライ豆をこわがっているとか、ショッピングモールで《ミスターピーナッツ》の着ぐるみを着た人から逃《に》げだしたなんて言ったら？　ぼくをスーパーヒーローと呼《よ》んだり、ヘザーに身長をたずねたりしたら？

だから、月曜日の朝、予告《よこく》しておくことにした。

「おじいちゃん」

なるべくなんでもなさそうな声で言う。

「今日、学校のあと、友だちが家に勉強しに来るんだ。フランス語のクラスでいっしょの女の子」

おじいちゃんの眉毛《まゆげ》が両方いっぺんにあがった。

「ガールフレンドかい？」

一番おそれていた返事だ。

「ちがう」

おもしろがっていないことをわからせるために、はっきりと言った。

「フランス語でいっしょってだけ」

「頭いい子なのか？」

ぼくはうなずいた。

「とくにフランス語ができる。それから、クロスカントリーのチームにも入ってる。走るのがものすごく速いんだ」

「じゃあ、おまえのことが好きなんだね」

「好きなんかじゃないよ」

自分で言っていても、みじめな悲鳴みたいに聞こえる。

「『ラブラブ』の『好き』っていう意味ではないよ」

と、おじいちゃんが言った。

「つまりな、人は選ぶことができるんだ。その子はおまえをからかうこともできるし、無視《むし》することもできるけど、家に来ることにしたんだろ？　おまえがきらいなら、来るなんて言わないよ」

「ただ親切なだけだよ」

と、ぼくは言った。この一連の質問《しつもん》は、ぼくが探険《たんけん》したい領域《りょういき》ではない。だから、

「とにかく、たいしたことじゃないから」

と言って、

「ぜんぜん」

とつけたした。それから、

「気にしないでいいからね」

と言って、最後にこうつけくわえた。

「いちおう言っておこうと思っただけだから」

そんなわけで、練習のあと、ふたりで勝手口から入ったとき、おじいちゃんが散歩に出ているか、ボウリングかバードウォッチングでもはじめてくれていることを願っていた。でも、だめだった。おじいちゃんはキッチンにすわって、こっちに背中《せなか》をむけていた。おじいちゃんの前のテーブルには、ノートパソコンが置いてある。

「おじいちゃん、ただいま」

ぼくが声をかけると、おじいちゃんは言った。

「すぐ終わるからな、スーパーヒーロー」

その呼《よ》び名《な》に、顔が真っ赤にならないようにがんばりながら、すばやく言った。

「あの、おじいちゃん。ヘザーだよ」

ヘザーはうちのキッチンにいると、いつも以上に背が高く見える。ヘザーもそう思っているみたいで、ちょっとだけ頭をかがめている。おじいちゃんがふりむくと、ヘザーは、はずかしそうに、小さく手をふった。

「ヘザー」

おじいちゃんは、びっくりするくらい感じのいい声を出した。

「すてきな名前だね」

ヘザーはこまったように肩《かた》をすくめた。

「そんなふうに思わない人もいるんです」

「どうしてだい？　美しい女の子にふさわしい美しい名前じゃないか」

おじいちゃんがこんなはずかしいことを言うなんて信じられないけど、驚《おどろ》いたことにヘザーは笑顔になった。ぼくはおじいちゃんを見くびっていたのかもしれない。それとも、もしかしたら、七十九歳《さい》になると、そういうことを言ってもゆるされるのかも。

「ただ、『ヘザー』って、ふわっとした、かよわいひびきなんですよね。みんな、『ヘザー・オン・ザ・ヒル』っていう歌を思いうかべて、丘《おか》に咲《さ》くかれんな小さな花を想像《そうぞう》するんです。それで、わたしを見ると……」

ヘザーは両腕《りょううで》を広げ、足を一本あげて、かよわくもなく、かれんでもないところを見せた。

「そうか」

おじいちゃんは、ときどきするように、口をもごもご動かした。言葉をしゃべる前に、その味を試しているみたいに。

「ヘザーというのはな、きれいな紫色《むらさきいろ》の花をつけるだけでなく、たくましい植物でもある。ほかの植物がほとんどみんなあきらめているところに生えて、年を追うごとに強くなるからな」

「そうなんです！」

と、ヘザーが声をあげた。椅子《いす》を引いて、おじいちゃんの横にすわる。

「まさに！　スコットランドの荒れ野《あれの》に生えているんです。アラスカにも。ぜんぜんかよわくないんです！」

「じゃあ、ぴったりの名前だね」

と、おじいちゃんは言った。

「走るのが得意だって、ジョセフに聞いたよ。な、ジョセフ？」

ヘザーは、ぼくがいるのを忘《わす》れていたように、こっちを見た。いやなびっくりではなく、単純《たんじゅん》にびっくりしたような顔で。

「えーと、走るのが好きなんです。冬になったら砲丸《ほうがん》投げ、春になったら円盤《えんばん》投げもやりたいと思ってます」

「ヘザーから聞いたんだけど、円盤投げで金メダルを取った女の人がいるんだって」

と、ぼくは口をはさんだ。

「ステファニー・ブラウン・トラフトン。二〇〇八年夏――」

と、ヘザーが言いかけ、

「――北京《ペキン》オリンピック」

と、ぼくがつづける。ヘザーに言われたことを思い出して。

「ほお」

と、おじいちゃんが言った。

「円盤っていうのは、平らなほうかね？　それともまるいほう？」

「平らなほうです。重いフリスビーみたいな。砲丸投げは大砲の弾《たま》を投げるような感じ」

「ジョセフにもやらせてみたらどうかね」

おじいちゃんとヘザーはふたりしてぼくを見て、笑いだした。ぼくのことを笑っているんじゃなくて……まあ、ぼくを見て笑っていた。

「いいえ」

ヘザーは真顔にもどった。

「ジョセフは長距離走《ちょうきょりそう》をやるんです。冬は室内トラック、春は屋外トラック」

え？　知らなかったよ。

今の情報《じょうほう》を処理《しょり》していると、ヘザーがおじいちゃんのノートパソコンを指さした。

「何をしているんですか？」

ヘザーは自分の椅子《いす》をおじいちゃんのそばへずらした。昔から友だちだったみたいに。

「おれの〈ビンテージ・キューピッド〉のプロフィールを更新《こうしん》してただけだよ」

と、おじいちゃんがこたえた。

その言葉に思わず注意を引かれた。

「え、なんのプロフィール？」

「〈ビンテージ・キューピッド〉」

「それって、出会い系《けい》サイトみたいなもの？」

「出会い系サイトそのものだよ」

ぼくはショックを受けた顔をしていたらしい。

「なんだ、おれがビンゴゲームだけやってればいいとでも思ってるのかね？　ほかのじいさんたちと『クベッチ』したり『グレップス』したりしてすごしていればいいと？」

ヘザーが説明をもとめるようにこっちを見たから、ぼくはおじいちゃんを見た。

「ごはんのあと、だらだらすわったまま、『クベッチ』するんだよ」

おじいちゃんは手をぐるぐるふりまわして、適当《てきとう》な言葉をさがす。

「ブツブツこぼす、不平を言うって意味だね。それから、『グレップス』っていうのは」

おじいちゃんは大げさに大きなゲップをしてみせた。

ぼくはテーブルの下か、そうじ用具入れの中にでもかくれたくなったけど、ヘザーは大笑いした。

そして画面を指さして、質問《しつもん》した。

「いい人は見つかりました？」

おじいちゃんは残念そうな顔をして、両肩《りょうかた》をあげた。すぐにおろさずに、しばらくあげたままにしている。

「きっとみんないい女性《じょせい》たちなんだろうけどな。だがな、ソフィーとは結婚《けっこん》して五十三年間ともにすごしてきたんだよ」

今度はしょんぼりと肩をおろして、ヘザーを見る。

「よく配偶者《はいぐうしゃ》のことを『ベターハーフ』って言うだろ？　よいほうの半分、って意味だよな。それがな、ソフィーの場合は半分じゃなくて、少なくとも四分の三だったんだよ。いや、八分の七かもな。ときどき、自分なんて、ほとんど残ってないんじゃないかと思えてくるよ」

ヘザーは手をのばし、おじいちゃんの腕《うで》をそっとたたいた。

「そんなことありません。わたしが知っている人たちより、ずっと自分らしさがあると思います」

おじいちゃんはヘザーの手に手を重ねた。一瞬《いっしゅん》、ヘザーがもう片方《かたほう》の手ものっけるかと心配したけど、そうしなかったから、ほっとした。

「はいよ」

おじいちゃんはノートパソコンをぼくたちのほうにむけた。

「昼寝《ひるね》してくるよ。フランス語が終わったら、自分たちで見てごらん。意見を聞かせてくれ」

おじいちゃんは部屋を出ていこうとしてから、もどってきた。

「だが、ゴルフはだめだ。浜辺《はまべ》で長い散歩もだめ。みんな、長い散歩をしたがるんだよ。海辺や森や雨の中で。だれが雨のときに散歩したいかっていうんだ。おれは映画《えいが》を観《み》たい。オペラを鑑賞《かんしょう》したい。マラソンなんか走りたくないよ。そういうのは、おまえたちふたりに任《まか》せる」

おじいちゃんはむこうをむいてから、つけくわえた。

「それから七十九歳《さい》って書いてあるのも飛ばしてくれ」

「でも、おじいちゃんだって七十九歳だよ？」

と、ぼくは言った。

「おれを信じろ。七十九歳って書く人は、少なくとも八十五歳だ」

「でも、本当に七十九歳だったら?」

と、ヘザーがきいた。

「その人が八十歳になるまで待つよ」

と、おじいちゃんはこたえた。

　おじいちゃんがいなくなると、ぼくたちはプリントを取りだして、フランス語にとりかかった。ヘザーは英語《えいご》の「be《ビー》動詞《どうし》」に似《に》た「être《エートル》動詞」の発音のしかたを説明してくれた。そもそもêtreと言うだけで、むせそうになる。そのあと、その動詞の活用の復習《ふくしゅう》をした。フランス語では英語の「are《アー》」の言いかたが三つあって、「you《ユー》」の言いかたがふたつある。

　三十分くらいたったら、頭の中が「je《ジュ》 suis《スイ》(わたしは)」や「tu《テュ》 es《エ》(きみは)」や「nous《ヌ》 sommes《ソム》(わたしたちは)」でくらくらしてきたから、そろそろおじいちゃんのパソコンを見ることにした。にこにこしている女の人の写真がいっぱいあった。書かれている年齢《ねんれい》は六十歳から八十五歳まで幅広《はばひろ》いけど、そんなに年取って見える人はいない。もしかしたら大昔の写真をのせているのかも。

　ぼくはぽっちゃりした女の人を指さした。ルゲラーという、おばあちゃんがよくつくってくれた菓子《かし》パンみたいなものをのせた大皿を持っている。

「この人、感じよさそうだよ」

「だめ。見て、七十九歳《さい》。こっちの人は？」

ヘザーは真っ赤な髪《かみ》の毛《け》のやせた女の人をクリックした。

「だめだよ。趣味《しゅみ》はゴルフだって」

ぼくたちは名簿《めいぼ》をさらにいくつかスクロールしていった。おじいちゃんの言うとおりだった。海辺《うみべ》を散歩したいおばあさんが多い。雨が好きな人も。それに七十九歳がいっぱいいる。最後に行きついた写真では、白髪《はくはつ》の女の人が大きな椅子《いす》にすわって本を読んでいた。チャールズ・ディケンズの『デイヴィッド・コパフィールド』という本。なんとなく見覚えのある人だ。顔を近づけてよく見たとき、あっ、と思った。

「この人って……」

と、ヘザーが口をひらく。

「フィッシュバイン先生だよ」

と、ぼくがつづける。

「学校の図書館のフィッシュバイン先生？」

ヘザーの言葉に、ぼくはうなずく。

「おもしろい本、映画《えいが》、音楽」

と、ヘザーが読みあげる。

「暖炉《だんろ》の前でココアを飲むこと。ロマンチックな月明かりの夜……」

それ以上読まないうちに、ぼくはノートパソコンをガチャンととじた。

「ゲーッ」

「でも、先生、いい人じゃない?」

と、ヘザーが言った。

「そうだけどさ……」

「先生だからって、さびしくならないわけじゃないよ」

と、ヘザーが言う。

フィッシュバイン先生がおそくまで仕事して、バスに乗って帰るのを何度も見たことを思い出した。

「でも、フィッシュバイン先生はコンピューターがきらいなんだ。なのに、なんで〈ビンテージ・キューピッド〉にいるんだよ?」

「コンピューターよりも、ひとりぼっちでいるほうが、もっときらいなのかもよ」

ヘザーの言うとおりかもしれないけど、フィッシュバイン先生とおじいちゃんと月明かりの夜という組みあわせには、まだぜんぜん心の準備《じゅんび》ができていなかった。

「とにかく、おじいちゃんは先生のこと、気に入らないんじゃないかな。先生はすごく昔風だから。なんでも新しいものは好きじゃないいんだ」

トイレが流れて、おじいちゃんがごそごそ動いている音が聞こえた。今日は短い昼寝《ひるね》だったみたいだ。キッチンに入ってくると、ぼくの前のテーブルに置いてあったメモ帳にむかって指をふりたてた。まるでメモ帳が悪いことをしたみたいに。

「ジョセフ、メモに書いてくれ。『固形せっけん』ってな。固形せっけんだぞ。どっかのうぬぼれ野郎《やろう》が、せっけん皿にたまったドロドロをびんづめにすることを思いついたら、みんな大喜びしてるってわけだ。最新式だからってだけでな。おれは昔ながらのふつうのせっけんがほしいんだ」

ヘザーがノートパソコンを軽く指でたたきながら、世界一まぬけな人を見るようにぼくを見る。

「ふうん、昔風だから、だめだって？　おたがいにあわないって？」

ぼくはおじいちゃんに言われたことをメモした。「固形」という文字を特大サイズにして下線を引いた。ちゃんと書いたかどうか、おじいちゃんがぼくの肩越《かたご》しに確認《かくにん》する。

「さてと、おれは居間《いま》に引っこむとしよう。お会いできてうれしかったよ、ヘザー」

おじいちゃんは軽く会釈《えしゃく》した。

「また近々会えるといいね」

「今度のリーグ決勝戦、いらっしゃいますか?」

おじいちゃんがぼくのほうを見ると、ヘザーが言った。

「ジョセフ、おじいちゃんを招待《しょうたい》してないの?」

「そ、そうするつもりだったんだけど」

ヘザーはめんどくさい弟を見るように、ぼくを見る。

「おじいちゃん、来てよ。来てほしい」

ぼくは、さそった。

「じゃあ、行くよ」

おじいちゃんがこたえる。

居間へ行くおじいちゃんに、ヘザーが手をふった。そのあと、何かのオペラが聞こえてきた。イタリア語だと思う。フランス語と同じくらいむずかしそうだ。

ヘザーはあと何回か、ぼくにフランス語の「être《エートル》動詞《どうし》」の問題を出した。それから腕時《うでど》計《けい》を見る。家に帰る時間になっていた。ヘザーは荷物をまとめ、帰ろうとしたけど、戸口で立ち止まり、キッチンを見まわした。

「ジョセフのおじいちゃん、好きだな。ジョセフはめぐまれてるね」

そう言いながら、ヘザーはおじいちゃん以外のことも考えているような感じだった。

「じゃあ、また明日ね」

ぼくは家の前の歩道までついていき、ヘザーがすらっと長い足でずんずん歩きさるのを見送った。角《かど》を曲がって見えなくなると、ぼくは家の中にもどって、居間《いま》へ行った。おじいちゃんはリクライニングの椅子《いす》にゆったりすわっている。ぼくはいつものように、ひじかけに腰《こし》かけた。

「あのさ、ぼくも、おばあちゃんがいなくてさびしいよ」

そう言ったとたん、どんなにおばあちゃんに会いたいと思っていたか、気がついた。だきしめてくれたこと、プラムケーキをつくってくれたこと、誕生日《たんじょうび》カードに小さなハートや花をいっぱいつけてくれたことを思い出す。調子はずれの歌声でさえ、聞けなくなってさびしい。

涙《なみだ》が出そうになってきた。

「すばらしい女性《じょせい》だったよ」

と、おじいちゃんが言った。

「小学三年生のとき、出会ったんだ」

「ほんとに？」

知らなかった。これもまた、ぼくが自分からきこうとしなかったことのひとつだ。

「オファーマン先生の算数のクラスで、おばあちゃんはぼくのとなりにすわってたんだ。前の年に教科書を使ってた子が（アメリカの小学校は教科書を貸し出す制度になっている）、どうやら一ページやぶいちまってたんだな。だから、オファーマン先生に八問目の答えを聞かれたとき、八問目はありません、ってこたえたんだ。先生は信じてくれなかった」

「え、信じてくれなかったの？」

「まったく」

おじいちゃんはこっちに身をのりだして、ささやいた。まるでだれかが聞いていて先生に言いつけるんじゃないかと、今でもおびえているみたいに。

「オファーマン先生はいじわるなばあさん先生だった。でも、おまえのおばあちゃんは、ぴんと背中《せなか》をのばして、言ったんだ。『フレディの教科書にはそのページがありません』ってな。オファーマン先生はそれが気に入らなかった。おれたちをギロリとにらみつけた。でも、おばあちゃんはもう一回言ったんだよ。『フレディのはそのページがないんです』。そうしたら、オファーマン先生はおばあちゃんを教室から追いだしたんだ。廊下《ろうか》へだぞ！　おれは何万回も廊下に立たされたけど、おばあちゃんは一度もなかった。それなのに、おれのためにやってくれたんだ」

ほんの少しの間、おじいちゃんは八歳《さい》のころにもどったみたいだった。のちにおばあちゃんになる女の子を、好きになったころに。

「じゃあ、そのときからもう、わかってたの?」

「結婚《けっこん》することまではわかってなかったよ。その前にうんと願って、汗《あせ》かいて、気をもまないといけなかった。だれもが通る道だ。若《わか》さには、そういうこともついてくる。そうやって未来ができていく。それとな……」

おじいちゃんはキッチンやノートパソコンのほうに手をふった。

「あんなコンピューターなんてくだらないよ。全部、見せかけさ。ソフィーのような人が見つかるわけないんだ」

ぼくはなんて言ったらいいかわからなかった。〈ビンテージ・キューピッド〉は気味悪いけど、ひとつのやりかたではある。おじいちゃんに悲しいままでいてほしくないし、あきらめてもらいたくもない。

「あのさ、おじいちゃん。バスケの練習につれていってくれたときのこと、覚えてる?」

「ミスター・カウボーイブーツが指導《しどう》してたときか?」

「うん。そのときぼくに、やめるなって言ってくれたよね?」

おじいちゃんがうなずく。

「おじいちゃんもやめないほうがいいよ。きっとだれか、見つかるよ。おばあちゃんみたいじゃなくても、だれか」

おじいちゃんがなっとくしていないみたいだったから、ぼくは息を吸《す》って、もう少しきびしい声で言った。

「おばあちゃんは、おじいちゃんがだらだらすわって『クベッチ』や『グレップス』をしてるとこなんか見たくないって、ぼくは思うよ。おじいちゃんは？」

おじいちゃんはやっと笑顔になった。ぼくの肩《かた》をなでるように、つかむようにして、ゆらした。

「ジョセフの言うとおりだ。おばあちゃんはいやがるだろうな」

一瞬《いっしゅん》、フィッシュバイン先生の話をしようかなと思った。でも、先生はおじいちゃんとどんな話ができるんだろう。学校？　本？　デューイ十進分類法？

おじいちゃんが立ちあがり、椅子《いす》がゆれた。ぼくはひじかけから落ちそうになった。

「散歩に行ってくるよ。店まで行って、固形せっけんでも買ってくるか。そのあと、どうするかな。またミスター・キューピッドを試してみるかね」

おじいちゃんがいなくなったあと、ぼくはしばらくリクライニング椅子にすわっていた。それから、自分の部屋にもどった。床《ゆか》に手をついて、腕立《うでた》てふせをする。腹筋《ふっきん》運動も。まだ痛《いた》いけど、はじめたころより、十回多くできるようになった。また腕《うで》立《た》てふせをして、足をあげるレッグ・レイズも少しやった。すごくきつい。今日はこれでじゅうぶん。

鏡の前に行って、シャツのすそを持ちあげた。じっと見る。最初は何も変わっていないと思ったけど、そのあと、何かが見えた。気のせいかもしれない。きっとそうだ。でも、おなかに力を入れたとき、何かが見えた。

そう、そこだ。まちがいない。

腹筋《ふっきん》が少しだけ割《わ》れている。

23

ブロックトン中学校に行くために乗ったバスには、アメフトの道具が山積みされていた。アメフトチームが明日の試合にそなえて、先に積みこんだのだ。そのせいで、バスがものすごくくさい。しかも、いつものようにゆったりすわれない。ヘザーは気にしていないようだった。またバスに乗って陸上の大会に行けるのがうれしそうだ。たとえアメフト選手の靴《くつ》の中みたいなにおいがしていても。ぼくはマークとならんですわり、サンジットはウェスとならんだ。通路をへだてた反対側では、サミーがどういうわけか、だいたんにもビクトリアの横にすわっていた。ヘザーはT監督《ティーかんとく》のとなりだ。

バスの中はずっとゆれていた。目的地に近づいて、最後の角《かど》を曲がると、ブロックトン中学校の建物が正面に見えた。ただ、角を曲がったあとで、スピードを落とすために道路につけてあったでっぱりを越《こ》えたからなのか、でっぱりを越えてから角を曲がったからなのか、とにかくその組みあわせのせいで、バスはコマーシャルに出てくるオフロードを走るサファリ・ジープのようにはげしくゆれた。シートベルトのおかげで、大砲《たいほう》の弾《たま》のように飛びださずにすんだけど、窓《まど》に頭をガンとぶつけた。二回も。ブリアンヌは持っていた水筒《すいとう》がふっとんでいき、悲鳴をあげた。ビクトリアはいやそうに「うわっ」と言いながら、横ざまに肩《かた》にぶつかってきてうれしそうにしているサミーをおしのけた。

学校の正面につくと、バスの窓の下半分から外をのぞいた。上半分は、何なのかあまり考えたくないようなよごれがべったりこびりついている。ブロックトン中学校はレイクビューとはぜんぜんちがった。レイクビューは背《せ》の低い建物が三つ、中庭をかこんでいて、渡《わた》り廊下《ろうか》でつながっているから、ぬれずに建物を行き来できる。それに対して、ブロックトンはひとつの巨《きょ》大《だい》な石づくりの建物で、まるでイングランドのお城《しろ》みたいだ。玄関《げんかん》のドアは暗い色の木でできている。厚《あつ》さが三十センチくらいありそうで、重い鉄のかんぬきがついている。この建物に入っていった子たちは、一日の終わりに出てこられるのかな、と思ってしまった。

バスはシュシューッと疲《つか》れたような高い音を立て、到着《とうちゃく》を知らせた。ビクトリアがサミーをおしのけて出ようとしたけど、T監督《ティーかんとく》が、

「みなさん、待っててください」

と止めた。

T監督は三つの玄関ドアをあけようとした。でもどれも鍵《かぎ》がかかっている。監督がバスの運転手を見あげると、運転手は、さあというように肩《かた》をすくめた。するとひょろ長い男の子が建

物の角《かど》から現《あらわ》れて、建物の奥側《おくがわ》を指さしながら、T監督に何か言った。

「みなさん、集合場所は建物の裏側《うらがわ》です」

監督はまたバスにもどってきて言った。

「自分の持ち物を忘《わす》れないようにして、ここでおりてください」

みんなで順番にバスをおり、建物のまわりを歩きはじめた。上を見あげる。建物の角には、いろんな顔の彫刻《ちょうこく》がついていて、ぼくを見おろしている。まじめそうなのや、きびしそうなのがいる。最悪なのは笑っているので、歯がない、気味悪い口をあけている。

「ガーゴイルだよ」

と、ヘザーが言った。

「え？」

ヘザーは上を指さした。

「ああいう顔。ガーゴイルって言うの」

これでガーゴイルは正式にぼくのこわいもののリストに加わった。ピエロと《ミスターピーナッツ》の間のどこかに。そのあとは上を見ないようにして歩いた。でも、見なくても、ガーゴイルたちが石の顔や動かない目でこっちを見ているのがわかる。

やっと裏側の芝生《しばふ》に出た。校舎《こうしゃ》が暗い陰《かげ》を学校の敷地《しきち》に落としている。空気は冷たくじめじめして、空は灰色《はいいろ》の綿《わた》におおわれているみたいだ。とにかく何もかもがぞっとする感じ。

ぼくたちは芝生《しばふ》の上にならんだブロックトンの男子チームの横を通った。みんな、深緑色のシングレットとショーツを着て、肉と骨《ほね》ではなくて輪ゴムでできているみたいにストレッチしている。寒さをぜんぜん感じていないようだった。髪型《かみがた》もそろっていて、両脇《りょうわき》が短く、まんなかが立っている。身長はみんな一六五から一七五センチくらい。太った子はいなくて、メガネもまったく見あたらない。

「ブロックトンは高校チームもあって、過去《かこ》十年で五回、州大会で優勝《ゆうしょう》してるの」

と、ヘザーが言った。

この集団《しゅうだん》を見ていると、少なくともあと五回分にそなえている感じだ。

ブロックトンの監督《かんとく》がホイッスルをふくと、ブロックトンの子たちがいっせいにストレッチをやめた。ピンとまっすぐ立っていて、今にも敬礼《けいれい》しそうだ。監督はブロックトン・ベアーズと書かれた深緑のスウェットシャツにぎっしりつまっている。セイウチのようなひげに口がすっかりおおわれていて、いったいどうやって食べるのかなと思うけど、おなかの大きさを見ると、どうやらうまくやっているみたいだ。

「はい、ランナーの諸君《しょくん》！」

その監督が声をあげた。想像《そうぞう》しているより高い声だ。ボストンに住んでいる、モンティおじさんのしゃべりかたに少し似《に》ている。

「アワシが来るという予報《よほう》もあるから……」

「何が?」

と、マークが小声で言った。

「嵐《あらし》」

と、ヘザーがこたえる。

「……コースを歩くのは中止して、ただちにレースをはじめたい。コースははっきり表示《ひょうじ》されている。グラウンドを通って、森に入り、ここにもどる。道がわからなければ、わが校のランナーについていきなさい。まあ、おそらく最初から諸君の前にいるだろうが」

自分で自分のジョークに笑う。

「また、アワシが来るので、全員同時に走ることにする。男子も女子もいっしょだ」

「うそでしょ?」

と、ブリアンヌが言った。

「おれはオッケーだぜ」

サミーはすっとビクトリアのとなりに行った。

「諸君には礼儀《れいぎ》を守ってもらいたい。レディーファーストというわけにはいかないだろうが」

「どうかな」

と、ヘザーがつぶやいた。

ブロックトンの監督《かんとく》は空を見あげた。雲が厚《あつ》くなり、空気は重くどんよりしている。

「よし、はじめよう！」

ブロックトンのランナーたちは、審判員《しんぱんいん》が指示《しじ》する前から、スタートラインにならびだした。

「みなさん、ならんでください！　男子も女子も！」

審判員は声をあげてから、心配そうに空を見あげ、はげ頭をかいた。審判員が立っているうしろに、本人によく似《に》た感じの木がある。葉っぱはほとんどオレンジ色だけど、てっぺんのほうは、すでにしおれて風で飛んでいってしまったようだ。

ぼくのとなりでは女の子がスニーカーの靴《くつ》ひもをしめなおし、ポニーテールをゴムでゆわきなおしている。何人かむこうで、ヘザーはまっすぐ前を見つめ、片方《かたほう》の足をあげたあと、もう片方をあげている。ゲートに入った競走馬のように。

「みなさん、覚えていてください。雷《かみなり》の音が少しでも聞こえたら、まっすぐここにもどってくること。安全第一です！」

と、審判員がさけぶ。

サンジットはぼくのとなりで腕《うで》をふって、体の力をぬいている。その横でエリカが緊張《きんちょう》して小さくなっている。サンジットが肩《かた》を軽くたたくと、エリカは顔をあげてにっこりした。エリカはまちがいなく、サンジットのことが好きだ。審判員がピストルをあげるのが見えた。ぼくはあわてて耳栓《みみせん》をつぶして、なんとか間にあうように耳に入れた。

パーン！

ブロックトンの男子たちが走りだし、ヘザーもその先頭集団《しゅうだん》に加わった。ウェスとサミーはついていこうとしていたけど、ほかのみんなはグラウンドを走りながら、ばらけていった。ぼくはかなりうしろのほうだったけど、まわりにはほかにもおそくて集中していない子が何人かいて、ほとんど走っていないような女子たちもいた。その子たちは横にならんで、アイドルバンドの話をしている。

グラウンドにチョークで書かれた矢印をたどりながら、自分の走っているペースのことや、ほとんどの女子がぼくの前にいるのを知ったらチャーリー・カストナーはなんと言うだろうといったことは心配しないようにした。雷の音がしないか耳をすましたけど、今のところ、土の上を走る足音と、監督たちがそれぞれのランナーにかけている声しか聞こえない。

見ていると、ランナーたちはひとりずつ森に飲みこまれていった。うしろからガーゴイルたちがにらんでいるのを感じる。ようやく森にたどりついたとき、すでに息切れしていた。木々の下は、まるでだれかがひさしをおろしたみたいだった。頭の上では、葉っぱを落とした枝《えだ》の間を、風がヒューヒューふきはじめる音がする。フォックスリッジ校もこの大会に参加していたらよかったのに、と思った。ここにヒーバーがいれば心強かったのに。

ひたすら足を一歩ずつ前に出していく。自分の呼吸《こきゅう》が聞こえる。汗《あせ》がふきでてきた。コースの中を小川が流れ、ところどころにかかっている小さな木の橋で両岸を行き来できる。橋をわたると、ドンドンとにぶい音がして、なんだかなぐさめられる感じがする。水はポコポコと小さな音を立て、はねながら流れていく。ひと休みするために歩きながら、ぼくはほとんど楽しい気持ちになっていた。だけど、カーブを曲がると、木の枝《えだ》がまばらになって、ひょろ長い細枝ばかりになり、あの校舎《こうしゃ》とガーゴイルたちが目に入った。いったいどんな人たちが、子どものための建物に、こわい顔をいっぱいくっつけたんだよ、と思う。つぎの橋まで来たときは、走ってわたった。この橋の下には絶対《ぜったい》にトロルがひそんでいて、飛びかかろうと待ちぶせしているに決まっている。

コースはのぼり坂になった。転ばないように、とにかく前に進みつづけ、あんまり恥《はじ》をかかないようにすることだけを考えた。そうしたら何人かのランナーに追いついた。数メートル以内にぼくをふくめて五人いる。カーブを曲がると、前にいたふたりがコースの右側によった。何かをよけるように大まわりしている。近づくと、その何かは、人だった。

ヘザーだ。

コースの脇《わき》で、木によりかかっている。最初はただ休憩《きゅうけい》しているように見えた。でもヘザーが休憩なんかするわけがない。絶対《ぜったい》にありえない。それに今ごろはもっとずっと先を走っているはずだ。

心臓《しんぞう》がドキドキしてきた。ぼくはなんとかふつうに息をしようとした。

「どうしたの？」

ヘザーの横で立ち止まって、きいた。

「レース中だよ、フリードマン。なんで止まるわけ？」

ヘザーがきつい口調で言った。

ヘザーの左ひざから血が出ているのが見えた。右足で立って、ケガした足を持ちあげている。ほっぺたにすり傷《きず》がある。両腕《りょううで》にも。

「なんで止まったかっていうと……」

ぼくは息をつきながら、口をひらく。

「……何があったの？」

「ブロックトンのやつにひじでつきとばされた。追いぬいてこようとしたのを、させなかったから」

「え？　ヘザーって、ブロックトンの男子より前にいたの？」

そういう問題じゃないってわかっていたけど、それにしても。

ヘザーはしゃべりつづけているけど、なんだかひとりごとをぬすみ聞きしているような感じだった。

「予測《よそく》してなかったの。バカみたい。おしかえしてやればよかった」

ヘザーはひじをぐいっとつきだしてみせた。

「茂《しげ》みの中につきとばしてやればよかった！」

ぼくのうしろにいた女子たちがそばまで来た。ヘザーの声を聞くと、不安そうに走りだし、あわてて通りすぎていった。

ヘザーは枝《えだ》をひろうと、コースの反対側へ投げつけた。つぎはぼくの番じゃないかと、ちょっと心配になった。

「うちのチームの人たちは？　ヘザーのこと、見なかったの？」

と、たずねてみた。

ヘザーは自分のうしろの、コースからはずれた場所を指さした。

「さっきまで、あっちにいたの。だから、だれにも見られなかった」

「声をかければよかったのに。そうしたら助けてもらえた……」

「レース中だったんだよ？」

ヘザーがかみつくように言う。

「ジョセフもそう。わたしのこと見てないで、走って」

ぼくはじっとしていた。

「行って！」

ヘザーが激怒《げきど》しているのがわかるから、ここにとどまるのがこわい気もするけど、立ちさってしまえる気分でもなかった。ヘザーは怒《おこ》っているのと同時に、泣きそうになっているようにも見える。それに、「友だち」のこともある。もしぼくがヘザーの友だちなんだったら、助けてあげないと。

「行ってもしかたないよ。どうせビリだから」

「ジョセフはそれでいいと思ってるの？　ビリでうれしいわけ？」

「うれしくはないよ。でも、とにかくビリに決まってるんだ」

遠くから声援《せいえん》が聞こえる。ブロックトンの男子がフィニッシュしたのかもしれない。それとも、とっくにフィニッシュしていて、今のは女子の一番なのかも。だれがどこにいるのか、わからなくなってきていた。

「とにかくビリに決まってる？」

ヘザーが声をあげる。

「フリードマン、どうしてそんななの？　だって、ぜんぜん戦わないじゃない。ほかの子たちにふみつけにされるままになってる。ボールが飛んでくるとよける。しかも、ビリでも平気だなんて」

ヘザーがこんなことを言うのは、気が立っているせいだってわかるけど、それでも一瞬《いっしゅん》、息が胸《むね》につかえた。ボールを落として、チャーリー・カストナーに笑われたときみたいに。三年生のころ、メアリ・リズににらまれたときみたいに。

「平気じゃないよ」

ぼくは言った。

「じゃあ、どうにかしなさいよ！」

「どうすればいいんだよ？」

どなったような声になった。

「具体的に何をすればいいんだよ？　魔法《まほう》のようにスポーツがうまくなるとか？　学年一イケてる子になるとか？　天才を目覚めさせるとか？」

歩いていってしまいたくなった。それか、走って。ヘザーの言うとおり、今はレース中だ。ヘザーなんか放っておけばいい。本人がそう望んでいるんだから。ぼくは実際《じっさい》に足を一歩ふみだした。

「反撃《はんげき》すればいいじゃない。よけてないで、戦うの」

と、ヘザーが言った。

そのとき、雷《かみなり》の音が聞こえた。すごいタイミング。嵐《あらし》が来るんなら、ヘザーをここに残しておけない。それに、心の奥《おく》では、最初からヘザーを置きざりになんかしないとわかっていた。ぼくは手をさしだした。ヘザーは手助けが必要だとみとめるくらいなら、ぼくをなぐりたいみたいだったけど、ひとりで歩こうとしたとたん、顔をしかめた。

「行こう」

手を出したままにしていたら、ついにヘザーはその手を取って、右足に体重をかけた。それから、ぼくによりかかった。アメフトの試合や、戦争で、ケガをした人たちがそうするのを、見たことがある。思っていたより、ささえるのがたいへんで、転びそうになった。でもバランスの取りかたがわかって、ヘザーも自分のバランスが取れるようになると、ふたりでなんとかのろのろ進めるようになった。

そのまま森をぬけて、ひらけたグラウンドに出ると、フィニッシュラインが見えた。雷がゴロゴロ鳴っているけど、けっこう遠い。稲妻《いなずま》に当たることはなさそうだ。でも、何がおこっても不思議ではない。

T監督《ティーかんとく》が走ってきて、フィニッシュラインに着く前にでむかえてくれた。

「どうしたの？」

少し息を切らしている。

「さがしにきたのよ」

ぼくの肩《かた》によりかかっていたヘザーを、自分の肩にうつしかえる。

「男子にひじでつきとばされたんです」

と、ヘザーが言った。

「だれに？」

T監督《ティーかんとく》がたずねる。

また雷《かみなり》が低く鳴った。

「ブロックトンの人」

「どの子かわかる？」

「わかりません。みんな、同じへんな髪型《かみがた》だから」

T監督はふりかえった。ほかのチームの人たちは、それぞれのバスへと急いでいる。ブロックトンの子たちは校舎《こうしゃ》にむかっている。

「お願いね」

監督はスーパーの買《か》い物袋《ものぶくろ》をわたすようにヘザーをぼくの肩にもどすと、ブロックトンの人たちを追いかけた。

あんなに速く走れるなんて、びっくりだ。T監督がブロックトンの監督に追いつくと、相手は空を指さした。T監督は相手の腕《うで》をつかみ、さらに何か言った。すると相手の監督は、チームの子たちを呼《よ》びもどした。ここからでも、ブロックトンの男子がみんな首を横にふるのが見えた。ひとりは地面を指さして、肩をすくめた。ブロックトンの監督は、どうしようもない、というようなしぐさをして、T監督に何か言うと、男子たちに校舎に入るように指示《しじ》した。

さっきより大きく雷がとどろき、T監督はぼくたちにバスへ急ぐように言った。マークが来て、反対側からヘザーをいっしょにささえてくれた。ブロックトンの子たちが校舎に入っていくなか、ひとりがふりむいてにやっと笑い、その瞬間《しゅんかん》、そいつだとわかった。そいつが、ヘザーをつきとばしたんだ。

ヘザーをはさんで、ぼくたちはバスに急いだ。ドアがプシューッとしまったとたん、雨がふりだした。数秒後、どしゃぶりになった。

「ブロックトンの人たち、なんて言ってました?」

みんなが席についたあと、T監督にきいた。監督は医療品袋《いりょうひんぶくろ》から冷却用《れいきゃくよう》のアイスパックを引っぱりだしている。なんだか母さんがいらいらしてキッチンでガタガタやっている姿《すがた》に似《に》ている。

「みんな、否定《ひてい》してたわよ。ひとり、女の子がつまずいたけど自分たちは関係ないって言った子がいたわね」

「むこうの監督《かんとく》はそれ、信じたんですか？」

と、ウェスがきいた。

「あたりまえでしょ」

T《ティー》監督が怒《おこ》って言った。

「なにせ名門ブロックトンだもの。天使ちゃんたちだもの」

みんな、ひとことも発しない。ぼくとサンジットは目をまるくして顔を見あわせたけど、だれもが静かにしていた。こんなふうにきげんが悪くなる親がいるのは、どうやらぼくだけじゃなかったようだ。

バスがガクンとゆれて動きだし、ぼくたちがシートベルトをしめたとき、ヘザーが言った。

「あいつに追いついて、なぐりたおしてやればよかった」

「前にそうしたときは、どんないいことがあったかしらね」

T監督はおどかすような声を出した。

ぼくはにんまりしそうになった。

「とにかく、明日また先方の監督に連絡《れんらく》を取ります。まったく、あのコンチク……」

そこまで言ってから、T監督は、中学生の口が十個《こ》いっぺんにぽかんとひらくのに気づいたのか、あわてて言いなおした。

「先方の監督に、こういうことが二度とおこらないように、注意してもらいます」

T監督にこんな面があるなんて知らなかった。それを言うなら、T先生にもだ。なんだか、ちょっとうれしい。

T監督はヘザーの足首にアイスパックをぽんとのせた。

「これで冷やして、家に帰ったらさらに冷やしてね。お父さんにお医者さんにつれていってもらいなさい。リーグ決勝戦まで、まだ時間はたっぷりあるから。ただの軽い捻挫《ねんざ》だといいわね」

バスはゆれながら走る。雨が屋根をたたきつけ、バスが道路のくぼみにはまるたびに、窓《まど》にしぶきが飛んでくる。ぼくはヘザーと通路をはさんだ反対側にすわった。ヘザーはふたり席にひとりですわって足をのばし、足首にアイスパックをのせている。

「監督が言ってたね。リーグ決勝戦までしっかり休ませろって。さっとただの捻挫だよ」

と、ぼくは言った。

ヘザーは、まだかなりふきげんだった。

「わたしがジョセフのために立ち止まるなんて、期待しないでよ。レース中にジョセフがたおれてても、わたしは止まらないから」

と、ヘザーが言った。

「ううん、止まると思うよ」

と、ぼくは言った。

「止まらない」

「止まる」

バスの中ではそれ以上話はしなかったけど、ぼくの言ったことは正しいと思う。ヘザーはきっとぼくのために、同じことをしてくれる。だって、すでにしてくれたから。

24

コース上でヘザーが言ったことを忘《わす》れたわけでもないし、ヘザーの言うとおりだとみとめたわけでもない。でも、ヘザーの言ったことは、少しは当たっている。ぼくは戦わない。ほかの子たちにふみつけられるままになっている。ボールが飛んでくるとよける。ビリでもそんなに気にしていない。だけど、まったく努力していないわけじゃないんだ。というか、かなり努力してきた。でも、ヘザーが捻挫《ねんざ》した足首をぐるぐる巻《ま》きのミイラみたいにして登校してくると、そんな話をする場合じゃない気がした。いくら、ぼくがしたくても。

リーグ決勝戦まであと十日だ。ヘザーは少なくともあと一週間、足首を休ませないといけない。百パーセント走れるようになる確率《かくりつ》は五十パーセントだと、お医者さんが言ったそうだ。意味がぜんぜんわからない。要するに、「最善《さいぜん》の結果を期待しましょう」って言っているだけなんだろう。

一方で、T監督《ティーかんとく》はヘザーを副監督《ふくかんとく》に指名した。そうすればチームの活動をつづけられて、あまり落ちこまずにすむだろうというわけだ。それからT監督はぼくたちに、猛特訓《もうとっくん》にそなえるようにと言った。今週は水曜日にも練習をするらしい。

ヘブライ語学校を休んでいいと両親に言われたときは、わくわくした。でも、それもT監督《ティーかんとく》がその日の目標を発表するまでだった。ホワイトオーク通りをかけあがること。しかも一回だけでなく、たてつづけに三回！

ベス・ショーロム・ヘブライ語学校でトーラー（ユダヤ教の聖書の一部）の言葉を暗唱しているほうがましだったかも。

「この坂道をみなさんの味方につけましょう」

と、T監督が言う。

「ほかの人たちが苦戦しているとき、みなさんはホワイトオーク通りを軽やかにかけあがっていくんですよ。お気に入りの曲を口笛でふきながらね」

マジですか。

新任の副監督《ふくかんとく》、ヘザーがホワイトオーク通りの坂のてっぺんに立って、大声をあげる。

「ほら、サミー！　歩幅《ほはば》を一定にして！　幼稚園《ようちえん》とちがうよ！　ビクトリア、ドラマのヒロインのまねをしない！　ウェス、エリカに追いぬかれていいの？」

一番ひどいのは、これ。

「フリードマン、『クベッチ』はだめだよ！」

そんな言葉、ぼくがいなかったら、意味もわからなかったくせに。

ヘザーがまた走れるようになるのが待ちきれない。

木曜日にも同じ特訓《とっくん》をした。金曜日になるとT監督は、ホワイトオーク通りは休みましょう、と言った。べつの練習を試すらしい。

その名も、ファルトレク。ファルトの発音が、ファート(おなら)にそっくり!

「えっ?」

サミーが口をあんぐりあけて、眉毛《まゆげ》をググッとあげた。こんな言葉があるなんて、おもしろすぎて信じられない。

「なんだって?」

「ファルトレク」

と、監督がこたえる。

「この練習には、スタミナ、スピード、敏捷《びんしょう》さ……」

監督はみんなの顔を見て、ため息をついた。

「はい、いいわよ。二分間待つから」

監督が時間をはかっている間、ウェスとサミーは芝生《しばふ》の上で転げまわって大笑いし、ほかのみんなは口ぐちにその言葉を言ってみては爆笑《ばくしょう》した。笑いがおさまるたび、だれかが「ファルトレク」と言って、またみんないっせいにふきだす。マークの言いかたがとくにおかしくて、のどを低くふるわせるように言う。はじめ、エリカとテレサはあきれたふりをしていて、ヘザーもバカじゃないのって顔でみんなを見ていたけど、その三人もついに笑いだし、エリカなんかはその言葉を一度、口にまでした。

T監督《ティーかんとく》は結局二分以上待ってくれて、やっとみんなが静かにクスクス笑ったり、プッと息をふきだしたりするくらいまでおさまってくると、ファルトレクとは何なのか説明した。突然《とつぜん》、ファルトレクというひびきが、あんまりおもしろく聞こえなくなった。どっちかというと、拷問《ごうもん》の一種みたいだ。スウェーデン発祥《はっしょう》の。

ファルトレクでは、最初にウォーミングアップをする。それから走り、つぎに速く歩き、つづけてまた走り、監督が指示《しじ》を出したら全速力で走らないといけない。そしてさらに走るときは、小きざみにせまい歩幅《ほはば》で進む。レースでだれかに追いぬかれるときみたいに。それからまた、全速力で走る。そしてそれを最初から全部くりかえすのだ。体がボウルに入った《ジェロー》のゼリーみたいになるまで。それか、ニシン。それか、よく知らないけど、そのほかのスウェーデンのふるふるした食べ物。

というわけで、金曜日と月曜日に、ぼくたちはファルトレクをした。家に帰ると、ふくらはぎの筋肉《きんにく》と、ももの筋肉と、ありとあらゆる筋肉が痛《いた》くて、夕食の前に冷蔵庫《れいぞうこ》の中身を半分たいらげた。

でも火曜日には、また新しい言葉を習った。今度はいい言葉だ。「テーパリング」。練習量をへらすという意味。大会まで、ぼくたちはテーパリングをする。体をゆるめるために、短い時間、楽に走る「シェイクアウト」と呼《よ》ばれる走りだけをすればいい。「テーパリング」はぼくのお気に入りの言葉になった。

火曜日の練習のあと、学校にもどった。しばらく前からやろうと思っていたことがある。四日前からリュックに『男子諸君《しょくん》、体を鍛《きた》えよう！』が入っていて、もうこれ以上家に持ちかえらないと決めたのだ。ぼくはぜんぜんピート・パワーらしくなれなかったし、これからもなれないだろう。でも、ピート・パワーはファルトレクなんて聞いたこともないだろうから、ぼくのほうができることもあるのかもと思う。

図書館に行って、ドアをあけた。フィッシュバイン先生はいない。奥《おく》へ行って、事務室《じむしつ》をのぞきこむ。からっぽだ。

すると図書館のドアがあいて、先生が事務室へ歩いてくる音が聞こえた。ぼくは先生をびっくりさせないように、見えるところに出ていって、声をかけた。

「こんにちは、フィッシュバイン先生」

それでも、先生をびっくりさせてしまった。

「まあ、ジョセフじゃないの」

先生は心臓《しんぞう》に手をあてた。

「だれもいないかと思ってたわ」

とにかく一番避《さ》けたいのは、先生が心臓発作《ほっさ》をおこすきっかけをつくってしまうことだ。ぼくは本を見せて言った。

「これを返却《へんきゃく》したいんです。カウンターに持っていったほうがいいですか?」

「いいえ、そこのわたしの机《つくえ》に置いておいてくれればいいわ。あのレーザー装置《そうち》がまただめになってるのよ」

先生は装置がなくなればいいのにと思っているように、手で追いはらうしぐさをした。

「その本、おもしろかった?」

おもしろい、という言葉があてはまるのかわからないけど、こうこたえた。

「はい。というか、助けになったって感じです。今、クロスカントリー走をやってるんです」

「あら、すばらしいじゃないの。本物のアスリートになったのね」

「いや、そんなんじゃないです」

そうこたえたけど、その言葉のひびきは気に入った。

「カップヌードルはいかが?」

先生は事務室《じむしつ》に入りながら言った。

カップヌードルなんて絶対《ぜったい》いらない。ぬるっとしたミミズのような麺《めん》もいやだけど、それだけではない。食べていたら、先生と話をしなくてはいけなくて、今はフィッシュバイン先生を見ると、あの〈ビンテージ・キューピッド〉のプロフィールページのことしか考えられなくなっている。

「ありがとうございます。でも、もう帰らないといけないので」

腕時計《うでどけい》はしていないけど、手首を見て、急いでいるふりをした。

「宿題がたくさんあって」

と、つけくわえる。

だけど、『男子諸君《しょくん》、体を鍛《きた》えよう！』を机にのせたとき、写真立てをひっくりかえしてしまった。あわてて立てなおそうとしたら、べつの写真立てがふたつかたむき、ドミノたおしになっていくのを追いかけるはめになった。

「本当にすみません」

写真をうすっぺらくて小さいスタンドに立たせようとがんばった。でも、ひとつ立つと、べつのがたおれる。

「そのままにしておいていいわよ、ジョセフ。本当に。もう古い写真立てなの。古い写真なの」

ぼくは手に持っていた写真を見おろす。フィッシュバイン先生が帽子《ぼうし》をかぶった男の人といっしょに古そうな船に乗っている。先生はぼくの手からそっと写真を受けとった。

「イニシュボフィン」

魔法《まほう》の呪文《じゅもん》をとなえるように言う。

「えっ?」

「イニシュボフィンという島に行ったの、夫といっしょに。あれがふたりで行った最後の旅だったわ。アイルランドで、イニシュボフィンというひなびた小さな島にむかったのよ。夫は五年前に亡《な》くなったの」

先生はぼくのほうを見た。

「もう少し、ここにいてくれないかしら?」

写真をたおしてしまい、夫が亡くなったという話を聞いたばかりだから、ここで帰るわけにはいかない。ぼくは椅子《いす》に腰《こし》かけた。運よく木でできた椅子で、あの灰色《はいいろ》のすべりやすい椅子とはちがった。

先生は写真を指さした。

「見て、このフェリー、さびだらけでしょ。乗っている最中にしずむかと思ったわ。でもちゃんと着いたのよ。レンタサイクルで小道をたどって、ヒツジのいる牧場《ぼくじょう》をぬけて、切りたった崖《がけ》のふちまで行ったの。ヒツジはあっちこっちにいるのよ。長い毛が雨でぐっしょりぬれててね。台所のモップみたいに、バケツにぎゅっとしぼってあげたいくらい。それから、あっちの人たちは洗濯物《せんたくもの》を物干《ものほ》し綱《づな》にいっぱい干してたわ。赤やオレンジや明るい緑が、真っ青な海を背《せ》に、ぱたぱたはためいているの」

フィッシュバイン先生は詩人になったほうがよかったのかも。図書館の司書じゃなくて。

「いいところだったんですね」

「そう、とってもきれいだったわ」

先生は宙《ちゅう》を見つめ、すべてをもう一度思いうかべているようだった。だから、つづけてこう言ったのにはびっくりした。

「そのあと、わたしが岩にぶつかって、自転車のタイヤがパンクしたの」

「え、たいへん」

「だけどね、それがかえってよかったのよ！　ときにはね、何かがうまくいかなかったあとに、すばらしいことがおこるものなの。わたしたちは帰りのフェリーに間にあわなくて、小さな宿屋に泊《と》まったの。夕食はジャガイモとポロネギのスープとアイルランド風の茶色いパンでね、本当においしかった。もしあの岩にぶつかっていなければ、あのすばらしい夕焼けも、あの晩《ばん》の満月も見られなかったわ……」

ロマンチックな月明かりの夜。

「ジョセフ、あなたは旅行が好き?」

「え……わかりません」

イニシュボフィンの月に照らされた崖《がけ》から、図書館へと、頭の中をもどす。

「バーモント州と、それからフロリダ州に一度行きました。でも、イニシュボフィンみたいなところは、行ったことありません。行ってみたいです」

「あら、ぜひ行くといいわ。わたしはこんな年だから、もう行けないわね」

先生はため息をついた。

「自分ではけっこう強いおばあさんだと思っているけれど、アーティがいないと、やっぱりつらいのよね」

「うちのおじいちゃんも、そういうこと言ってました。おばあちゃんみたいな人は見つかるわけないとか……」

ぼくははっと口をつぐんだ。

「先生はぜんぜん年じゃないですよ」

それからもう一度手首を見た。

「もう帰らないと」

「ああ、そうだったわね。もう引きとめないわ」

フィッシュバイン先生のほうを見ると、まだ写真を持ったまま、イニシュボフィンのことを思いかえしているようだった。このあとひとりで家に帰って、〈ビンテージ・キューピッド〉のサイトを、大きらいなコンピューターで見るのかもしれない。

おじいちゃんのことを考えた。おばあちゃんがいなくて、ものすごくさびしがっている。フィッシュバイン先生もきっと同じ気持ちだ。それから〈ひだまりの里〉にいたエディも。みんながひとりぼっちでいるなんて、とてもひどいことじゃないか。

それ以上考えないうちに、思わず口走った。

「フィッシュバイン先生。金曜日にクロスカントリーの大会に出るんですけど、見に来ませんか？」

「大会？」

「クロスカントリーの大会です。シーズン最後のレースで、ここ、レイクビューでやるんです。トラックのあたりからスタートします。ほかの学校のチームがたくさん来ます。リーグ決勝戦なんです」

「あなたが優勝《ゆうしょう》しそうなの？」

「ぼくが？　まさか！」

先生はびっくりした顔をした。考えてみたら、勝つ見こみがまったくないレースにだれかを招待《しょうたい》するなんて、へんだ。ぼくはがんばって説明した。

「ぼくはあんまり速く走れないんです。でも、自己《じこ》ベストっていうのがあるんです。前回よりも速く走れるようにがんばるってことです。ぼくは自己ベストをめざしてます」

「まあ、そういうスポーツなら、喜んで見に行くわよ。ご両親もいらっしゃるの？」

「はい、たぶん。それから、おじいちゃんも」

ぼくはつけたした。

「そう、すてきね。わたしもがんばって行くわね」

ぼくはにっこりしてうなずき、「いいね」という意味で親指を立てた。それから図書館を出ていった。〈ビンテージ・キューピッド〉のことも、暖炉《だんろ》の前のココアのことも、ひとりぼっちでいるっていうことも、何も知らないふりをして。

25

あっという間に木曜日になった。リーグ決勝戦はもう明日だ。ぼくはフランス語の教室の外で、ヘザーを待っている。今朝《けさ》、ヘザーはお医者さんに行った……はずだ。練習では少しずついっしょに走るようになっていたけど、明日のレースに出るにはお医者さんの許可《きょか》がいる。頭の中でずっと、ヘザーが廊下《ろうか》をやってきて、「お医者さんの許可が出たから、もう副監督《ふくかんとく》じゃなくなったけど、それでも容赦《ようしゃ》しないからね」と言うのを想像《そうぞう》していた。

ふだんは、こんな場所にはいないようにしている。学校の廊下《ろうか》でじっとしていると、ろくなことにならない。経験上《けいけん》、ぶつかられたりおされたり、食べかけのカップケーキを投げる標的にされたりする。人によっては、友だちをひじでつついて、ひそひそ声で、ぼくが六年生のときにどんなダメダメなことをやったかっていう話をする。あるいは幼稚園《ようちえん》のときに。あるいはきのう。ぼくはフランス語の教室の入り口のすぐそばに立っている。万が一、チャーリーとザカリーが来て、安全地帯が必要になったら、逃《に》げこめるように。チャーリーの鼻とヘザーの拳《こぶし》が出会ってからというもの、ふたりともあんまり近づいてこないけど、いつまた「フリードマンをやっつけよう」ゲームを再開《さいかい》する気になるか、わかったものじゃない。

でも今のところ、順調だ。さっきなんて、ダニエール・サイミントンがこっちを見て、うなずいたのだ。そのあとビリー・ヘイワードが、「ヘイ！」と声をかけてきた。なんとこたえていいかわからないからあいさつのつもりで片手《かたて》をあげたら、すんなりとうまくいったみたいだ。

このにわかな人気にひたっているうちに、廊下《ろうか》がすいてきて、もうすぐチャイムが鳴る時間になった。お医者さんが遅刻《ちこく》してきたのか。ヘザーは悪い知らせを受けとったのか。考えているうちに不安になり、ヘザーがおそくなっている理由や、大会で走れないかもしれない理由をあれこれ想像《そうぞう》しはじめた。足首が治っていないのかも。レースに出る許可《きょか》はもらったけど、診察室《さつしつ》を出て階段《かいだん》をおりるときに転んで腕《うで》を骨折《こっせつ》したのかも。バスルームの鍵《かぎ》があかなくて出られないのかも。ウィルス性《せい》の腹痛《ふくつう》になったのかも。あらゆる「かも」が頭の中をよぎっていく。

でもそのとき、あきらめてフランス語に行こうとしたとき、ヘザーが廊下をやってきた。じっと立っていられなかった。つま先でぴょんぴょんはねてから、かけよっていった。テリア犬のようにヘザーのそでを引っぱりたいくらいだったけど、それはなんとかおさえた。

「ねえ、お医者さんはなんて言った？　治ったって？　走れるって？」

「まあね」

ヘザーの答えは、「うん」にくらべて、かなりうしろむきだ。

「どういうことだよ？　大会に出られるの？　だめなの？」

ヘザーはぼくをよけて、フランス語の教室に入ろうとした。

「これから、テストでしょ」

ぼくはヘザーの前に立ちふさがった。

「お医者さんのところでどうだったか教えて。なんて言われたの？」

「走っていいって。はい、どいて」

ヘザーが、どうしてふきげんなのかわからない。

「じゃあ、よかった！　よね？」

「全力で走らないように、って言われた」

「そんなの、なんでもないよ」

ぼくはほっとして言った。

「ヘザーならきっと片足《かたあし》ではねていっても、みんなより速いよ」

「ステファニー・ブラウン・トラフトンなら、全力でやらないなんて、ありえない」

ヘザーは言葉を切ると、下を見た。

「ゆうべ、ママから電話があったの。わたしたちに引《ひ》っ越《こ》してほしいって。ハワイに」

突然《とつぜん》、チャイムが鼓膜《こまく》を直撃《ちょくげき》した。心臓《しんぞう》がドキドキしだしたけど、スピーカーの真下にいたからではなく、ヘザーが今言ったことが信じられなかったからだ。

教室のひらかれたドアを見た。今、フランス語のクラスに入っていくことなんてできない。むりだ。もっと時間がいる。どうにかしなきゃ。ヘザーはスケッチブックと、色鉛筆《いろえんぴつ》を入れたプラスチックの箱を持っている。もう、こうすることしか考えられない。ぼくは手をのばして色鉛筆の箱をつかむと、ふたをあけ、中身を全部床《ゆか》にぶちまけた。

「メ・ゼテュディアン」

ラベル先生の声がひびいた。ドアに近づいてくる。

「アントレ・ヴ、スィル・ヴ・プレ」

驚《おどろ》いたことに、先生の言っていることがわかった。「わたしの生徒たち、どうぞお入りください」

それから先生は色鉛筆を見た。そこらじゅうに散らばっている。オレンジのは廊下《ろうか》のむこうへ転がっていっているし、何本かはロッカーの下のべたべたよごれた場所へ入っていく。ぼくはなるべく申しわけなさそうな顔をして、

「オー、マダム（ああ、先生）。ジュ・スイ（ぼくは）……えーと……ステュ－ピッド（おろか）。ジュ（ぼく）……」

腕《うで》をバカみたいにふりまわして、ヘザーの色鉛筆をまちがって落としてしまったことを身ぶ

りで伝える。

「エ・ジュ（それで、ぼく）……」

ヘザーと自分を順番に指さし、ひろうのを手伝うという身ぶりをした。それからお願いするように両手をあわせた。

「デュ・ミヌートゥ、スィル・ヴ・プレ（二分、お願いです）」

ぼくの口から、少しでもフランス語の文が出てきて驚いたからか、ぼくの演技《えんぎ》に感動したからか、先生はぼくたちを見て、うなずいた。

「エ・ビアン。メ・ヴィット！　ヴィット！（いいですよ。でも、急いで！　急いで！）」

たぶん、とにかく急げという意味だと解釈《かいしゃく》した。

先生がドアをしめたとたん、ヘザーがこっちを見た。

「いったいどういうこと？」

「これしか思いつかなかったんだ」

「どうするつもりだったの？」

「どうするって……えーと。何があったのか、知りたいと思った」

ヘザーは散らばった色鉛筆を見まわした。そして六本かきあつめると、壁《かべ》によりかかって、色鉛筆を花束《はなたば》のようにして持った。壁にそってすべりおりるように、床に腰《こし》をおろす。ぼくも何本かひろって、ヘザーのとなりに立った。同じように壁《かべ》ぞいに体をしずめようとしたけど、すんなりいかない。力がぬけて、ドシンと落ちた。

「イタッ。それで、どうなったの？　お母さん、なんて言ってた？」

「最初は、またあのハイビスカスの花の話」

「色が変わるやつ？」

ヘザーがうなずく。

「その花がどんなに好きかって話ばっかり。ハワイのものをなんでも愛していて、離《はな》れるなんて耐《た》えられないって」

ぼくはだまっていた。ヘザーがつづけるのを、ただ待った。

「ハワイで三人とも幸せに暮《く》らせるって言うの。来てほしいんだって。パパとわたしに」

「むこうで暮らすってこと？」

ヘザーはうなずく。

「でも、それって、何万キロも離れてるよ」

まるで小学四年生みたいな、かん高い声になってしまった。

「パパはママに、とにかく帰ってこいって言ったの。そのうちハワイに飽《あ》きて、べつの場所に行きたくなるだろうって。ふたりでけんかしてた。あんなふうにけんかするの、はじめて聞いた」

ヘザーは箱をあけて、色鉛筆《いろえんぴつ》の束《たば》をもどした。

「行きたいって思ってる？」

と、たずねた。答えを聞くのはこわいけど。

ヘザーは、さあ、というように肩《かた》をすくめた。

「三人いっしょにいられるよね。それに、ものすごく美しいところみたい。毎日いいお天気だって、ママは言ってた。一年じゅうサーフィンができるし、ココナッツがなるヤシの木もあるし」

ココナッツは頭の上に落ちてくるし、日焼けをするとガンになるし、サメは朝ごはんにサーファーを食べるんだと言いたくなった。それから、「お母さんがほかのところへ行きたいって言ったらどうするの？　タイとか、ニューメキシコ州とか、カエルを食べる植物が生えているところとか」とも言いたかった。なによりも、こうわめきたかった、「行っちゃだめだ！　行ってほしくない！　行くな！」

二度目のチャイムがけたたましく鳴った。このチャイムが鳴ったあとに登校すると遅刻《ちこく》になる。ヘザーは立ちあがった。廊下《ろうか》を歩いていって、理科室のとちゅうまで転がっていったオレンジの鉛筆をひろう。ぼくはうしろにあったロッカーの下に手をつっこみ、鉛筆をもう二本見つけた。ロッカーの下は吐《は》き気《き》がするけど、二本の指で鉛筆《えんぴつ》をつまみあげ、わたぼこりや砂《すな》はひろわないようにがんばった。

「わからないのはね、」

と、ヘザーが口をひらく。

「愛するって、人に対する気持ちでしょ？　場所じゃなくて」

ぼくはフィッシュバイン先生とおじいちゃんのことを考えた。愛する人がいないと、場所がからっぽに感じられるってことを。もしかしたら、ヘザーのお母さんにとっては、そうじゃないのかもしれない。それとも、やっぱり人が大事だって、気づきはじめたのかな。

「明日の夜、また電話くれることになってるんだ。考える時間をくれるって。だけど、なんてこたえたらいいか、わからない」

自分にその答えがわかるなんて信じられないけど、ぼくにはわかった。それがただひとつの正しい助言に思えた。

「本当のことを言えばいいんだよ」

と、ぼくは言った。その結果どうなるか、わかるといいんだけど。

ふたりで教室のドアにむかう。ドアをあける前、ヘザーが言った。

「覚えておいて。ジェ、テュ・ア、ヌ・ザヴォン、ヴ・ザヴェ」

「え？」

「小テストだよ。ジェ、テュ・ア、ヌ・ザヴォン、ヴ・ザヴェ」

「あ、ああ、そっか。わかった」

ヘザーについて教室に入ると、ラベル先生が急いですわってという身ぶりをした。ほかのみんなはテストをはじめている。英語《えいご》の「have《ハヴ》動詞《どうし》」に似《に》た「avoir《アヴォワール》動詞」のテストだ。「be《ビー》動詞」に似た「être《エートル》動詞」に負けないくらいむずかしい。

最初の設問《せつもん》を見た。

「As-tu une amie?」

きみには友だちはいる？

ぼくは書きこむ。

「Oui, j'ai une amie.」（はい、ぼくには友だちがいます。）

あっているといいけど。

26

「吐《は》きそう」

と、ウェスが言った。

おなかの調子がいい人はいないんじゃないかな。リーグ決勝戦当日の午後四時十五分前だから。でもたしかに、ウェスはチームのほかの人たちより具合が悪そうだ。レイクビュー中学校には、ほかの十校のチームが来ている。全員が赤や青、オレンジ、緑、紫《むらさき》のユニフォームを着て、胸《むね》に学校名をでかでかとかかげている。ゆうべ、忘《わす》れないように、自分でシングレットを洗濯《せんたく》した。だけど、洗濯機におじいちゃんの新しい赤いT《ティー》シャツが入っていたから、レイクビュー・レパードの水色のシングレットは、うす紫になってしまった。

ウェスがうめいて、おなかをさすった。

「昼に何を食ったの?」

と、サミーがきく。

「チェリー味の《ポップタルト》」

「砂糖《さとう》がついてるやつ？」

と、マークがきく。

「あたりまえじゃん。それと、ロッカーに入ってたポテトチップス」

「バーベキュー味？」

「ピクルス味」

「最強じゃん」

と、サミーが言った。

コースのフィニッシュラインの手前は「シュート」と呼《よ》ばれ、漏斗《じょうご》のようにせばまっていて、ロープで区切られている。そのあたりにはレイクビューの水色の旗がいっぱいかざられて、風にひるがえっている。何万人も人が集まっている感じで、数分ごとに「パンサーズ！」「ベアーズ！」「ホーネッツ！」などと歓声《かんせい》があがっている。ほとんどの学校には、七年生チームと八年生チームがあった。でも、うちの学校は今年からはじめたから、七年生チームしかない。

レースは七年生が先だ。

お祭りのような雰囲気《ふんいき》になじもうとしたけど、だめだった。ヘザーはきのう、練習に来なかった。監督《かんとく》は足首のために休みなさいと言っていたけど、ヘザーはそんなことで休む人じゃない。ぼくのメールに返事をしないし、今日はフランス語と理科の授業《じゅぎょう》に遅刻《ちこく》して、ぼくが話しかける間《ま》もなく教室をぬけだした。フランス語の小テストがどういうわけかB+《ビープラス》という、ぼくにしてはすごくいい結果だったことも話せなかった。

そしてこれからリーグ決勝戦がはじまるっていうのに、ヘザーはいない。

ほかの学校の子たちは、もうコースを歩いてきた。グラウンドを横切り、森をぬけ、ホワイトオーク通りの坂をのぼって、体育館の裏《うら》をまわって、もどってくる。実際《じっさい》のレースでは森からあとの部分は二周することになる。ビクトリアが女子を案内し、サンジットが男子を案内した。

T《ティー》監督《かんとく》は少し離《はな》れたところで、クリップボードを持って立っていて、名前のリストを確認《かくにん》している。

ぼくは近づいていった。

「監督」

監督は指を一本あげて、もう三秒くらい書類を見ていた。それからこっちをむいて、にこっとしたけど、それでも少し心配そうにしているのがわかった。いつものように目もとをくしゃっとさせて笑っていない。

「ヘザーが来てません」

「そうね」

「きのう、話したんですけど、ヘザーのお母さんが、もしかしたら……」

T監督はうなずいた。

「知ってます。ヘザーから聞いたから」

監督は腕時計《うでどけい》を見た。

「でも、大会には来るって言ってたのよ。この大会をとても大事に思ってることは、わたしも知ってるの」

ぼくの肩《かた》に手を置く。

「ヘザーは今、いろいろあってたいへんなのよ」

「監督!　男子と女子と、どっちが先?」

と、サミーが大声できいた。

T監督はしばらくそのまま、サミーの質問《しつもん》を宙《ちゅう》にうかせていた。

「ジョセフ、だいじょうぶ?」

「はい、たぶん」

そうこたえたけど、状況《じょうきょう》がちがっていればよかったのに、と思った。

「ヘザーはだいじょうぶよ。そして、あなたはすばらしいレースを走るのよ。自己《じこ》ベスト。ジョセフならできるってわかってますからね」

監督《かんとく》はサミーやチームのほかのメンバーのほうにむきなおって、声をあげた。

「女子が先です！」

それからぼくの腕《うで》をぎゅっとにぎると、手を放し、みんなを集合させた。レースの前にみんなをはげまして気あいを入れる時間だ。

チームで輪になると、サンジットが言った。

「あれ、どうしてヘザーがいないんだ？」

テレサは、ヘザーがいつもストレッチをしている木のほうを見た。

「T《ティー》監督、ヘザーはどうしたんですか？」

「心配しなくてだいじょうぶ。きっと来るから」

と、T監督がこたえる。

T監督のだんなさんが、ブルドッグのジョージとリンゴをつれてきていた。二匹《ひき》ともみんなの輪に入って、T監督の両どなりにすわる。ボディーガードのように。ぼくはリンゴのとなりに腰《こし》をおろした。リンゴの首が肩《かた》にむかって落ちていくあたりをなでる。リンゴがこっちを見あげてにこにこしたから、少し気持ちが落ち着いた。T監督がリンゴ越《ご》しにぼくの肩を軽くたたく。ぼくが監督の話を聞きもらさないように。

監督は、ぼくたち全員をとてもほこりに思っていると言った。全員がものすごく上達したとも。うちの学校で、中学生大会のリーグ決勝戦を主催《しゅさい》するのははじめてで、そこに参加したことを、ぼくたちは一生覚えているだろうとも。それから最後のアドバイスをくれた。

「みんな、今までどれだけがんばってきたか思い出して。ホワイトオーク通りののぼり坂を何回走ったことか。それからたくさんの、ファルトレク！」

今でも、サミーは笑いをこらえられない。

「今日はランナーがおおぜいいます。こんなに多くの人と走るのは慣《な》れてないでしょ。スタートの直後は、チームでかたまって、速く走ってほしいと思います。森のせまい道に入っていくとき、いい位置《いち》につけたいからね。でも、そのあとはスピードを落として、自分のペースで走ってください。みなさんはこのコースをよく知っています。二周目にそなえて体力を残してください。そして最後は、」

監督は両手をあげた。

「全力で行きましょう」

監督は輪を見まわし、ひとりひとりの顔を数秒ずつじっと見つめた。そして、こう言った。

「おたがいに助けあってくれることを期待しています。男子は、女子をささえて。女子は、男子を応援《おうえん》して。わたしはフィニッシュラインにいます。中間点にもできれば行くけれど、わたしがいなくても、あなたたちならだいじょうぶ。ひとつのチームでいてください。しっかり走って、がんばって！　わたしが言えるのはそれだけよ。みんなもそれだけを自分に言いきかせてね」

監督《かんとく》はもう一度ぼくたちの顔を見わたした。

「あなたたちはだれよりもこのコースをわかっています。森も知っています。坂道も走っています。だから驚《おどろ》くことはありません。あとは自分の走りに自分で驚くだけよ！」

監督はパンと手をたたいた。

「はい、じゃあ、ストレッチして、ウォーミングアップして。最高のレースにしましょう！」

ぼくはあたりを見まわした。ＪＦＫ《ジェーエフケー》がいる。フォックスリッジ、ニューキングスフィールド、ハンプトン、クロスリバー、イーグルトン。私立《しりつ》中学も二校参加している。ザビエル・プレパラトリーと、セント・アロイシアス。名前を聞いただけでもこわそうだ。

そしてブロックトン。男子チームが群《む》れあつまっている。ぼくがリュックを置いてきた木のそばだ。ひとりのやつがしゃべっている。近づくと、「勝つ」とか「位置取《いちど》り」と言っているのが聞こえた。それから「軟弱《なんじゃく》なやつら」という言葉が聞こえ、みんなが笑った。

突然《とつぜん》、だれかに肩《かた》をたたかれた。ぼくは三メートルくらいとびあがって、ふりむいた。ヒーバーだ。黄緑色のＴ《ティー》シャツの上に、茶色がかった紫《むらさき》のシングレットを着ている。巨大《きょだい》なピスタチオナッツみたいだ。

「ヘイ！」

と、ヒーバーが言った。

「ヘイ！」

　ぼくがこたえる。

「あれから、速くなった？　おれはぜんぜんだけど」

と、ヒーバーが言う。

「もしかしたらね。たいしたことないけど、ちょっとだけ」

と、こたえる。

「じゃあ、おれにつきあってないで、前に出ていけよ。なんだかおれ、どんどんおそくなってるんだ」

「でも、今日はいけるかもよ？」

「うん。まあな」

　審判員《しんぱんいん》がホイッスルをふいた。

「女子のみなさん、ならんでください！」

　四人の女子がレイクビューの水色のユニフォームを着て、まとまって立っているのを見たら、胸《むね》がきゅっとしめつけられた。

けたついて、右を見る。と言い……


「位置について！」

審判員《しんぱんいん》の声が聞こえた。ぼくはリュックに手をつっこんで、耳栓《みみせん》をさがした。あとひと組だけ残っている。

「用意……」

耳栓を耳に入れ、両手で耳をぎゅっとおさえ、目をつぶる。

パーン。

おしころしたような笑い声が聞こえた。目をひらいて右を見ると、ブロックトンの男子たちがいた。女子のレースではなく、ぼくを見ている。ひとりが両手で耳をおおい、目をぎゅっとつぶって、ぼくのものまねをしている。

そいつらを見なかったふりして、耳栓をはずし、リュックの横のポケットにていねいにしまった。自分のレースのときにまた使えるように。

「あっ」

と、ヒーバーが言った。

「あそこに女の子がいる」

ぼくは立ちあがった。目の焦点《しょうてん》があうのに、数秒かかった。たしかに、水色のジャージを着た女の子が、右の奥《おく》のほうからすごいいきおいで走ってくる。グラウンドのまんなかまで行きつくだけで、ほかの子の倍くらいの距離《きょり》を走らないとならない。足首に包帯を巻《ま》いているけど、髪《かみ》の毛《け》がなびいて、歩幅《ほはば》は大きく、美しい走りだ。すぐにグラウンドを走りきり、森に入るころにはほとんど先頭にいた。「全力を出さない」走りかたではないけど、そんなことははじめからわかっている。

「ヘザー！」

森に入っていくみんなを見ながら、大声で呼《よ》んだ。

「がんばれ、ヘザー！」

聞こえたかどうかわからないけど、声のかぎりにさけぶ。

あたりの人たちが、体育館の横の中間点にむかって移動《いどう》している。森をぬけたランナーたちが通る場所だ。まだ数分かかるけれど、みんな、いい場所からレースを見たいと思っている。

「行こうよ」

ヒーバーに声をかけると、とびはねながらついてきた。

「さっきの子、カノジョ？」

「ちがう。ただの友だち」

「それでもいいなあ。あの子、優勝《ゆうしょう》するかな」

「だいたいいつも、優勝するよ」

「うわあ、おまえがうらやましいよ」

と、ヒーバーが言った。ぼくは驚《おどろ》いて、一瞬《いっしゅん》立ち止まった。いつのまに、だれかにそんなことを言われるところまで、状況《じょうきょう》が進歩したんだろう。

みんなは体育館の角《かど》に群《むら》がっている。このあとランナーたちは数百メートルの間、ひらけた場所を走り、それからもう一回森へ入っていく。じっと待っていると、やっとランナーたちが見えてきた。

先頭はヘザーだ。JFK《ジェーエフケー》の女子がうしろにつけているけど、ヘザーにはかなわない。足首のケガの影響《えいきょう》はまったく感じられない。そう見えるだけかもしれないけど。

ぼくはありったけの大声でさけんだ。

「ヘザー！　行け！　ヘザー！」

サミーとウェスもさけんでいる。マークとサンジットも。ヒーバーまで加わった。

ヘザーはペースをあげ、ふたたび森へ入っていく。JFKの女子をますます引きはなした。

そのあとビクトリアとテレサが現《あらわ》れ、数分後にブリアンヌとエリカが来た。

またみんなが出てくるまで、数分間待たないといけない。人ごみを見まわし、おじいちゃんと両親、そしてフィッシュバイン先生もさがしたけど、だれも見あたらなかった。

でも、べつの人を見つけた。ヘザーのお父さんだ。丘《おか》の上の、高い木の下に立っている。葉っぱが落ちたカエデの木だ。ぼくはみんなから離《はな》れて、走っていった。もうあまり時間がない。

「こっちです！」

コースのほうへ、お父さんを引っぱっていった。話すすきをあたえなかった。とにかく、ヘザーがフィニッシュするところを見てほしかった。

みんなが群《む》れ集まって、真っ先にランナーを見ようと待ちかまえている場所ではなく、フィニッシュラインの手前の、コースがロープでせまくしきられたシュートへ、お父さんをつれていく。ロープの横にいれば、ヘザーはお父さんを見のがすはずがない。

「ヘザーはここを走ってきます」

それだけ言うと、お父さんが口をひらく前に、ぼくの目を見て聞きたくないニュースを教えてくれる前に、急いで立ちさった。ヘザーのつぎのレースはハワイかもしれないなんて、考えたくもない。

チームと合流して、ランナーたちが体育館の角を曲がってくるのを待った。

それほど長く待たずにすんだ。左側で歓声《かんせい》があがりはじめる。そこで見ている人たちには、先頭ランナーの姿《すがた》が真っ先に見える。そのランナーが体育館の角を曲がってくると、ぼくたちにもだれだかわかった。

ヘザーだ。

ぼくたちは大声でヘザーの名前を呼《よ》んだ。サミーはぴょんぴょんとびはね、サンジットは、

「行け！　最後までしっかり！」

と、さけんだ。

ヘザーは角《かど》を曲がりきり、グラウンドを横切り、最後のシュートにむかう。

ほかの女子はまだ体育館を曲がってこない。ヘザーの優勝《ゆうしょう》が決まったと、だれもが確信《かくしん》した。ところが、フィニッシュにむけて加速するかわりに、ヘザーはスピードを落とした。何歩か歩いたすえに、立ち止まる。コースのまんなかで。ヘザーはお父さんを見ていた。そのお父さんは、ものすごく奇妙《きみょう》なことをしていた。両手の拳《こぶし》を重ねあわせたあと、上下を入れかえている。右の上に左。左の上に右。

これも、相手チームをだしぬくための、意味のないサインのひとつなのか。でも、そんなはずはない。だって、サインを見ているのは、ヘザーだけだから。ほかの人をあざむくサインではない。ヘザーへのサインなんだ。

さっきのＪＦＫ《ジェーエフケー》の女子は、もうすぐ追いついてくるはずだ。ヘザーはまた走りださないと、間にあわない。でもヘザーはじっとしている。ぜんぜん走らない。お父さんのそばへ歩いていって、両腕《りょううで》でだきしめた。お父さんはヘザーの体にしっかり腕を巻《ま》きつける。ロープとそこにならぶ小さな水色の旗をはさむように。お父さんは何か言って、フィニッシュラインを指さ

したけど、ヘザーはかぶりをふった。何がおこっているのか想像《そうぞう》しようとしたけど、できなかった。ヘザーが泣いているように見えるけど、うれしくて泣いているのか、悲しくて泣いているのか、ぜんぜんわからない。

「何やってんだよ？」

と、サミーがかん高い声をあげる。

「どうして止まっちゃったんだ？」

マークがきく。

また歓声《かんせい》が聞こえ、ふりむくと、ＪＦＫの女子が体育館のむこうから出てきた。すぐうしろに、ハンプトンの女子がいる。

「ぬかれるぞ！」

ウェスがわめく。

「ヘザー、行け！」

ぼくは大声をあげた。

「ヘザー、走れ！　追いつかれるよ！」

と、マークがさけぶ。

だれもが大声で応援《おうえん》しているから、ヘザーにはぼくたちの声はとどかなかったかもしれない。

それとも、ほかの女子が来ているのがわかっても、今回ばかりは、どうでもいいと思ったのかもしれない。

ＪＦＫ《ジェーエフケー》の女子はとまどった顔でヘザーを見て、走りすぎた。最後の力をふりしぼって、シュートを通りぬけ、フィニッシュラインにむかう。ハンプトンの女子もヘザーを追いぬいた。

そのあと、お父さんがヘザーの頭のてっぺんにキスして、何かを言った。ヘザーはうなずき、目をぬぐう。そしてそのとき、深緑色のジャージを来たランナーたちを目にした。ブロックトンの女子が三人、速いペースで走ってくる。

ヘザーを追いこせると思って、さらにスピードを速めたけど、三人はヘザーのことをわかっていない。いったん心を決めると、ヘザーは走りだし、飛ぶようにフィニッシュにむかった。

突然《とつぜん》、ぼくの知っているヘザーにもどった。

というか、ぼくがこれまで知っていたヘザーに。

27

レイクビューのほかの男子といっしょに、チームのほかの女子を待った。テレサとビクトリアはそんなにおそくなかったし、そのあと数分でブリアンヌとエリカも来た。ぼくたちは声援《せいえん》を送り、女子たちがフィニッシュラインのむこうで集まるのを見ていた。

すると、審判員《しんぱんいん》のホイッスルが聞こえた。

「七年生男子、十分前！」

審判員が告《つ》げる。

胃《い》がきゅっとなった。頭の中は女子のレースの歓声《かんせい》や声援でいっぱいで、今日一日でもうレースを十回走ったような気分だ。深呼吸《しんこきゅう》をしながら、リュックを取りに行く。横のポケットに手を入れて、耳栓《みみせん》を取りだそうとした。

ない。

リュックの本体をさがし、奥《おく》まで手をつっこんだけど、そこにもない。もう一度、すべてのポケットを調べる。そこに入れたことは覚えている。はっきりと。手がふるえだし、何もかもうまくいかないときの、パニックを感じはじめていた。

鼻で笑うような声がして、顔をあげた。ブロックトンの男子がふたり、こっちを見ている。ぼくが見ているのがわかると、ふたりはこれみよがしに笑いをおさえるふりをした。かえっていやな気分にさせるように。そのとき、三人目のブロックトンのやつが近づいてきた。まちがいなく、見覚えがある。ヘザーをおしのけたやつだ。

「どうした？　落とし物か？」

やつが言った。

「耳栓《みみせん》。リュックに入れておいたんだ」

ぼくはこたえた。

やつは、にぎっていた手をひらいた。めちゃくちゃにつぶれた黄緑色のプラスチックのかたまりをふたつ、さしだしてくる。

「ああ、ごめん」

正反対の意味に聞こえる言いかただった。

「これが落ちたみたいだな。ガムかと思ったよ」

ぼくの足もとに落とす。

「ひどい味だった」

もどっていきかけてから、こっちをふりかえる。

「洗濯《せんたく》で色が変わっちゃった？」

ぼくのシングレットにさわろうとしたから、手をはたいてやった。

「なんだよ、悪かったな」

やつが気を悪くしたふりをする。

「まあ、レースがんばれや」

そう言って、ブロックトンのチームへかけもどった。

ぼくは、ぐちゃぐちゃになった耳栓を拾いあげた。でこぼこで土まみれだ。ぎゅっと拳《こぶし》ににぎりしめ、地面に投げつけようと腕《うで》をあげたとき、だれかが肩《かた》に手を置いた。ドキッとして、ふりむく。

「おじいちゃん！」

「まだ走ってないよな？　間にあったか？」

「うん、まだだから、だいじょうぶ」

ぼくはつぶやいた。

気持ちをおさえこもうとしたけど、おじいちゃんの心配そうな顔を見ると、すべてがどっとおしよせてきた。耳栓のこと、レースのこと、ヘザーのこと。ヘザーがいなくなるかもしれないのに、ブロックトンのやつらみたいなのは、いつまでものさばっているなんて、ひどいじゃないか。たとえチャーリー・カストナーからのがれることができても、ブロックトンのやつが取ってかわるだけだ。そのブロックトンのやつからだって逃《に》げられるだろうけど、また新しいやつが現《あらわ》れる。やつらは増殖《ぞうしょく》し、こっちを見つけだす。そしていつも、かならず、勝つ。

「どうしたんだ?」

おじいちゃんがたずねる。

「おまえの母さんと父さんはこっちにむかってるところだよ。父さんの列車が……」

ぼくは手を広げて耳栓《みみせん》を見せた。

「なんだね、それは?」

「耳栓だったんだ」

そのまま地面に落とす。

「だめになった。審判員《しんぱんいん》がスタートのピストルを撃《う》つとき、それがないと、体がかたまるんだ。走りだすこともできないんだよ」

ぼくの中から、すべてがあふれでていった。

「それに、走れたって、ダメダメなんだ。ブロックトンのやつらが優勝《ゆうしょう》する。いつもそうだから。ぼくはビリになって、おじいちゃんにも母さんにも父さんにもはずかしい思いをさせるんだ。ぼくがのろくて、バカみたいだから」

「おいおい、落ち着いてごらん」

「それに、ヘザーがいなくなっちゃうかも……」

「ヘザーが？」

「ハワイに引《ひ》っ越《こ》すかもしれないんだ」

「男子！　五分前！」

審判員の声がする。

「よし」

と、おじいちゃんが言う。

「いいか、ヘザーの話はあとでしよう。おまえはこれからレースを走るんだ。で、そのスタートのピストルは何が問題なんだ？」

「音が大きすぎる。ビビっちゃうんだよ」

「うんと集中すれば……」

「できないよ！　おじいちゃんにはわからないんだ！　耳栓がないとだめなんだよ！」

「だめなことはない。おまえにはできる。こわがらなくていいんだよ、スーパーヒーロー」

それを聞いたとたん、ぼくは爆発《ばくはつ》した。

「ぼくはスーパーヒーローなんかじゃない！　そう呼《よ》ぶのはやめて！　ぼくはスーパーヒーロ
ーとはカンペキに真ぎゃくなんだ！」
おじいちゃんにどなったことなんてなかった。おじいちゃんはびっくりしていたけど、怒《おこ》っ
てはいなかった。ぼくの両肩《りょうかた》をつかむと、ぼくの顔をのぞきこんだ。
「もちろんおまえはスーパーヒーローさ」
ぼくはおじいちゃんの手からのがれようとしたけど、がっちりとつかまれている。
「なあ、どうして耳栓《みみせん》が必要だと思うのかい？」
「だって、こわいから……」
「ちがう！　それは、おまえがほかの人よりもよく聞こえるからだ。それにほかの人よりよく
見えるし、ずっとたくさんのことを感じとる。おまえのそういうところが、おれは大好きなん
だよ。おまえにはスーパーパワーがいっぱいある。どうしてスーパーヒーローと呼んでると思
ってたのかい？」
「昔、ぼくがバットマンのかっこうをしてたから」
「ちがうよ。おまえにはすばらしい魔法《まほう》のようなパワーがあるからさ。五感もスーパーだし、
心もスーパーだ。その心を持ってるだけで、おまえはスーパーヒーローだよ」
「でも耳栓が……」

「そんなものがなくても、おまえは走ることができる」

「できないよ」

そう言いながら、T《ティー》先生のがっかりした顔が思いうかんだ。

「できるよ。やってごらん。できるって、おれにはわかってる」

「でも、たとえ走ったって、おそいよ」

「前に、自己《じこ》ベストの話をしてたじゃないか。R《アール》先生が言ってたんだろ?」

「T先生——T監督《かんとく》だよ」

「だから、それをめざすんだろ? 自己ベストを」

「七年生男子は、列についてください!」

審判員《しんぱんいん》の声がする。

見ると、ほかのみんなはもうならんでいる。レイクビューの水色のジャージが目に入った。

サミーとマークがきょろきょろと、ぼくをさがしている。

「行っておいで」

と、おじいちゃんが言った。

「おまえが走るのを見に来たんだから。ほら、行け!」

ぼくは深く息を吸《す》いこんで、スタートラインへ行った。サミーとサンジットの間に入りこむ。

列のむこうのほうで、ブロックトンの男子たちがすでにひじをつきだして、まんなかの位置《いち》を確保《かくほ》している。

「おまえ、来ないかと思ったよ！」

サンジットがほっとした声で言う。

「耳栓《みみせん》をなくしちゃったんだ」

と、ぼくは言った。

「うわっ。おい！」

サンジットがマークを引きよせる。

「こいつ、耳栓をなくしたらしい」

「ジョセフをまんなかにしよう。耳栓がないから」

と、マークが言った。

サミーとウェスがぼくの片側《かたがわ》に立ち、サンジットとマークが反対側に立つ。

「心配するな。おれたちといっしょに来ればいいから。とにかく、つかまってろ」

と、サンジットがぼくに言う。

「男子のみなさん、位置についてて！」

審判員《しんぱんいん》が声をあげる。

ぼくは両手で耳をふさいだ。チームのみんながくっついて、ぼくを囲む。ぼくの両側にみんながいるのを感じる。ふるえすぎないように、息を止めないように、気をつけた。

「用意！」

審判員の声がした。ぼくは耳をぎゅっとおさえる。

パーン！

自分が前に進むのがわかるけど、体が先に出て、足は追いつこうとしているだけみたいだ。気づくと、サンジットと腕《うで》を組んでいて、もう片方の腕をサミーと組んでいて、ふたりとも放さない。あたりはとどろく足音と、飛びまわるひじだらけだ。ぼくたちの下で、まちがいなく地面がゆれているのを感じて、とにかくできるかぎり速く走った。

ぼくが落ち着いてきたのがわかると、サンジットとサミーは腕をほどいた。ぼくはどうにか走りつづけ、不安定ながらもチームはかたまっていられた。サンジットが足のうしろをだれかにふまれ、靴《くつ》が脱《ぬ》げそうになっているにもかかわらずだ。ウェスは吐《は》きそうになっているみたいなことをつぶやいている。ぼくたちは悪くないペースを保《たも》っているけど、ずっと前のほうではブロックトンが余裕《よゆう》で先頭を走っている。べつに驚《おどろ》かないけど。

ブロックトンは全員、ほかのチームよりもずっと早く森へ入っていった。残りのチームは順番争いをしないといけなかった。少なくとも五チームがひしめいているのに、せまい小さな入り口がひとつしかない。足をふみあうようなはげしい競争になっている。ぼくたちはまとまって、なんとかJFK《ジェーエフケー》の前に入りこんだけど、最後の瞬間《しゅんかん》にハンプトンに割《わ》りこまれた。だれもが位置争いに時間を取られた。例外はブロックトンのチームで、おそらくもう森をぬけて、ホワイトオーク通りを半分くらいのぼっているにちがいない。

やっと森に入ると、みんながおそくなった。ここからは自分のペースを守り、安定した走りをつづけないといけない。森のあとは坂道をのぼり、体育館の裏《うら》をまわり、もう一度森に入って二周目を走る。

森の中ではランナーの音しか聞こえない。ザッザッと走る足音、ハアハア呼吸《こきゅう》をする音。ぼくはただ進みつづけ、マークとサミーを追って、転ばないように気をつけながら、曲がりくねる小道を進んで、ホワイトオーク通りへむかった。はじめてこの森の中を走ったときのことを思い出す。茂《しげ》みに引っかかって、落ち葉の上にすわり、ヘザーがさがしにもどってきてくれた。あのときは、もうやめたいと思っていた。ヘザーがいなければ、本当にやめていたはずだ。それなのに、ヘザーはいなくなるかもしれなくて、ぼくはまたひとりになってしまう。

ホワイトオーク通りでは何人かの監督《かんとく》がいて、交通を止めている。子どもを学校にむかえに来た、大会のことを知らない親たちの車に、ぼくたちがひかれないようにするためだ。ホワイトオーク通りまで来ると、ぼくは坂道を見あげた。あちこちにランナーがいる。あらゆる色のジャージが目に入るけど、ブロックトンの深緑色はない。あいつらはもう坂道をのぼりきって、体育館の裏の細道を走っているんだろう。

だれもがぼやいている。けわしすぎる、ひどいよ、と。でも、ぼくたちにとっては、いつものホワイトオーク通り。何万回もかけあがった坂道だ。自分ではのろのろのぼっている感じなのに、実際《じっさい》には何人かを追いぬいた。T《ティー》監督はホワイトオーク通りが味方になってくれると言っていた。今になって、その意味がわかる。

遠くのほうで、だれかがさけぶ声が聞こえた。

「ブロックトン！」

きっと二周目を走りはじめて、ふたたび森に入っていくんだ。

ウェスはポテトチップスを食べて失敗したみたいだけど、がんばって前に進んでいる。サンジットは靴《くつ》をちゃんとはいたようだ。ぼくたちのチームはばらばらになり、それぞれのペースで走っている。ぼくはもうすぐ坂のてっぺんにつく。一瞬《いっしゅん》、気持ちが楽になった。すべてがいい結果につながっていくんじゃないかって気がして。

でもそのとき、もう一度歓声《かんせい》が聞こえた。ブロックトンのやつらが森を出て、ホワイトオーク通りをもう一度走ってくるんだ。自分たちが先頭で、だれにも追いつかれないことがわかっている。でも今度はチーム内でだれが一着になるか競争している。

ぼくは体育館の裏《うら》をまわる細道に入った。そこにはランナーしかいない。観客が入る場所はないし、監督《かんとく》も親も来ない。道幅《みちはば》がせまいから、かたまって走れないし、追いぬくほどの幅もない。その状態《じょうたい》が、体育館の角《かど》を曲がるまでつづく。

足音が聞こえたから、だれだろうと、肩越《かたご》しにちらっと見た。ブロックトンのあいつだ。耳《みみ》栓《せん》をだめにしたやつ。ヘザーをつきとばしたやつ。ぼくは坂道を走ったあとで、まだゼイゼイ息をしていたけど、細道のまんなかにとどまって走りつづけた。あいつがうしろから迫《せま》ってくるなんて、いやだった。むこうは二周目なのに、それでも追いつかれるなんて。

足音が近づき、ひじが当たるのを感じた。あいつだ。

「どけ」

と、言われた。

自分でもわからないうちに、ぼくはそいつをひじでつきかえした。ファルトレクの訓練で小きざみにせまい歩幅で進んだのを思い出し、ペースをあげてぬかれないようにする。

「どけよ、バカ。耳のこと、まだ怒《おこ》ってんのか?」

「ちがう。ヘザーだ」

と、ぼくはこたえる。

「はあ?」

「前回の大会で……」

ぼくはあえいだ。このペースはいつもよりずっと速い。

「ぼくの友だちをおしただろ」

「こういうことか？」

と、そいつが言う。来るぞ、と身がまえる。どうにか、そいつのつきだしたひじより下へ、体をかわすことができた。ぎりぎりで、ピンボールのように体育館の壁《かべ》にはねかえらずにすんだ。

ぼくが走るスピードを落としたから、ほかのブロックトンのやつらが追いついてきた。

「おまえは……（ハアハア）……反則《はんそく》した」

ぼくは、ほかのやつらに聞こえるくらい大きな声で言った。

「トレイ、どうしたんだ？」

「なんでもない。こいつがどかないんだ」

「前回の……（ゼイゼイ）……大会で……」

ぼくはあえいだ。

「……女の子をつきとばして、足首を捻挫《ねんざ》させて……」

最後まで言えなかったけど、ブロックトンのやつらには伝わったようだ。

「トレイ、おまえ、女の子をつきとばしたのか？」

と、ひとりが言う。

「やってねえよ」

と、トレイが言う。

「やったよ」

ぼくは言いかえす。

「勝手に転んだんだ」

「ひじでつきとばした」

足が死にそうだけど、とにかくトレイの前にいつづけないと。

「じゃまだったんだよ」

と、トレイが言った。

「おまえ、女の子を追いぬけなかったのか?」

と、べつのブロックトンのやつが言った。

「その……(ハアハア)……女の子は……(ゼイゼイ)……むりだよ」

ぼくは言いきった。

「バカだな、トレイ」

もうすぐ細道の出口だ。監督《かんとく》や親たちがいて、だれが最初に出てくるかと、待ちかまえているはずだ。トレイがぼくにイラついてるのがわかる。先に行きたくてうずうずしているのも。でも、ぼくは細道のまんなかでふんばった。足がガクガクふるえている。体育館の角《かど》にさしかかるとき、スピードを落とした。ほんの少し。それでじゅうぶんだ。やつのひじが、わきの下に入りこんできた。でも今度は、ぼくはつきかえさなかった。たとえその気があっても、できなかっただろう。ぐいっとおされるのを感じ、角を曲がってひらけた場所に出たとたん、ぼくの体は空中に飛んだ。

　かなり長いこと、空中にいた気がする。ブロックトンの深緑に身を包んだ親たち、ハンプトンのオレンジ色でフェイスペインティングした人たち。レイクビューの水色や、フォックスリッジの紫《むらさき》も見える。地面に落ちるとき、みんなの顔に衝撃《しょうげき》の表情《ひょうじょう》がうかんだのが見えた。一番ショックを受けているのは、ブロックトンの監督《かんとく》だ。そしてついに、くさくてぬれている落ち葉のクッションにしりもちをついたとき、ぼくは思った。〈ミッション完了《かんりょう》〉。

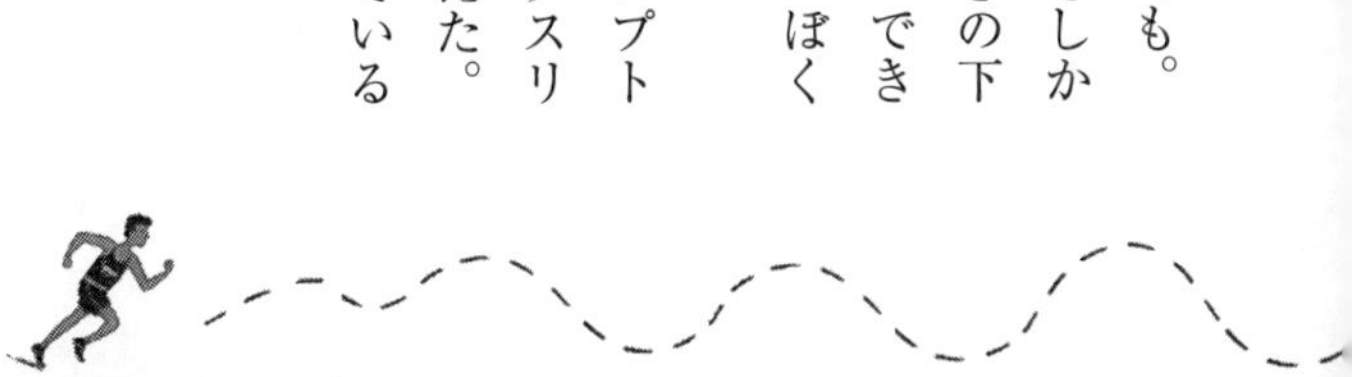

28

ブロックトンのべつのランナーがひとり立ち止まって、ぼくを助けおこそうとしてくれた。その人はあきれたように首をふって、フィニッシュにむかってダッシュしていったトレイを見ている。ブロックトンの監督《かんとく》がクリップボードに何か書いている。サミーの声が聞こえた。

「ジョセフ、立てよ。行こうぜ」

サミーもぼくを引っぱりあげてくれる。何人かのランナーが通りすぎていった。速い人は二周目だけど、ほとんどはぼくと同じ一周目だ。

ぼくはひざについた土をはらいおとした。片方《かたほう》のひざは皮膚《ひふ》がすりむけて少し血が出ているけど、そんなことはどうでもよかった。

「ジョセフ！」

ヘザーだ。おおぜいの観客の中から、ぼくを呼《よ》んでいる。離《はな》れていても、ぼくにはヘザーが今のできごとをすべて見ていたことがわかった。これでやっと、ヘザーにお返しができたんだ。

「自己《じこ》ベスト！」

ヘザーが声をあげる。

「持ちかえってきて！」

ぼくはまだふらふらしていたけど、これ以上ほかのランナーに追いこされないうちに、なんとか立ちあがって、グラウンドのはしからまた森へむかった。「瀕死《ひんし》の状態《じょうたい》」っていうのがどういうことなのかわかってきた感じだけど、みんなが見ているし、ここでレースをやめるわけにいかない。とにかく前に進みつづけ、よろよろと森に入ると、みんなの応援《おうえん》が聞こえなくなった。

ふたたび静かだ。みんなばらばらに走っていて、もう集団《しゅうだん》はない。ひとりひとりのランナーが、それぞれに、あきらめないようにがんばっている。ここはすずしく、日陰《ひかげ》になっていて、走りながらあたりを見まわすと、木々がはねてぼやける。小道は前にのびていて、そこをリスがいきおいよく横切っていった。どこからともなく現《あらわ》れるおおぜいの中学生たちに、びっくりして怒《おこ》っているみたいだ。足もとではカサカサと葉っぱの音がして、うしろからはかすかにべつのランナーがハアハア息をするのが聞こえる。ぼくはゆっくり進みつづけた。

さっきのできごとや応援の声から離れ、ここは驚《おどろ》くほど平和だ。ぼくの頭は「走りつづけろ、走りつづけろ」と言っている。ぼくの体は「おまえ、正気かよ？」とさけんでいる。でも今回ばかりは、ぼくには心配するエネルギーも残っていない。とにかく、最後まで行くだけだ。

ホワイトオーク通りに出ると、日差しがもどってきて、ぼくは坂を見あげた。はじめてここをのぼったときを思い出す。脇腹《わきばら》が痛《いた》くなって、重力に引きずられていた。今はそのころより強くたくましくなったし、もう何万回もここをあがっている。それでもやっぱりこの坂はきついし、ぼくは疲《つか》れているし、のぼりきれるのかなと思ってしまう。

でも、とにかく一方の足をもう一方の足の前に出すのをくりかえす。坂の上のほうに、サミーとウェスがいる。どこかでウェスはペースをあげていたようだ。ぼくは自分を待っている人たちのことを考えた。ヘザー。T監督《ティーかんとく》。おじいちゃん。もしかしたら母さんと父さんも間にあうかもしれない。フィニッシュすることを考える。自己《じこ》ベストのことを考える。

ようやく体育館の裏《うら》の細道に入った。このあとはもう長くない。今回はブロックトンのランナーもいない。とっくの昔にフィニッシュしている。観客が待っているのがわかるから、角《かど》を曲がったときに笑顔でいたいけど、体じゅうが痛くて、とくにしりもちをついたところと、ひざがひどい。とにかく集中して、最後のシュートとフィニッシュラインをめざすしかない。

最初に聞こえたのは、おじいちゃんの声だった。

「もうすぐだぞ、ジョセフ！」

それから、ヘザー。

「最後までふんばって！」

それから、女の子たち。

「がんばって、ジョセフ！　その調子！」

「ジョセフ、それいけー！」

と、べつの声がした。フィッシュバイン先生だ！　先生のことをすっかり忘《わす》れていた。

前のほうにサミーとウェスがいる。ちょうどフィニッシュラインを越《こ》えていく。ぼくのすぐ前にいるふたりは、ぼくよりもつらそうだ。苦しいけど最後の力をふりしぼり、これまでにないくらいがんばって、その人たちの前に出た。そのままフィニッシュラインまで進み、ふらつきながら越えて、地面にたおれこんだ。

T監督がとびはねながら手をたたいている。ジョージとリンゴが飛びかかってきて、ぼくをブルドッグの鼻息まみれにした。ウェスがコースを指さし、見ると、マークとサンジットがフィニッシュに近づいている。ぼくはなんとか立ちあがって、声援《せいえん》を送った。ふたりがフィニッシュラインを越えると、ぼくたちは息をはずませながら、レースのつづきを見まもり、驚《おどろ》いた。ぼくたちのあとから二十五人くらいがフィニッシュしている。ランナーが二十五人！　もっとかもしれない！　ぼくたちのあとから！

サンジットが《ゲータレード》を一ぱい持ってきてくれたけど、手がはげしくふるえていて、ほとんど飲めない。女子は全員グラウンドの反対側にいて、男子のレースが終わる合図を待っている。そうすれば、こっち側にわたってきて、フィニッシュにいるぼくたちに合流できる。

でも、男子のレースはまだ終わっていない。遠くのほうで、ひとりの姿《すがた》が体育館のうしろから出てきて、ゆらゆらとこっちにむかってくる。ヒーバーだ。観客はみんな荷物をまとめたり、自分の子どもをさがしたりしていて、「あわれみの歓声《かんせい》」さえあがらない。

ぼくはなんとか自分の足を動かし、サンジットとマークを引っぱっていった。

「ヒーバー！」

ぼくはさけんだ。考えられるかぎり、あわれみっぽくない応援《おうえん》を送ろうと思った。

「調子よくなさそうだな！　ひどいよ！　サイアク！　でも、フィニッシュはできるよ！　フィニッシュできる！　絶対《ぜったい》できる！」

サミーとウェスも来て、ヒーバーのチームメイトもやってきた。

「行けるぞ、ヒーバー！」

「最後までがんばれ！」

ヒーバーの足取りはほとんど変わらない。あいかわらず、のろのろしている。でも顔はぱっと輝《かがや》き、眉毛《まゆげ》がぐっとより、前へ進みつづけた。かろうじて、進みつづけた。ぼくたちは、フィニッシュシュートにむかうヒーバーについていった。スピードはおそいけど、ぼくたちはいっしょにいた。一歩一歩、重い足取りにあわせて。

ついにフィニッシュラインを越《こ》えたとき、大歓声《だいかんせい》があがった。

「やったね！　自己《じこ》ベスト！　自己ベスト！」

と、ぼくたちは声をあげた。実際《じっさい》に自己ベストだったかどうか、知りもしなかったけど。

急に、もう一センチも動けないことに気づいた。地面にしゃがみこむ力もない感じだけど、立ってもいられない。

女子たちはグラウンドのこっち側にわたっていいという合図をもらった。すぐに全チームの全女子がいっせいに波のようにおしよせてきた。

「すげえ。夢《ゆめ》みたいだ」

サミーが声をあげる。

ぼくたちはたちまち女子に囲まれ、あちこちでみんなが手をたたいたり、ハイタッチをしたり、とびまわったりしている。エリカはサンジットにかけよってだきついた。サンジットはびっくりしてから、にっこり笑った。やっと気づいたみたいだ。

すると突然《とつぜん》、ぼくの体が持ちあがり、ぐるぐるまわされた。

「最高のレースだったよ、フリードマン！　やったじゃない！」

こんなにあっさり持ちあげられてしまうなんて、ちょっとはずかしいけど、ヘザーがすごく喜んでくれているようだから、まあいいかと思った。ヘザーがおろしてくれたときは、疲《つか》れてふらふらなうえに、目もまわっていた。芝生《しばふ》に寝《ね》ころがると、ヘザーがとなりにすわった。すぐにしゃべりはじめる。

「確実《かくじつ》に自己《じこ》ベストだね！　最高の気分じゃない？」

ぼくは返事をする息がほとんど残っていない。

「ああ」

と、うなずいた。

ヘザーは声を落とした。

「それから、トレイとのことだけど」

「だれ？」

ぼくの頭はぼんやりしている。

「トレイ。ブロックトンのやつ。ジョセフのあのタイミング、カンペキだった」

ヘザーはひそひそ声でつづけた。

「トレイがどうなったか、知りたくない？」

「え？　問題になったの？」

「DQ《ディーキュー》になったんだよ」

と、ヘザーが言った。

体に残っているエネルギーをすべて使わないと、頭を五センチあげて質問《しつもん》できなかった。

「《デイリークイーン》（アメリカのアイスクリーム店）の略《りゃく》？」

「失格《ディスクワリファイド》だよ」

ヘザーはそう言って、ゆっくりと笑顔になった。

ぼくは急に力がわいて、おきあがった。

「失格?!」

「スポーツマンらしくない行為《こうい》をしたから」

「本当に？」

「何言ってるの？　あんなふうに、ひじでつきとばしたの、見えてないほうがおかしいよ」

T監督《ティーかんとく》の声がスピーカーから聞こえてきた。

「あと十分で、表彰式《ひょうしょうしき》をはじめます！　全員、フィニッシュラインに集まってください。あと十分で、表彰式です！」

ぼくも行かないといけないらしい。T監督の言うとおりにするために。でも、すわっているところから、どうやって立ちあがったらいいんだろう。とにかくやってみるしかないと思っていたとき、ヘザーが言った。

「待って。話があるの」

そのとき、何もかもが頭におしよせてきた。ヘザーが引《ひ》っ越《こ》すかもしれないこと。お父さんにだきついたこと。お父さんからのサイン。泣いていたヘザー。

「さっき、ママと話をしたんだ」

「さっき？　だってお母さんは今晩《こんばん》電話を――」

「うん、その予定だった。でも……わたし、ほかのことがなんにも考えられなくなっちゃってたんだ。ママのことしか。ぜんぜん集中できなかった。そういうことってない？　どうしても気が散っちゃうこと」

「そんなの、毎日だけど？」

「あ、そっか」

ヘザーは口に手を当てて、笑いをかくそうとした。少しの間、だれと話をしているのか、忘《わす》れていたんだと思う。

「だから、今日のレースのこともあるし……今晩まで待てないって思ったの。学校から早く帰って、パパといっしょに、ママに電話をかけたんだ。三人で話をした。ママとパパとわたしで」

「なんて言ったの？」

そうききながらも、心の中では「お願いだから、こっちに残って！　お願い！」と思っていた。

「本当のことを言ったよ。ジョセフが教えてくれたように。ここが大好きだから、もう引っ越したくないって。でも、家族三人がいっしょにいるために、どうしてもハワイに行くしかないんだったら、行くって言ったの」

ぼくはだまっていた。でも、もし母さんと父さんといっしょにいる方法がそれしかないなら、ぼくも同じようにこたえただろう。

「いろんなことを話したんだ。ちゃんとむきあって話した。不思議だけど、今までそんなふうに話したことなかったの。ママはわたしが知らなかったことを話してくれた。どうして科学者になったのかって。しかもブルーベリー・プリンセスになっても、ちっともうれしくなかったんだって」

「え、そうなの？」

「そう！　自分のお母さんを喜ばせたかっただけなんだって。ママは、わたしとパパに会えなくてすごくさびしいって言ってた。そのあと、わたしも自分のことを話したんだ。学校とか、絵とか、陸上チームのこととか……自分でいるってこと」

「みなさん、表彰式《ひょうしょうしき》まであと五分です！　フィニッシュラインに集まってください！」

T監督《ティーかんとく》の声がする。

「それで……」

と、ぼくが口をひらく。

「それで、わたしが家を出るとき、ママとパパはまだしゃべってた。いろいろ解決《かいけつ》しないといけない問題もあったし。でも、どうなろうと、今までよりよくなるって気がしたんだ。うまくいくんじゃないかって。それでぎりぎりにこっちについたの」

「じゃあ、引《ひ》っ越《こ》すかどうかわからないってこと……」

ヘザーは首を横にふった。

「さっきパパに会うまでは、わからなかった」

「こんなこと、してたね」

ぼくはヘザーのお父さんの手ぶりをまねした。

ヘザーはにこっとした。

「野球のサイン。ホームっていう意味だよ。三塁《るい》にいたら、『ホームへ走れ』ってこと」

ぼくはまだ理解できない。

「ママが家《ホーム》に帰ってくるの」

それを聞いたとたん、一気にとびあがって立てそうな気がした。実際《じっさい》には、おきあがろうとして、またたおれただけだったけど。

「クリスマスにハワイに行くことになったんだ」

ヘザーがぼくを見て笑いながら言う。

「ハイビスカス・ワイメアエやランや虹《にじ》を見せてくれるって。でもそのあと、いっしょに家に帰ってくるの」

ヘザーは身をのりだして、芝生《しばふ》に残っていた小さなクローバーの花をつむと、指でくるくるまわした。

「ママはね、これからも旅には出るって。そうしないではいられないから。でも、わたしといっしょにいる時間をふやしたいって。走ってるところも見たいって。わたし、レイクビューのことや、ここがすごく気に入っているって話をしたの。まあ、チャーリー・カストナーやブロックトンのやつらはいるけど。ファルトレクもあるけど」

今まで気をはりつめていたからか、気持ちをおさえていたからか、とにかくヘザーが「ファルトレク」と言ったとたん、笑いが止まらなくなった。ヘザーもだ。疲《つか》れと混乱《こんらん》と安堵感《あんどかん》とでいっぱいいっぱいになっていて、頭の中でスタートのピストルが十挺《ちょう》くらい撃《う》ち鳴《な》らされているみたいだった。

ヘザーが手をさしだしてきた。九月に森でトゲだらけの茂《しげ》みから助けてくれたのを思い出す。ヘザーの手を取ると、まるで体重が一グラムもないかのように、軽々と引っぱりあげられた。

「行こう。表彰式《ひょうしょうしき》だよ」

ヘザーはそう言って、フィニッシュラインに集まっている人たちのほうへむかう。

「三位でなっとくしてる？」

ぼくはヘザーの横をよたよた歩きながらきいた。足がまだうまく動かない。

ヘザーは一瞬《いっしゅん》考えこんだ。

「勝つのは好き。でも、ほかにも大事なものがあるでしょ。そっちのほうが大事なときもある。今日は、そういうときだったの。うん。だから、三位でなっとくしてる。つぎは勝つよ」

おじいちゃんがやってきて、ぼくの髪《かみ》の毛《け》をくしゃくしゃっとした。たぶん、ヘザーと話す時間をつくってくれていたんだと思う。

「よくやった、スーパーヒーロー。それから、ヘザー。まるでガゼルのように走るんだね」

「ダチョウじゃないですか」

と、ヘザーがこたえる。

「それで、何もかも……」

おじいちゃんはぼくからヘザーへ、そしてまたぼくに視線《しせん》をうつした。

「ヘザーは引《ひ》っ越《こ》さないって」

ぼくは思わずにこにこして言った。

ふと見ると、フィッシュバイン先生がむこうのオークの木の下で、途方《とほう》に暮《く》れた顔をしている。

「おじいちゃん、こっちに来て。会ってほしい人がいるんだ」

ぼくがさそうと、ヘザーも来た。ぼくはなんとか残った力でフィッシュバイン先生のところまでよろめいていった。

「ジョセフ！」

先生が声をあげた。

「走る競技《きょうぎ》がこんなにわくわくするものだったなんて、知らなかったわ。あのヒーバーっていう子は、みんなの人気者なのね」

「フィッシュバイン先生、うちのおじいちゃんです。おじいちゃん、フィッシュバイン先生だよ。学校の図書館の先生。イタリアのオペラが大好きです。液体《えきたい》せっけんとゴルフがきらいで、イタリアのオペラが大好きです。

コンピューターとバーコード読み取り機がきらいで、イニシュボフィンっていう島が大好きなんだって」

おじいちゃんがにっこりすると、フィッシュバイン先生が言った。

「オペラ好きの方にお会いできるとは、なんてうれしいんでしょう。うちのオウムのルチアーノとわたししか、もういないと思ってたんですよ」

「ほう、パヴァロッティのファンとお見受けしました」

と、おじいちゃんが言う。

「ええ、そうなんです。あなたは?」

「もちろんです。ただ、だれが一番かと言ったら、コレッリ……」

「ああ、あのラダメスは死ぬほどすてきでした!」

「アイーダも、まさにそう思ったわけですよ」

ぼくにはコレッリも、ラダメスも、だれだかわからないけど、おじいちゃんと先生はこの会話をとてもおもしろがっているみたいだ。

ホイッスルの音がして、T監督《ティーかんとく》がメガフォンを通してしゃべっている。

「七年生の表彰式《ひょうしょうしき》をはじめます。七年生チームは全員、今すぐ、フィニッシュラインに集合してください! 八年生が走るのを待っています」

おじいちゃんとフィッシュバイン先生はしゃべりつづけている。フィッシュバイン先生が、「子どもたちは友だちにメッセージを送るまで、自分が何を考えているのかわからないんですよ」と言うのが聞こえた。おじいちゃんはラップミュージックとジョージ・ガーシュウィンのことを何か言って、先生を笑わせた。

ぼくはヘザーのほうを見た。にんまり笑いたいのをこらえているみたいだ。そろそろ、行ったほうがいいかな。

「おじいちゃん、あとでね。フィニッシュのところで表彰式があるから、行ってくる」

おじいちゃんは親指を立てたけど、ちゃんと聞こえていたのかわからない。

ヘザーといっしょにトラックを横切って、チームに合流した。

「なんで表彰式なんか見ないといけないんだよ。どうせ賞はブロックトンが独占《どくせん》するんだろ」

と、サミーがぶつぶつ言っている。

「でも、ブロックトンにもいいやつはいるよ。ひとり、ぼくを助けおこしてくれたし」

と、ぼくは言った。

「それにメダルは十位までだから、ヘザーがもらえるよ」

と、ブリアンヌが言った。

「そう、だから悪口なんか言わないほうがいいよ」

と、ビクトリアが言って、サミーを軽くおした。サミーはぜんぜんいやがっていなかった。

T監督と審判員《しんぱんいん》がクリップボードとタイマーを見て話しあっている。やっと、T監督が顔をあげ、みんなにむかって言った。

「はい、今日はすばらしいレースでした。みなさん、レイクビューに集まってくださり、ありがとうございました。まず女子の十位までを発表します」

T監督が名前を呼《よ》ぶと、女の子がひとりずつメダルを受けとりにいく。ヘザーの名前を呼ぶとき、監督《かんとく》は声色を変えないようにしていたけど、ものすごくほこらしい気持ちが伝わってきた。

チームの賞は、上位二校までがもらえる。一位はブロックトンの女子で、二位はJFK《ジェーエフケー》だった。

男子の番になると、ブロックトンのやつらが順々にメダルをもらっていった。トレイ以外の全員だ。それを見て、ちょっとすっきりした。上位十人には、JFKの子がふたりと、ハンプトンがひとり、セント・アロイシアスもひとり入っていた。

チームでは、もちろんブロックトンが一位だった。メダルをまとめて受けとったやつは、みんなに配るとき、お手玉みたいに投げている。ぼくはおじいちゃんとフィッシュバイン先生をさがしに行こうとした。そのとき、T《ティー》監督の声が聞こえた。

「男子チーム、第二位は……レイクビューです！」

ぼくたちは顔を見あわせ、じっとしていた。

「こちらに来て、メダルを受けとってください。レイクビューのみなさん！」

サミーが真っ先にT監督のもとへ走っていき、ほかのみんなもつづいたけど、ぼくは驚《おどろ》きのあまり動けない。なんでそんなことに？　なんで二位なんかに？　あんなにチームがたくさんあったのに、なんでうちが二位？

チームの男子がもどってきた。だれもがはねまわってハイタッチしている。サンジットがぼくの手にメダルをのせた。

「ほら、ジョセフ。きみのだよ」

ぼくはメダルをじっと見おろす。これは、もらった日からこわれはじめるような、金色に塗《ぬ》られたプラスチックの偽《にせ》メダルとはちがう。重くて金属《きんぞく》でできていて、赤白青のリボンでさげられるようになっている。

審査員《しんさいん》が八年生の女子をならばせる声が聞こえた。T監督はこっちに来て、ぼくたちをまとめてハグしてくれた。

「これって、監督がズルしてもらったわけじゃないですよね？」

ぼくはきいた。

「ジョセフったら！　ズルなんかできるはずないでしょ？　数字を足して決めるんだから」

「でも、十位までにだれも入ってなかったのに」

「それは関係ないの。各チームの上位五人の順位を合計して、数字が小さいほうが勝つから。でも、ランナーが五人に満たない学校もあったの。とちゅうであきらめて棄権《きけん》する子もいたし。五人いなくてもレースに出られるけど、チームとしての得点はみとめられないの。学校によっては、速いランナーがふたりいたけど、ほかがかなりうしろのほうだった、というところもあった。坂道を見たとたんにリタイアした子もいたしね。それで何もかも足しあげたら、ブロックトンが一位で、あなたたちが二位だったの」

T監督《ティーかんとく》は三本の指で、ガールスカウト風の敬礼《けいれい》をした。

「名誉《めいよ》にかけて、本当よ」

「ジョセフ、すごかったね！」

と、マークがぼくに言った。

「あんなに速く走れるようにしてくれて、ブロックトンのやつに感謝《かんしゃ》したほうがいいかもな」

ヘザーはぼくの持っていたメダルを取って、首にかけてくれた。自分のメダルはもう自分の首にかけている。

そのとき、母さんと父さんが現《あらわ》れた。父さんは息を切らしている。駐車場《ちゅうしゃじょう》を指さして、ずっと走ってきたというしぐさをした。

母さんはぼくのメダルを見た。

「二位だって！　ジョセフ！　ああ、そんなこと……夢《ゆめ》にも……」

「そのメダル以上の、すばらしいレースでしたよ！」

と、T監督が言った。

父さんは、かわいそうに、ひっくりかえりそうになっている。

「ごめんな……（ゼイゼイ）……おそくなって……（ゼイゼイ）……列車が止まっちゃってさ」

父さんはそれしかしゃべれなかったけど、ぼくはとにかくふたりの顔が見られてうれしかった。ふたりとも間にあうようにがんばってくれたから、レースは見てもらえなかったけど、それでじゅうぶんだ。

「だいじょうぶだよ、父さん。また冬か春に走るとき、見に来てね。おじいちゃんが全部見てたから、きっと話してくれるよ」

「おじいちゃんはどこなの？」

と、母さんがきいた。

ぼくはおじいちゃんをフィッシュバイン先生といっしょに残してきた木のほうを指さした。おじいちゃんは木によりかかって、かっこつけている。まるで高校生みたいに。

「いっしょにいるのは、どなたなの？」

と、母さんがきく。

「フィッシュバイン先生。図書館の司書だよ」

母さんは、ぼくが何か関係しているのかなという目で、こっちを見た。いつか、話してあげよう。

「じゃましたら悪いわね。おじいちゃんはひとりで帰れるでしょうし。ジョセフ、車でいっしょに帰る？」

と、母さんが言った。

「うーん、もうちょっとここにいようかな。ストレッチして、クールダウンして、八年生のレースを見たいし。歩いて帰れるよ。それでもいい？」

「いいわよ」

「父さんのめんどう見てあげてね」

ぼくが言うと、母さんはにこっと笑った。それからハグをたくさんしあうと、ふたりは帰っていった。父さんは駐車場《ちゅうしゃじょう》までずっとよろよろしていた。

ふたりが見えなくなると、ぼくはメダルを手に持って、その重みを感じた。ずっしりして、中身がつまっていて、本物だ。

ぼくは「フリードマンの心配の法則《ほうそく》」のことを考えた。「どんな場合でも自分が想定《そうてい》していない何かがおこる。その何かのせいで最後にやられるのだ」。でも、それでいいんだ。なぜなら、その何かを乗りこえて、べつのことがおこる。そしてまたべつのことも。それも乗りこえられる。そしていつか、また想定していなかった何かにやられて、気づくんだ。それって最高のことなんだって。

あおむけに寝《ね》ころがって、空を見あげる。メダルを胸《むね》の上に感じる。雲が流れるのをながめ、午後のそよ風を感じる。日差しがぼくにふりそそぐ。ぼく。ジョセフ・フリードマン。レイクビュー・レパード。クロスカントリー・メダリスト。

エピローグ

ヘザーがチャーリーをなぐってからというもの、チャーリーはぼくたちのことをだいたい放っておいてくれるようになった。「手を出さないで言葉を使いなさい」っていう保育園《ほいくえん》のころから言いきかされているルールに、ちょっと疑問《ぎもん》を持たざるをえないよね。でも、人の顔をパンチしてしまうといろんなことがおこるから、やっぱり原則《げんそく》としては言葉を使うのがいいのかも。できるときはね。

体育の授業《じゅぎょう》ではサッカーが終わって、ソフトボールになり、そのあとはキックベースボールをやるようになった。天気が悪い日はバドミントンのこともある。ぼくが落ち着いていられるのはバドミントンだけだ。どんなに強くシャトルを打ってこられても、たいした被害《ひがい》はないから。

ところが今日、デサルボ先生は、これからは走るぞと言った。

「よし、女子も男子も集まれ」

ぼくたちはトラックに集まった。

「せっかく新しいトラックが整備《せいび》されたから、そろそろ使おうと思う。今日は一六〇〇メートル走る。走るんであって、競走じゃないぞ。ちゃんと頭を使うように。自分のペースで走れ。さて、このクラスにはクロスカントリーのランナーが何人かいる……」

チャーリーが口に手をやってせきばらいしながら、「ダサいやつら」みたいに聞こえる言葉を発したけど、デサルボ先生は無視《むし》した。

「……だから、見習って、ゆっくり行くといいだろう。全力疾走《しっそう》しないこと。トラックを四周だ。後半二周のために力を残しておけ。よし、スタートにならんで。ホイッスルをふいたら、走りだせ」

スタートにならびながら、ぼくはサッカーフィールドでの、はじめての体育の授業を思い出した。はじめてヘザーに会った日だ。

あれから、ものすごくいろんなことが変わった。

ヘザーは十二月にハワイに行く予定で、帰ってくるときは、お母さんとお父さんといっしょになる。おじいちゃんは〈ひだまりの里〉にいるエディを訪《たず》ねていき、ゆうべはそろってメトロポリタン歌劇場《かげきじょう》へオペラを観《み》に行った……フィッシュバイン先生もいっしょに!

先週、ぼくのレポートの課題が返ってきて、B《ビー》という、ぼくにしてはいい成績《せいせき》をもらった。メブ・ケフレジギというマラソンランナーについて書いたレポートだ。アフリカのエチオピア

（現在はエリトリアになっている地域）出身で、のちにアメリカ人になり、ニューヨークとボストンのマラソン大会で優勝《ゆうしょう》した。それも、骨盤《こつばん》を骨折《こっせつ》して歩けなかったあとに。レポートのために使った資料《しりょう》のひとつは、本人が書いた本で、図書館で見つけた。デューイ十進分類番号は796・42K《ケー》。エルナンデス先生はけっこうきびしいけど、ぼくがメブは「メブ」という名前で知られていて、ほとんどだれも名字を使わないと説明したら、毎回「ケフレジギ」と書かなくても「メブ」でいいと言ってくれた。びっくりだ。

デサルボ先生がホイッスルをくわえたとき、ぼくはあたりを見まわした。木々の葉はオレンジや黄色になり、先っぽが赤いのもある。風に冬の冷たさを感じる。観覧席《かんらんせき》の下では、リスがうろちょろしている。せっせと地面を掘《ほ》ってずんぐりしたドングリをうめようとしているようだ。ホイッスルが鳴ると、リスは走りさった。

チャーリーもだ。三人くらい離《はな》れたところにいたのに、ぱっと走りだした。

「あとでな、ノロマ！」

と、こっちをふりむいて言う。ビリーとザカリーがすぐあとについていく。ものすごいスピードだ。注意してあげようかとも思ったけど、やめた。

ヘザーも飛びだしたけど、チャーリーほど速くない。チャーリーはふりむいて、にやりとする。ぼくはまだ大会の疲《つか》れが残っていたし、べつにここで何かを証明《しょうめい》したいわけでもない。

デサルボ先生がさけんだ。

「ゆっくり走れ。四周あるんだぞ」

もちろん、チャーリーと仲間は言うことを聞かない。競争しあい、おしあって笑いながら、一周目を走っている。追いぬかれるのがわかったから、ぼくは外側によけて、通してあげた。

「いい調子だね！」

と、明るく声をかける。チャーリーは、うたがわしい目つきでにらんできたけど、思っていたとおり、息があがって返事ができない。

そのすぐあとにヘザーが通りすぎるとき、ふたりで顔を見あわせた。もうそろそろだと、ふたりともわかっている。

トラックの反対側を見ると、チャーリーと仲間たちのペースが落ちている。ただゆったりしているふりをしているけど、そうじゃないことがぼくにはわかる。ヘザーはチャーリーたちをあっさり追いぬくと、加速した。ぼくもいい気分で、ペースをあげた。トラックは足をしっかりささえてくれる。木の根っこを越《こ》えたり、坂をのぼったりしたあとだと、ものすごくかんたんに走れる。今から冬のトラックが楽しみだ。冬は室内で走ることになる。想像《そうぞう》もつかない……トラックがまるまるひとつ、建物の中にあるなんて！　そして春になったら、またここにもどって走りながら、ヘザーが円盤《えんばん》を投げるのを見るんだ。

だんだんチャーリーに追いついてきた。チャーリーは体の横をおさえている。脇腹《わきばら》が痛《いた》いんだろう。ぼくは笑ってしまわないように気をつけながら、チャーリーと、その横でよろよろしている仲間たちを追いぬいた。ヘザーは燃《も》えるいきおいで四周目を走っている。腕《うで》と足と風にバサバサなびく髪《かみ》の毛《け》がひとかたまりのエネルギーになっている。もちろん、一着で走りきった。

ぼくは速くはないけど、けっこう気分よく走り終えた。チャーリーに一周近い差をつけて。チャーリーは脇腹をかかえ、足を引きずるようにしてフィニッシュラインを越《こ》えると、まんなかのレーンにすわりこんで、ハアハアしている。

今なら、ヘザーといっしょにチャーリーのことを笑える、と思った。「ハッハッハ、ダメダメなのはどっちだよ?」と言える。「ウィー・アー・ザ・チャンピオンズ」と歌いながら、両腕をあげてとびはねることもできる。やれることは何万とおりもある。

ぼくはヘザーのほうを見た。ヘザーは頭を動かし、ぼくに任《まか》せるというしぐさをした。

ぼくはチャーリー・カストナーのそばへ歩いていった。

「だいじょうぶだよ。最初に速く走りすぎたから脇腹が痛くなったんだ。ぼくもはじめ、そうなったよ」

チャーリーはぼくを見あげた。意地悪なことを言いたがっているのがわかるけど、その前に、ぼくは手をさしだした。チャーリーはまわりを見まわした。デサルボ先生が見ている。クラスの子もみんな見ている。

いじめるやつにも越《こ》えられない一線というものがあるらしい。それを越えると、イタいダメ人間の領域《りょういき》に入ってしまう。ただのダメダメな筋肉《きんにく》バカになってしまうのだ。だから、ぼくの手を取ったとき、チャーリーはぼくを地面に引きたおさなかった。やろうと思えばできたのに。そして、かんたんではなかったけど、ぼくはテコの原理も使って、なんとかチャーリーを引っぱりあげて立たせることができた。脇腹がまだ痛そうだ。

「バナナを食べるといいよ。脇腹の痛みに効《き》くから」

そして、つけくわえた。

「カリウムが入ってるんだ」

デサルボ先生が来て、ぼくたちの肩《かた》に手を置いた。

「ふたりがうまくやってるのを見て安心したよ」

と、先生は言った。

「パパシアン監督《かんとく》から聞いた話では、チャーリーはこの冬、ジョセフと同じ室内競技場《きょうぎじょう》で陸上をやるそうだ」

チャーリーを見ると、その方針《ほうしん》になんだか不満そうだった。

「砲丸《ほうがん》投げだろ、チャーリー?」

チャーリーがうなずく。

ヘザーのほうを見ると、両手で顔をおおっている。そして、手をおろしたとき、にんまりと笑っていた。

おもしろい冬になりそうだ。

訳者《やくしゃ》あとがき

ジョセフはアメリカの中学校に通う十二歳《さい》の男の子。学校では注意がそれて授業《じゅぎょう》を聞いていられなかったり、同級生のアメフト部のいじめっ子にからかわれたり、日々心配ごとが絶《た》えません。そんなジョセフが突然《とつぜん》、新しくできた陸上部に入って、クロスカントリー競走を始めることになりました。はたして、うまくやっていけるのでしょうか。

スポーツの物語なのに、主人公がスポーツが苦手なのは、めずらしいかもしれませんね。じつは訳者のわたしも運動が苦手なので、ジョセフに共感する部分もあり、物語の展開《てんかい》には大いにはげまされました。スポーツが好きな人も、苦手な人も、ジョセフのユーモラスな口調で語られるこの話を、きっと楽しめることと思います。

この作品は、アメリカの作家ダイアナ・ハーモン・アシャーの第一作です。名門イェール大学で英語と英文学を学び、卒業してから出版社《しゅっぱんしゃ》と映画《えいが》会社で働いていた作者は、子育てを機に仕事をやめて、児童文学作家をめざしました。しかし、すぐには出版にいたらず、三人の男の子を育てあげ、学校や病院で子どもたちに読書や創作《そうさく》を教える活動を続けました。そして、ついにこの作品でデビューします。長年、子どもたちによりそってきたからこそ生まれた、温かみとユーモアと愛情《あいじょう》のつまった作品だといえるでしょう。わたしは原書を読みながら、思わずくすくす笑ったり、ほろりとさせられたりし、最後はさわやかな読後感を味わうことができました。作品に出てくる「自己《じこ》ベスト」（ほかのだれのでもない、自分だけのベストをめざす）という考え方からは、作者がひとりひとりの子どもたちを応援《おうえん》している姿勢《しせい》がつたわってきます。

主人公ジョセフには、ＡＤＤ《エーディーディー》（注意欠陥障害《けっかんしょうがい》）があります。現在《げんざい》の診断基準《しんだんきじゅん》では、ＡＤＤはＡＤＨＤ《エーディーエイチディー》（注意欠陥・多動性《たどうせい》障害）にふくまれることが多いかもしれません。作者によると、作者の長男もＡＤＤと診断されていたのだそうです。走るのが好きで、マラソンランナーとして競技《きょうぎ》生活を続けたあと、現在はコーチをしているとのこと。この長男が、ジョセフという少年を描《えが》くインスピレーションになったそうで、だからこそ、ジョセフに対する作者の理解《りかい》と温かいまなざしを感じられるのだと思いました。

ほかにも魅力的《みりょくてき》な登場人物が描かれています。まず、転校生の女の子ヘザー。作者はオリンピックで金メダルを取ったアメリカの女子選手が、マスコミにあまり注目されなかったことが気になり、大きくて力強い女の子に活躍《かつやく》の場をつくりたくなったのだそうです。ヘザーとジョセフとの友情は、この物語でわたしが大好きな部分であり、大きな読みどころでもあります。

つぎに、通級指導《しどう》教室のＴ《ティー》先生。実際《じっさい》に作者の長男が教わった先生がモデルなのだそうです。物語の中で、Ｔ先生が子どもたちを尊重《そんちょう》し、ひとりひとりが成長できるような接《せっ》し方《かた》をしていることに、わたしは感銘《かんめい》を受けました。こんな先生がいたら、学校に行きたくない子はいなくなりそうです。

そして、ジョセフのおじいちゃん。セリフもどれもこれもおもしろくて、笑いながら訳《やく》したところもあります。物語の最後のほうでジョセフをはげます場面には、じんとなりました。おじいちゃんが口にする「クベッチ」や「グレップス」などはイディッシュ語で、おもに東欧《とうおう》のユダヤ人が使う言語です。作者によると、おじいちゃんはたぶん、東欧からアメリカに移《うつ》り住んだ両親の会話を聞いて育ったので、英語の中にイディッシュ語の言い回しが混《ま》じるのだとか。ついでに、オペラ好きな一面もあるおじいちゃんの会話に出てくる人名を説明しておきましょう。ルチアーノ・パヴァロッティとフランコ・コレッリは有名なテノール歌手、『アイーダ』は作曲家ヴェルディのオペラの題名で、ラダメスはアイーダとともにその主役です。

ジョセフが取り組んでいるクロスカントリー競走というのは、野原や起伏《きふく》のある丘《おか》や森の中の小道といった自然環境《かんきょう》の中を走るスポーツです。アメリカでは、中長距離走《きょりそう》の種目といえば、クロスカントリー、トラックレース、ロードレース（マラソンなど）の三つを指し、中学生のクロスカントリー大会もひらかれています。日本では、中長距離走の選手がトレーニングのためにクロスカントリー走をおこなうことが多いようです。

アメリカの部活動のスポーツの仕組みも、日本と少しちがいます。日本ではたいてい、中学生の間ずっとひとつの部活動を続けますが、アメリカではシーズンごとにいろんなスポーツに挑戦《ちょうせん》できます。学校制度《せいど》についても説明しておきましょう。一般的《いっぱんてき》な義務《ぎむ》教育は、キンダーガーテン（幼稚園《ようちえん》）の一年間をふくむ、一年生から十二年生までの十三年間。ただ、義務教育年数や、何年生から何年生までが小学校・中学校・高校なのかは、州や学区によって異《こと》なります。日本の6・3・3制とちがい、多いのは5・3・4制。ジョセフの中学校もそうで、六～八年生が通っています。また、アメリカの中学では担任《たんにん》の先生は決まっていません。ホームルームの教室や自分専用《せんよう》の机《つくえ》もなく、科目によって教室を移動《いどう》し、荷物はロッカーに入れます。選択《せんたく》科目もあるので、生徒ひとりひとりが異なる時間割《じかんわり》を持っています。

このほか、ジョセフのようなユダヤ系《けい》アメリカ人の多くは、週末や放課後に週一、二回、ヘブライ語学校に通い、ヘブライ語の聖書《せいしょ》の読み方や、ユダヤ教の教えや歴史を学ぶそうです。ジョセフがまねして描《えが》こうとした棒人間《ぼうにんげん》は、実在《じつざい》する「グレッグのダメ日記」シリーズのイラストのことでしょう。ジョセフは、自分は日記がうまく書けないと思っています。でも、この物語全体が、ジョセフの成長が描かれる、ランニング日記なのだとわたしには思えます。

最後になりましたが、訳者の質問《しつもん》に快《こころよ》く答えてくださった作者のダイアナ・ハーモン・アシャーさん、そしていつも支《ささ》えてくださる編集《へんしゅう》の岡本稚歩美さんに心から感謝《かんしゃ》いたします。

二〇一八年八月

武富博子

ダイアナ・ハーモン・アシャー
Diana Harmon Asher
アメリカの作家。イェール大学で英語と英文学を学ぶ。卒業後は出版社と映画会社で勤務したのち、退職して３人の息子を育てる。現在は夫と愛犬、愛猫とともにニューヨーク州スカーズデールに在住。子どもたちの読書支援や創作を教える活動をおこなっている。『サイド・トラック―走るのニガテなぼくのランニング日記―』は彼女のデビュー作。

武富博子
Hiroko Taketomi
東京生まれ。幼少期にメルボルンとニューヨークで暮らす。上智大学法学部国際関係法学科卒業。主な訳書に、『アニーのかさ』（講談社）、「動物探偵ミア」シリーズ（ポプラ社）、「魔法ねこベルベット」シリーズ、『闇のダイヤモンド』、『スマート―キーラン・ウッズの事件簿―』、『セブン・レター・ワード―７つの文字の謎―』（以上評論社）などがある。

サイド・トラック
―走るのニガテなぼくのランニング日記―
二〇一八年一〇月一〇日　初版発行
二〇一九年　四　月一〇日　二刷発行

◆著　者　ダイアナ・ハーモン・アシャー
◆訳　者　武富博子
◆発行者　竹下晴信
◆発行所　株式会社評論社
〒162-0815　東京都新宿区筑土八幡町2-21
電話　営業〇三-三二六〇-九四〇九
　　　編集〇三-三二六〇-九四〇三
◆印刷所　中央精版印刷株式会社
◆製本所　中央精版印刷株式会社

乱丁・落丁本は本社にておとりかえいたします。

ISBN978-4-566-02459-5　NDC933　p.352　188㎜×128㎜
http://www.hyoronsha.co.jp